LA
NIÑA ALEMANA

NOVELA

ARMANDO LUCAS CORREA

ATRIA ESPAÑOL

Nueva York   Londres   Toronto   Sídney   Nueva Delhi

ATRIA ESPAÑOL
Un sello de Simon & Schuster, Inc.
1230 Avenida de las Américas
Nueva York, NY 10020

Primera edición en rústica de Atria Español octubre 2016

ATRIA ESPAÑOL es un sello editorial registrado de Simon & Schuster, Inc.

Para obtener información respecto a descuentos especiales en ventas al por mayor, diríjase a Simon & Schuster Special Sales al 1-866-506-1949 o escriba al siguiente correo electrónico: business@simonandschuster.com.

La Oficina de Oradores (Speakers Bureau) de Simon & Schuster puede presentar autores en cualquiera de sus eventos en vivo. Para obtener más información o para hacer una reservación para un evento, llame al Speakers Bureau de Simon & Schuster, 1-866-248-3049, o visite nuestra página web en www.simonspeakers.com.

Diseño por Amy Trombat

Impreso en los Estados Unidos de América

10 9 8 7 6 5 4 3 2 1

Datos de catalogación de la Biblioteca del Congreso

Names: Correa, Armando Lucas, 1959– author.
Title: La niña alemana : una novela / Armando Lucas Correa.
Description: Primera edición de Atria Español. | New York : Atria Español, 2016.
Identifiers: LCCN 2015030777| ISBN 9781501134449 (pbk.) | ISBN 9781501134463 (ebook)
Subjects: LCSH: Jews, German—Fiction. | Jews—Cuba—Fiction. | GSAFD: Historical fiction.
Classification: LCC PQ7392.C667 N56 2016 | DDC 863/.7—dc23
LC record available at http://lccn.loc.gov/2015030777

ISBN 978-1-5011-3444-9
ISBN 978-1-5011-3446-3 (ebook)

A mis hijos, Emma, Anna y Lucas

A Ana María (Karman) Gordon, Judith (Koeppel) Steel y Herbert Karliner, que tenían la edad de mis hijos cuando abordaron el Saint Louis *en el puerto de Hamburgo en 1939*

Ustedes son mis testigos.

ISAÍAS 43:10, 11

Memories are what you no longer want to remember.

JOAN DIDION

PRIMERA PARTE

Hannah y Anna

Berlín-Nueva York

Hannah

Berlín, 1939

*V*oy a cumplir doce años y ya lo he decidido: mataré a mis padres.

Me acuesto y espero que se duerman. Papá cerrará con llave todas las ventanas dobles, correrá las cortinas de terciopelo verde bronce y repetirá las mismas frases de cada noche después de la cena, que en los últimos días se ha convertido en un plato humeante de sopa desabrida.

—No hay nada más que hacer. Ya no podemos seguir aquí; tenemos que irnos.

Mamá comienza a gritarle. La voz se le quebranta mientras lo culpa y camina desesperada por toda la casa —el único espacio que conoce desde hace más de cuatro meses—, hasta que su cuerpo se agota, abraza a papá y deja de gemir.

Esperaré un par de horas. No puede haber resistencia. Papá está resignado, lo sé. Se dejará ir. Será más difícil con mamá, pero con los somníferos que toma, caerá en un sueño profundo, bañada en su esencia de jazmines y geranios. Cada día aumenta la dosis. Las últimas noches sus propios gritos la han despertado. Cuando corro a ver qué pasa, por la puerta entreabierta solo distingo a mamá desconsolada en los brazos de papá, como una niña que se recupera de una terrible pesadilla. Su peor pesadilla es estar despierta.

Mi llanto ya nadie lo escucha. Soy fuerte, dice papá. Puedo sobrevivir lo que me venga. Mamá, no: se está consumiendo de dolor.

Ella es ahora la bebé de una casa donde ya no entra la luz del día. Hace cuatro meses que llora todas las noches, desde que la ciudad se cubrió de cristales rotos y se impregnó de un olor a polvo, metal y humo que se ha hecho perenne.

Entonces comenzaron a planificar nuestra huida. Decidieron que abandonaríamos la casa donde nací, me sacaron de una escuela donde ya no me quieren y papá me regaló mi segunda cámara fotográfica.

—Para que dejes huellas, como el hilo de Ariadna para salir del laberinto —susurró.

Me atreví a pensar que lo mejor sería deshacerme de ellos.

Una posibilidad era diluirle aspirinas en la comida a papá, desaparecerle las pastillas de dormir a mamá. Ella no hubiera sobrevivido una semana.

El problema era la incertidumbre. No sabía qué cantidad de aspirinas debía consumir papá para sufrir una úlcera mortal, una hemorragia interna. O cuánto tiempo podría ella realmente estar sin dormir. Una variante sangrienta sería imposible: no puedo ver sangre; comienzo a sudar frío y me desmayo. Así que lo mejor será que terminen sus días por asfixia. Ahogarlos con una enorme almohada de plumas. Mamá ha dejado bien claro que su sueño siempre ha sido que la muerte la sorprenda mientras duerme. No me gustan las despedidas, me aclara mirándome a los ojos, y si no la atiendo me toma por el brazo y me sacude con las escasas fuerzas que le quedan.

Una noche me desperté sobresaltada, pensando que mi crimen se había consumado. Vi los cuerpos inertes de mis padres y no pude derramar una sola lágrima. Me sentí libre. Ya nadie podría obligarme a mudarme a un barrio sucio, a dejar mis libros, mis fotografías, a vivir con la zozobra de poder ser envenenada por mis propios padres.

Comencé a temblar. Grité "¡Papá!", pero nadie vino a rescatarme. ¡Mamá! No había vuelta a atrás. En qué me había convertido. No sabía cómo deshacerme de sus cuerpos. ¿Cuánto tiempo durarían sin descomponerse?

Pensarán que fue un suicidio. Nadie lo dudaría: desde hace cuatro meses que no dejan de sufrir. Para los demás yo sería una huérfana; para mí, una asesina.

Mi crimen estaba registrado en el diccionario. Lo encontré. Qué palabra tan horrenda. Solo de pronunciarla me provocaba escalofríos: parricida. Traté de repetirla y no pude. Era una asesina.

Qué fácil es identificar mi delito, mi culpa, mi agonía. ¿Cómo llamar al que mata a sus hijos? Es un crimen tan atroz que no hay término para identificarlo en el diccionario: podrán salirse con la suya, y yo tendré que llevar el peso de la muerte y una palabra nauseabunda sobre mis espaldas. Uno puede matar a sus padres, a sus hermanos, pero no a sus hijos.

Doy vueltas por las habitaciones, que cada vez veo más pequeñas y oscuras, de una casa que pronto no será nuestra. Miro hacia el techo inalcanzable, atravieso los pasillos donde descansan las imágenes de una familia que ha ido desapareciendo. La luz de la lámpara de la biblioteca de papá, con su pantalla de cristal nevado, llega al pasillo donde me mantengo inmóvil, desorientada, y veo mis manos teñirse de dorado.

Abro los ojos, y sigo en la misma habitación, rodeada de libros gastados y muñecas con las que nunca jugaré. Cierro los ojos y presiento que falta poco para nuestra huida a bordo de un enorme trasatlántico, desde un puerto de este país al que nunca pertenecimos.

Al final, no los maté. No fue necesario. Mis padres cargaron con la culpa: me obligaron a lanzarme con ellos al abismo.

◦◦◦◦◦

El olor de la casa se ha vuelto intolerable. No entiendo cómo mamá puede vivir entre estas paredes tapizadas de una seda verde musgo que traga la poca luz durante esta época del año. Es el olor del encierro.

Nos queda menos tiempo de vida. Lo sé, lo intuyo. Ya no pasaremos el verano en Berlín.

Mamá tiene los escaparates llenos de naftalina para preservar su presente, y ese olor punzante ha impregnado la casa. No sé qué quiere conservar, si todo lo vamos a perder.

—Hueles como las viejas de la Grosse Hamburger Strasse —me echa en cara Leo, mi único amigo. Solo él se atreve a mirarme de frente sin deseos de escupirme.

Desde que vino a casa con su padre, Herr Martin, Leo y yo nos hemos vuelto inseparables. Papá los invitó a cenar con nosotros a su regreso de un mes de reclusión, el día que se lo llevaron de la Universidad aquella noche terrible de noviembre y no supimos más de él hasta que lo liberaron.

Las primaveras en Berlín son frías y lluviosas. Hoy papá se fue temprano y no se llevó su abrigo. Las últimas veces que ha salido, no espera por el elevador y baja por la escalera que cruje a su paso, algo que a mí no me permiten hacer. No lo hace porque esté apurado: es que no quiere toparse con nadie del edificio. Las cinco familias que ocupan cada uno de los pisos bajo el nuestro, esperan nuestra partida. Los que eran amigos han dejado de serlo. Los que antes agradecían a papá o trataban de codearse con mamá y sus amigas, celebraban su buen gusto al vestir o pedían consejos de cómo combinar una cartera de color atrevido con unos zapatos a la moda, ahora nos desprecian y están a punto de denunciarnos.

En cuanto a mamá, pasa un día más sin salir. Todas las mañanas, al levantarse, se recoge la hermosa cabellera que sus amigas envidiaban cuando aparecía en el salón de té del Hotel Adlon, y se pone sus pendientes de rubíes. Papá la llama la Divina por la manera en que le fascina el cine, su único contacto con lo mundano. Nunca perdía un estreno de la verdadera Divina en el Palast.

—Ella es más alemana que nadie —insistía al hablar de la Divina, que en realidad era sueca. Pero en aquellos años el cine era mudo: a quién le importaba dónde había nacido la estrella.

—Nosotros la descubrimos. Siempre supimos que sería adorada. La celebramos antes que nadie, por eso fue que Hollywood se fijó en ella. Y en su primera película sonora habló en perfecto alemán: "*Whisky — aber nicht zu knapp!*".

A veces volvían del cine y mamá aún lloraba:

—Me encantan los finales tristes… en el cine —dejaba bien claro—. La comedia no se hizo para mí.

Se desvanecía en los brazos de papá, se llevaba una mano a la frente, con la otra sostenía la cola de seda de un vestido que caía en cascada, inclinaba la cabeza hacia atrás y comenzaba a hablar en francés.

—Armand, Armand… —repetía, lánguida y con un fuerte acento, como el de la Divina.

Y papá la llamaba "mi Camille".

—*Espère, mon ami, et sois bien certain d'une chose, c'est que, quoi qu'il arrive, ta Marguerite te restera* —le respondía ella entre carcajadas—. Es que Dumas suena terrible en alemán.

Mamá ya no sale a ninguna parte.

—Demasiadas vidrieras rotas —es su pretexto desde el terrible pogromo de noviembre.

Aquel día papá se quedó sin trabajo. Lo detuvieron en su oficina, se lo llevaron a la estación de la Grolmanstrasse, incomunicado por un delito que nunca entendimos. Allí compartió una celda sin ventanas con Herr Martin, el papá de Leo. Ahora se reúne con él a diario y mamá se preocupa aún más, como si estuvieran tramando una huida para la que ella aún no está lista.

En realidad, es el miedo lo que no le permite abandonar la que suponía su impenetrable fortaleza. Vive en un constante sobresalto. Antes visitaba el elegante salón del Hotel Kaiserhof, unas cuadras al sur, pero ahora lo frecuentan los que nos odian, los que se creen puros, aquellos a quienes Leo llama Ogros.

En una época, ella se vanagloriaba de Berlín. Si iba de compras a

París, siempre se alojaba en el Ritz; y si acompañaba a papá a una conferencia o a un concierto en Viena, en el Imperial.

—Pero nosotros tenemos el Adlon, nuestro Gran Hotel en la Unter den Linden. La Divina se hospedó allí y lo inmortalizó en el cine.

Ahora, se asoma a la ventana e intenta encontrar una explicación a lo que le sucede. Dónde quedaron sus años felices. A qué ha sido condenada, y por qué. Siente que paga culpas de otros: de sus padres, de sus abuelos, de cada uno de sus ancestros por los siglos de los siglos.

—Soy alemana, Hannah. Soy una Strauss. Soy Alma Strauss. ¿Acaso no es suficiente, Hannah? —y me lo repite un día en alemán, otro en español, otro en inglés, otro en francés. Como si alguien la estuviera escuchando, como para que quedara bien claro su mensaje en cada uno de los idiomas que conoce a la perfección.

Quedé en encontrarme con Leo para ir a tomar fotografías. Nos citamos todas las tardes en el café de Frau Falkenhorst, en el patio interior del Hackesche Höfe. Siempre que nos ve, la dueña nos llama "bandidos" con una sonrisa, y eso nos gusta. Si uno de los dos tarda más de la cuenta, el primero en llegar ordena un chocolate caliente.

A veces nos citamos en el café de la salida de la estación Alexanderplatz, con estantes llenos de bombones envueltos en papel plateado. Cuando necesita verme con urgencia, Leo me espera en el puesto de periódicos cercano a mi edificio para evitar tropezarse con alguno de nuestros vecinos que, a pesar de ser también nuestros inquilinos, nos evitan.

Para no contradecir a los adultos, renuncio a las escaleras alfombradas cada vez más llenas de polvo y tomo el elevador, que se detiene en el tercer piso.

—Hola, Frau Hofmeister —digo, y le sonrío a Gretel, con quien he jugado toda la vida. Gretel está triste, hace poco perdió a su cachorro, blanco y hermoso. Qué pena me da.

Tenemos la misma edad, pero yo soy mucho más alta. La niña baja la mirada y Frau Hofmeister se atreve a decirle:

—Vamos por la escalera. ¿Cuándo se van a ir? Nos ponen a todos en una situación tan embarazosa…

Como si yo no escuchara, como si solo mi sombra estuviera encerrada en el elevador. Como si no existiera. Es lo que ella quiere, que no exista.

Los Dittmar, los Hartmann, los Brauer y los Schultes viven en nuestro edificio. Nosotros se lo alquilamos. Le pertenece a mamá desde antes que naciera. Son ellos los que tendrían que irse. No son de aquí. Nosotros sí. Somos más alemanes que ellos.

La puerta del elevador se cierra, comienza a bajar y veo aún los pies de Gretel.

—Gente sucia —escucho.

¿Entendí bien? Papá, quisiera saber qué hicieron ustedes para que tenga yo que cargar con esto. ¿Qué crimen cometimos? No estoy sucia, no quiero que me vean sucia. Salgo del elevador y me escondo debajo de la escalera para no encontrarme de nuevo con ellas.

Las veo salir, Gretel aún va cabizbaja. Mira hacia atrás, me busca, quizás quiere pedirme disculpas, pero su madre la empuja.

—¿Qué miras? —le grita.

De vuelta a casa, corro por las escaleras, haciendo ruido y llorando. Sí, llorando de rabia, de impotencia, de no poder decirle a Frau Hofmeister que ella está más sucia que yo. Si le molestamos, que se vaya del edificio, que es *nuestro* edificio. Quiero dar golpes contra las paredes, romper la valiosa cámara que papá me regaló. Entro a la casa y mamá no entiende por qué estoy furiosa.

—¡Hannah! ¡Hannah! —me llama, pero prefiero ignorarla.

Entro al baño frío, doy un portazo y abro la ducha. Sigo llorando; o más bien quiero dejar de llorar y no puedo. Me meto con ropa y zapatos en la bañera esmaltada de blanco impecable, y mamá no cesa de llamarme hasta que finalmente me deja en paz. Solo oigo el ruido del agua casi hirviente caer sobre mí y dejo que penetre en mis ojos hasta hacerlos arder, en mis oídos, en mi nariz, en mi boca.

Comienzo a quitarme la ropa y los zapatos, ahora más pesados por el agua y por mi suciedad. Me enjabono, me unto las perfumadas sales de baño de mamá que me irritan la piel y comienzo a frotarme con una toalla blanca para quitarme el más mínimo rastro de impureza. Mi piel está roja, tan roja como si la fuera a perder. Pongo el agua más caliente aún, hasta que no resisto y al salir, me desplomo en el suelo de baldosas frías, blancas y negras.

Por suerte se me agotaron las lágrimas. Me seco, maltratando esta piel que no deseo y que ojalá comience a mudar después del calor al que la he sometido.

Frente al espejo nublado reviso cada poro: la cara, las manos, los pies, las orejas, todo, para ver si queda algún vestigio de impureza. Quisiera saber ahora quién es la que está sucia.

Me escondo, temblorosa, en una esquina. Me reduzco, me siento como un rollo de carne y hueso. Es ese el único refugio que encuentro. Al final, sé que por mucho que me bañe, que me queme la piel, me corte el cabello, me saque los ojos, me quede sorda, me vista, hable o me llame diferente, siempre me verán sucia.

No sería mala idea llamar a la puerta de la distinguida Frau Hofmeister, le diré que me revise, que vea que no tengo ni una minúscula mancha en la piel, que no es necesario que aleje a Gretel de mí, que no soy una mala influencia para su niña, tan rubia, perfecta e inmaculada como yo.

Voy a mi cuarto y me visto de blanco y rosa, lo más puro que encuentro en mi armario. Busco a mamá y la abrazo porque sé que ella me entiende, pero ella se queda en casa, sin confrontar a nadie. Ha creado una coraza en su habitación, protegida a su vez por las gruesas columnas del apartamento, dentro de un edificio de enormes bloques y ventanas dobles.

Tengo que apurarme. Leo ya debe estar en la estación, yendo de un lugar a otro, saltando, esquivando a quienes corren para no perder el tren.

Al menos, sé que él me ve limpia.

Anna

El día que papá desapareció, mamá estaba embarazada de mí. Tenía solo tres meses. Hubiera tenido oportunidad de deshacerse del bebé, pero no lo hizo. Nunca perdió la esperanza de que papá regresara: no aceptó el certificado de defunción, ni el seguro de vida, ni la pensión.

—Muéstrenme una prueba, un rastro de su ADN y entonces hablamos —esa era su respuesta.

Quizás porque él siempre había sido un desconocido para ella —era un hombre escurridizo, solitario, de pocas palabras—, pensaba que de un momento a otro podría regresar.

Papá se fue sin sospechar que yo iba a nacer.

—Si hubiera sabido que tenía una hija en camino, estaría aquí con nosotras —me ha recordado mamá cada septiembre durante los últimos seis años.

El día que no regresó, iba a preparar una cena íntima para darle la noticia en nuestro comedor junto a la ventana, desde donde se ven los árboles del parque de Morningside iluminados por las farolas de bronce. Puso la mesa, porque se negaba a aceptar la posibilidad de su desaparición. Nunca abrió la botella de vino tinto. Los platos quedaron dispuestos sobre el mantel por varios días. La comida terminó en la basura. Esa noche se fue a la cama sin cenar, sin llorar, sin cerrar los ojos.

Cuando me lo cuenta, baja la cabeza. Si fuera por ella, aún estuvieran los platos y la botella en la mesa, y quién sabe si también la comida podrida o seca.

—Él va a regresar —solía decir.

En varias ocasiones hablaron de tener hijos. Lo veían como una lejana posibilidad, una ilusión a la que nunca habían renunciado.

Lo que sí tenían bien claro era que, al llegar los hijos, el varón debería llamarse Max y la hembra, Anna. Fue su única exigencia.

—Es una deuda con mi familia —le explicaba.

Llevaban cinco años juntos y ella nunca pudo lograr que hablara de su época en Cuba, de su familia.

—Todos están muertos —insistía.

Hasta hoy se ha quedado con esa espina:

—Tu padre es un enigma. Pero es el enigma que más he amado en mi vida.

Buscarlo fue la vía para aliviar su pena. Descifrarlo ha sido su condena.

Algunas noches, al acostarme, me imagino que no desapareció, que está perdido, que se fue en un largo viaje en barco, que le está dando la vuelta al mundo, que pronto va a regresar.

Conservo su pequeña cámara digital. Al principio, me pasaba horas revisando las imágenes que quedaron en la memoria. No había un solo retrato de mamá. Para qué, si la tenía ahí, a su lado. Siempre desde el estrecho balcón de la sala, había muchas fotos de la salida del sol. Días lluviosos, claros, oscuros o con neblina; días naranjas, días azules, días violetas. Días blanqueados por la nieve. Siempre el sol. El amanecer en una línea del horizonte definida por edificios de diferentes tamaños de un Harlem silencioso, chimeneas con humo pálido y el East River entre dos islas. Y otra vez el sol, dorado, esplendoroso, unas veces tibio, otras frío, desde nuestra puerta de cristal doble.

Mamá me ha dicho que la vida es un rompecabezas. Ella se levanta, intenta colocar la ficha correcta, busca todas las posibles combinaciones para crear paisajes remotos. Yo vivo descomponiéndolos para descifrar de dónde vengo.

Construyo mis propios rompecabezas con fotos que imprimo en casa de las imágenes que he encontrado en la cámara de papá. Ella ha convertido su habitación, con una ventana que da al patio interior del edificio y que mantiene cerrada, en su refugio, hundida entre sábanas grises y almohadones que se la tragan.

Vivimos solas, y desde el día que descubrí lo que en realidad le había sucedido a papá, y que ella comprendió que podía valerme por mí misma, se encerró en su cuarto y yo me convertí en su niñera.

En sueños, la he visto quedarse profundamente dormida con las píldoras que toma antes de acostarse para apaciguar su dolor y no despertarse más. A veces, suplico en silencio, sin que yo misma pueda oírme o recordarlo, que se quede dormida para que el dolor desaparezca de una vez. No resisto verla sufrir.

Todos los días le llevo el café negro, sin azúcar, antes de irme a la escuela. En las noches, se sienta a cenar conmigo como un fantasma al que le cuento historias inventadas de mis clases. Ella me escucha, se lleva una cucharada a la boca, sonríe y me mira, para hacerme ver que me agradece que aún esté ahí con ella, que le prepare una sopa que traga por compromiso.

Sé que en cualquier momento ella puede desaparecer. Y yo, ¿a dónde iría?

Todas las tardes, cuando el autobús de la escuela se detiene de regreso en la entrada del edificio, lo primero que hago es recoger el correo. Después preparo la cena para las dos, termino mis deberes de la escuela, reviso si hay cuentas que pagar y se las entrego a mamá.

Hoy recibimos un sobre grande amarillo, blanco y rojo. En el remitente aparece una dirección de Canadá, y está dirigido a mamá. Lo dejo sobre la mesa del comedor.

Me voy a la cama y comienzo a leer el libro que me asignaron en la escuela y recuerdo que no he abierto aún el grueso sobre que advierte, con mayúsculas rojas, que no debe ser plegado.

Toco con insistencia en la puerta del cuarto de mamá. "¿A esta hora?", pensará. Finge dormir. Silencio. Insisto.

Las noches son sagradas para ella: intenta conciliar el sueño, revive lo que dejó de hacer, o lo que hubiera sido su vida si el destino pudiera anunciarse o borrarse de un solo golpe.

—Nos llegó un paquete. Creo que debemos abrirlo juntas —le digo, pero no recibo respuesta.

Me quedo junto a la puerta y la abro con suavidad, para no incomodarla. Las luces están apagadas. Ella dormita, perdida en el colchón que se hunde con un cuerpo cada vez más liviano. Me aseguro de que respira, que aún existe.

—¿No podemos dejarlo para mañana? —murmura, pero yo no me muevo.

Vuelve a cerrar los ojos, los abre y me ve aún de pie junto a la puerta, en silueta contra la luz del pasillo que le encandila la vista, habituada a la penumbra.

—¿Quién lo mandó? —pregunta, pero no lo sé.

Le insisto en que debe venir conmigo, que levantarse le hará bien.

Finalmente la convenzo y se incorpora, insegura. Se recoge el pelo negro y lacio que no se ha cortado en varios meses, y se sostiene de mi brazo. Vamos a la mesa del comedor para descubrir qué nos han enviado. Acaso sea un regalo por mi cumpleaños. Alguien ha recordado que pronto voy a cumplir doce, que ya soy grande, que existo.

Con cara de "por qué me haces levantarme y me sacas de mi rutina", se sienta con lentitud.

Al ver el remitente, toma el sobre en sus manos, se lo coloca en el pecho, abre bien los ojos y me comunica con solemnidad:

—Es de la familia de tu padre.

¿Cómo? ¡Pero si papá no tenía familia! Vino solo a este mundo y así desapareció, sin nadie a su lado. Sus padres murieron en un accidente aéreo cuando él tenía nueve años, recordé. Predestinado para la tragedia, como una vez dijera mamá.

Lo había criado Hannah, una tía anciana que debe haber muerto también. No sabíamos si se comunicaban por teléfono, por cartas o por correo electrónico. Su única familia. Me llamaron Anna en honor a ella.

El paquete había llegado a través de Canadá, pero en realidad venía de La Habana, la capital de una isla del Caribe en la que nació papá. Lo abrimos y nos dimos cuenta que contenía un segundo sobre. "Para Anna, de Hannah", aparecía escrito afuera, con grandes letras temblorosas. Esto no es un regalo. Deben ser documentos o quién sabe. Puede que no tenga siquiera que ver con mi cumpleaños. O quizás sea de la última persona que vio a papá y que ahora ha tomado la decisión de enviarnos sus pertenencias. Doce años más tarde.

La emoción me intranquilizaba. No dejaba de moverme, me levantaba y me sentaba. Iba hasta la esquina del comedor y volvía. Jugaba con un mechón de pelo y le daba vueltas y vueltas hasta enredarlo. Era como si papá hubiese regresado.

Abrió el sobre, y dentro encontramos solo hojas de contactos fotográficos de color sepia y varios negativos en blanco y negro muy bien conservados, junto a una revista —¿en alemán?— de marzo de 1939. En la portada, la imagen de una niña rubia sonriente, de perfil.

—*La niña alemana* —traduce el nombre de la revista—. Se parece a ti —me dice, enigmática.

Ahora podría comenzar un nuevo rompecabezas con estas fotografías. Me iba a dar gusto con todas esas imágenes llegadas de la isla donde nació papá. Realmente estaba feliz con el hallazgo, aunque me había hecho la ilusión de encontrar el reloj de papá, una reliquia que heredó de su abuelo Max y que aún funcionaba; o su anillo de compromiso de oro blanco; o sus lentes montados al aire: los detalles que recuerdo de él gracias a la foto que conservo conmigo, que duerme a mi lado cada noche bajo una almohada que fue suya.

El paquete no tenía que ver con papá. No con su muerte, al menos.

No reconocíamos a nadie. Era difícil ver las imágenes tan pequeñas y borrosas, impresas en hojas que parecían rescatadas de un naufragio. Papá podría estar en las fotos. No, imposible.

—Estas fotos tienen setenta años, o más —me aclaró—. Creo que ni tu abuelo había nacido en esa fecha.

—Tenemos que mandar a imprimirlas mañana mismo —le pido, controlando mi entusiasmo para no alterarla. Ella no deja de observar las misteriosas imágenes, aquellos rostros del pasado que pretendía desentrañar.

—Anna, esto es de antes de la guerra —confirma con una gravedad que me asusta. Y me confunde aún más: ¿de qué guerra habla?

Seguimos ojeando los negativos y encontramos una vieja postal descolorida. La tomó en sus manos con extremo cuidado, como si temiera deshacerla con un simple suspiro.

Por un lado, un barco. Por el otro, una dedicatoria.

Mi corazón empieza a correr. Esta era seguramente una clave, pero la postal estaba fechada el 23 de mayo de 1939. No creo que tenga que ver con la desaparición de papá. Comienza a manipular este tesoro con manos de arqueóloga, casi a punto de buscar un par de guantes de seda para evitar que los negativos se dañaran. Por primera vez, en mucho tiempo, se ve animada.

—Es hora de saber quién es papá —le digo en presente, como hace ella cada vez que se refiere a él y fijo la mirada en el rostro de la niña alemana.

Tengo la certeza de que mi padre no va a regresar, de que lo perdí para siempre un martes, una mañana soleada, un día de septiembre. Pero quiero saber más de él. No tengo a nadie más, solo una madre que vive encerrada en un cuarto sin luz, dejándose arrastrar por pensamientos oscuros que no comparte con nadie. A veces no hay respuestas y hay que conformarse, lo sé, pero no entiendo por qué, cuando se casaron, no averiguó más sobre papá, no intentó conocerlo mejor. A estas alturas, es muy tarde. Es que así es mamá.

Pero ahora tenemos un proyecto. Al menos, yo lo tengo. Y en realidad, creo que estamos muy cerca de encontrar la pista que nos faltaba.

Regresa a su cuarto y yo quiero sacarla de su letargo. Me quedo con esta reliquia que nos manda un familiar lejano a quien ahora estoy desesperada por conocer. Apoyo la pequeña tarjeta contra la lámpara de mi mesita de noche y bajo la intensidad de la luz. Me acuesto, me cubro y contemplo la imagen hasta quedarme dormida.

La postal muestra un crucero con la insignia *ST. LOUIS* Hamburg-Amerika Linie. La dedicatoria estaba escrita en alemán: *"Alles Gute zum Geburtstag Hannah"*. Firmaba, *"Der Kapitän"*.

Hannah

Al abrir desde adentro la enorme puerta de madera oscura, hago sonar sin querer el aldabón de bronce, que rompe el silencio de un espacio donde ya no me siento protegida. Me preparo para el bullicio intermitente de la Französische Strasse, llena de banderas rojas, blancas y negras. La gente camina y tropieza. Ya nadie pide disculpas. Todo el mundo se mueve como en fuga.

Llego al Hackesche Höfe, que hace cinco años pertenecía a Herr Michael, un amigo de papá. Los Ogros se lo quitaron y él se tuvo que marchar de la ciudad. Leo me espera, como cada mediodía, en la puerta del café de Frau Falkenhorst, en el patio interior del edificio. Ahí está, con su cara de niño malcriado, listo para protestar porque me he demorado tanto.

Saco la cámara y comienzo a fotografiarlo. Él posa y se ríe. La puerta del café se abre y sale un hombre con la nariz rojiza, y con él, un aire cálido con olor a cerveza y tabaco. De solo acercarme a Leo me invade su aliento de chocolate.

—Tenemos que irnos de aquí —dice, y yo asiento con una sonrisa.

—No, Hannah. Tenemos que irnos de *aquí* —repite, y marca el "aquí" alargando la "i".

Ahora lo comprendo: no queremos seguir viviendo entre banderas, militares y empujones. *Me voy contigo adonde sea*, pienso, y nos lanzamos a correr.

Vamos en contra del viento, de las banderas, de los autos, y yo corro tras las zancadas de Leo, que sabe cómo escabullirse entre la multitud de los que se creen puros e invencibles. Hay momentos en que, si estoy con Leo, no escucho el ruido de los altavoces ni los gritos y las canciones de quienes marchan en una enfermiza sincronía. No es posible ser más feliz, aún sabiendo que mi felicidad no va a durar más de un minuto.

Atravesamos el puente, con el Berliner Stadtschloss y la catedral detrás, para contemplar las aguas del Spree y recostarnos sobre la baranda. El río es tan oscuro como los muros de los edificios que lo rodean. Ahora mi mente comienza a vagar y me muevo al mismo ritmo de la corriente. Siento que podría lanzarme y seguir su cauce, volverme aún más impura. Pero hoy estoy limpia, sé que lo estoy. Nadie se atreverá a escupirme. Hoy soy como cualquiera de ellos. Al menos, por fuera.

En las imágenes, las aguas del río tienden a salir plateadas y el puente, al final, es como una sombra. Me detengo en el centro, encima del arco pequeño, cuando escucho a Leo llamarme exasperado.

—¡Hannah!

¿Por qué tiene que sacarme de mi ensueño? No hay nada en este instante más importante que poder aislarme, ignorar lo que me rodea y pensar que no tenemos que irnos a ninguna parte.

—¡Un hombre te está tomando fotos!

Veo entonces al tipo flaco, larguirucho y de barriga incipiente, empuñando una Leica con la que intenta enfocarme. Me muevo, corro, cambio de posición para hacerle más difícil el trabajo. Debe ser un Ogro que nos va a delatar. O un impuro de los que trabajan para la estación de policía de la Iranische Strasse y se dedican a denunciarnos.

—Te fotografió a ti también, Leo. No puede haber sido a mí sola. ¿Qué quiere? ¿Tampoco podemos estar en nuestro puente?

Mamá insiste en que no deambulemos por la ciudad, llena como está de groseros vigilantes. Ya nadie se siente obligado a usar una máscara para ofenderte. Somos el delito; ellos son la razón, el deber, el cumplimiento. Los Ogros nos agreden, nos gritan insultos, y debemos quedarnos callados, en silencio, mientras nos patean.

Seguramente han descubierto nuestra mancha, nuestras impurezas, y nos reportan. Le sonrío al hombre de la Leica, que tiene una boca enorme. Un líquido transparente y viscoso le chorrea de la nariz. Se limpia con el dorso de la mano y oprime varias veces más el obturador de la cámara. *Toma todas la fotos que quieras. Envíame a la cárcel.*

—Vamos a quitarle la cámara y lanzarla al río —me dice Leo al oído.

No dejo de observar a aquel hombre insignificante que me dirige una sonrisa y casi se arroja a mis pies en busca del ángulo perfecto. Me dan deseos de escupirlo. Miro con asco su nariz húmeda, tan grande como la de las caricaturas de los impuros que salen en la primera plana del *Der Stürmer*, el periódico que nos odia y que ahora se ha puesto de moda. Sí, debe ser de los que sueñan con ser aceptados por los Ogros. Un impuro-basura, como Leo acostumbra a llamarlos.

Comienzo a temblar, Leo corre y me arrastra tras él como una muñeca de trapo. Y escucho que el impuro-basura comienza a hacer gestos con sus manos e intenta alcanzarnos.

—¡Niña! ¡Niña! ¡Tu nombre! ¡Necesito tu nombre! —grita.

Piensa que me voy a detener, que le voy a dar mi nombre, mi apellido, mi edad, mi dirección.

Nos perdemos en el tráfico. Cruzamos la calle, pasa un tranvía repleto y vemos al hombre aún en el puente. Nos reímos, y él se atreve incluso a decirnos adiós.

Nos encaminamos al café de Georg Hirsch, en la Schönhauser Allee, para comprar algo dulce. Leo siempre tiene hambre. Dejamos el puente atrás y ya se me hacía la boca agua al imaginarme los *pfeffernüsse* frescos, aunque no estuviéramos en días de fiesta. De esas galletas dulces, mis preferidas eran las glaceadas en polvo de azúcar con esencia de anís. Las de Leo, las bañadas en canela. Nos manchábamos los dedos y la nariz de blanco y hacíamos el saludo de los Ogros, que Leo transformaba en una señal de "Pare" al inclinar la mano hacia arriba, formando una L con el brazo. Esas ocurrencias de Leo, diría mi madre.

Ya muy cerca del café más dulce de Berlín, donde acostumbrábamos a bañarnos en polvo de azúcar y a pasar las tardes sin temer que nos denunciaran, nos quedamos paralizados en la esquina: ¡las vidrieras del café de Georg Hirsch también estaban rotas! No puedo dejar de tomar fotos. Veo a Leo triste. En la esquina, un grupo de Ogros marchan al unísono y entonan un himno que es una oda a la perfección, a la pureza, a la tierra que solo a ellos debe pertenecer. ¡Adiós *pfeffermüss*!

—Es la señal de que debemos irnos —dice Leo con tono lúgubre y salimos corriendo de allí.

Irnos, ya lo sé: no de esta esquina, o del puente, o de la Alexander-platz. Simplemente irnos.

Es muy posible que estén esperando en la casa para detenernos. Si no son los Ogros, será mamá, pero de esta no salimos vivos.

⚭

En la estación de Hackescher Markt subimos al primer vagón, detrás de la locomotora de vapor del S-Bahn. Nos sentamos frente a dos mujeres que constantemente se quejan de lo caro que está todo, de la escasez de comida, de lo difícil que es conseguir hoy día café de buena calidad. Cada vez que gesticulan y levantan los brazos, lanzan olas de sudor mezclado con esencia de rosas y tabaco. La que más habla tiene restos de carmín rojo en su incisivo superior, y parece una herida. La miro y, sin darme cuenta, comienzo a sudar. No es sangre, me repito con la vista fija en su enorme boca. La mujer, incómoda, me hace un gesto para que deje de mirarla. Bajo la vista y su olor añejado me penetra la nariz. El conductor uniformado de azul llega y nos pide los boletos.

Entre las estaciones del Zoo y la de Savignyplatz contemplamos por la ventanilla las fachadas de ladrillos ennegrecidos. Cristales sucios, una mujer sacudiendo una alfombra llena de manchas desde su balcón, hombres fumando en las ventanas y banderas rojas, blancas y negras por doquier. Leo me señala un hermoso edificio quemado en la Fasanenstrasse, cerca del paso a nivel del S-Bahn. Aún se puede ver una nube de humo salir del techo principal del domo destruido. En ese momento, nadie mira; evitan el edificio devastado. Deben sentirse culpables. No quieren ver en lo que se está convirtiendo la ciudad. La mujer del diente manchado también baja la cabeza. No solo no desea ser testigo del humo: ahora tampoco se atreve a darnos la cara.

Nos bajamos en la siguiente estación y regresamos unas cuadras en busca de la Fasanenstrasse. Entramos por un pasillo lateral del edificio con el estuco carcomido por el polvo y la humedad, y antes de llegar al pie de la ventana del comedor de Herr Braun, ya podemos oír su radio con el volumen al máximo, como de costumbre.

Un viejo sordo y asqueroso. Otro Ogro más. Nos sentamos debajo de la ventana del destartalado comedor, rodeada de colillas de cigarro y charcos de agua sucia. Este es nuestro escondite favorito. A veces el Ogro nos ve y nos grita con desprecio "la palabra con la jota" que Leo y yo nos negamos a pronunciar. Somos alemanes antes que nada, como repite mamá.

Leo no entiende por qué tomo fotos de los charcos de agua, del fango, de las colillas, de las paredes corroídas, de los cristales en el suelo, de las vidrieras rotas. Para mí, cualquiera de esas imágenes vale más que las de los Ogros, o los edificios cubiertos de banderas, un Berlín que no quiero ver.

Ni el humo del edificio puede apaciguar el aliento del Ogro: una mezcla de ajo, tabaco, aguardiente y salchicha de cerdo rancia. No cesa de escupir y restregarse la nariz grasienta y mocosa. No sé qué me revuelve más el estómago: la pestilencia de su casa o verle la cara. Solo que, gracias a su oportuna sordera, podemos enterarnos de lo que pasa en Berlín.

Ya no nos está permitido oír la radio en casa, ni comprar el periódico, ni usar el teléfono.

—Es peligroso —me ha dicho papá—. No nos busquemos más problemas de los que tenemos.

El Ogro cambia de estación varias veces. En unos minutos comienzan las noticias —o las órdenes, como las llama Leo—, y el Ogro no deja de moverse ni de hacer ruidos. Por fin, se sienta cerca de la ventana y Leo tira de mí para evitar que un denso y sonoro escupitajo me salpique. No podemos parar de reír: ya tenemos estudiado cada uno de sus movimientos.

Leo sabe que puedo pasar el día entero aquí con él, que me siento protegida a su lado. Que cuando estamos juntos no pienso en la agonía de mi madre, ni en las maneras en que papá intenta alterar nuestras vidas.

Leo es intenso. No camina, corre. Se desplaza de un barrio a otro, e intenta captar lo que sucede en la ciudad donde nacimos, que se deshace a pedazos, poco a poco. A veces se mezcla entre los Ogros que marchan y gritan por las calles entre banderas tricolores, aunque yo no me atrevo a seguirlo. Me habla con ansiedad, como quien intuye que nos queda poco tiempo.

Siempre tiene prisa, una meta que alcanzar, algo que mostrarme, que no me puedo perder. Nuestro momento de paz, de intimidad, es aquí, entre la peste y los escupitajos del Ogro, gracias a una radio vieja sintonizada a todo volumen.

Leo es mayor que yo. Dos meses. Eso lo hace suponerse más maduro, y yo le sigo la corriente porque es mi único amigo. El único en todo el planeta en quien puedo confiar.

A veces espía a su padre, que secretea con el mío desde que se conocieron en la estación de policía de la Grolmanstrasse —que según Leo apesta a orina—, y se me acerca con ideas escalofriantes que prefiero ignorar. Planean algo grande, lo sabemos; algo en lo que podríamos estar incluidos o no. No creo que nos vayan a abandonar, o mandarnos a una escuela especial fuera de Berlín, o solos a otro país, con otro idioma, como hicieron con los hijos de unos vecinos de Leo; pero algo se traen entre manos, Leo lo puede intuir. Y a mí me asusta.

Él vive con su padre, un contador que se ha quedado sin clientes, en un cuarto de la casa de huéspedes del número 40 de la Grosse Hamburger Strasse. Su edificio está al lado del centro comunitario de los impuros, un lugar lleno de mujeres, viejos y niños con los que no saben qué hacer, ni a dónde enviar, en un barrio en el que mamá no se atrevería a poner un pie ni aunque la obliguen.

La madre de Leo logró escapar a Canadá, donde viven su hermano, su cuñada y unos sobrinos que aún no conoce. Leo y su padre no tienen esperanzas de reunirse de inmediato con ella. Buscan "otras opciones de fuga", como le gusta decir a Leo, y en el complot está incluido mi padre que, según él, ha ido enviando también su dinero a Canadá desde que comenzaron a cerrar nuestros bancos en Berlín.

Eso, al menos, me hace feliz. Cualquier decisión que tomen nuestros padres, si nos incluye a Leo y a mí, juntos, a las dos familias, podremos sobrellevarla. Leo está seguro de que mis padres ayudan al suyo, que se ha quedado sin dinero ni posibilidades de trabajar, para que también ellos puedan escapar.

Acostumbra a acompañar a su padre a los encuentros matutinos que tiene con el mío y aparenta no escuchar, se finge entretenido para que ellos no interrumpan sus elucubraciones y proyectos. Yo, en broma, le digo que se ha convertido en el espía de la mancuerna Martin-Rosenthal. Pero mantener los oídos bien abiertos es una actividad que se toma realmente muy en serio.

Se niega a que lo visite en su nueva casa.

—No vale la pena, Hannah. ¿Para qué?

—No será peor que este horrible pasillo donde pasamos horas.

—A Frau Dubiecki no le gusta que tengamos visitantes. Es una vieja urraca que se aprovecha de nuestra situación. Allí nadie la quiere. Y papá se enojaría. Además, Hannah, no hay espacio ni para sentarse.

Saca del bolsillo un pedazo de pan negro y se lleva un trozo enorme a la boca. Me brinda, pero no lo acepto. He perdido el apetito: como porque debo comer. Pero Leo devora el pan con un hambre feroz y, mientras come, puedo detallarlo.

Leo despide energía por cada poro. Está lleno de colores. Su piel es rojiza, sus ojos marrones.

—¡La sangre circula por mis venas! —exclama, y sus mejillas resplandecen—. Tú, de tan pálida, eres casi transparente. Te puedo ver por dentro, Hannah —y me sonrojo.

No gesticula mucho, ni necesita hacerlo: con solo una oración su rostro expresa mil emociones. Al hablarme, no puedo dejar de atenderlo. Me bombardea con sus palabras. Me pone nerviosa, me hace reír, me hace temblar. Uno escucha a Leo e imagina que la ciudad va a explotar en cualquier segundo.

Su cabello es ondeado, abundante, parece que no se hubiera peinado nunca. Es flaco y largo. Aunque somos del mismo tamaño, luce varias pulgadas más alto. Se muerde los labios con tanta fuerza que parecen casi a punto de sangrar cuando cuenta algo importante. Tiene ojos asustados, muy abiertos, y sus pestañas son las más largas y oscuras que yo haya visto jamás. Siempre "llegan antes que él", me gusta decirle. Cómo las envidio. Las mías me entristecen, son tan claras que parecen inexistentes, como las de mamá.

—No las necesitas —me reconforta Leo—. Con esos ojazos tan azules que tienes.

El hedor me recuerda que estamos en un corredor asqueroso. El Ogro se mueve de un lado a otro. Rara vez sale, a menos que vaya a hacer compras.

Leo me cuenta que el Ogro trabajaba en la carnicería de Herr Schemuel, a unas cuadras de aquí, hasta que él mismo denunció al dueño. Se siente en control desde que los Ogros tomaron el poder: ellos le han dado libertad para hacer y deshacer a un insignificante y minúsculo piojo como él.

La terrible noche de noviembre de la que nadie deja de hablar le apedrearon la vidriera y le cerraron el negocio a los Schemuel. Desde ese día se hizo irresistible el hedor de la ciudad: a cañería rota, agua de cloaca y humo. A Herr Schemuel lo detuvieron y no se supo nada más del hombre que más conocía de cortes de carne en este barrio.

Ahora el Ogro se ha quedado sin trabajo: quisiera saber qué beneficios obtuvo con denunciar a Herr Schemuel.

Berlín se ha llenado de Ogros. En cada cuadra hay un vigilante. Son los encargados de delatar, de perseguir, de hacernos la vida imposible a los que pensamos diferente, a quienes venimos de familias que no encajan en su concepto de una familia. Debemos tener cuidado con ellos, y con los impuros-basura, que piensan poder salvarse delatándonos.

—Es mejor vivir encerrados, con puertas y ventanas clausuradas —insiste Leo.

Pero nosotros no podemos quedarnos tranquilos en un lugar fijo. ¡Total, si al final nos mandarán adonde a nuestros padres les dé la gana!

Es difícil que los Ogros se percaten de quién soy. Puedo sentarme en los bancos de los parques que nos están prohibidos. Puedo entrar a los vagones exclusivos para puros del tranvía. Si quisiera comprarlo, tampoco se negarían a venderme el periódico.

Según Leo, puedo hacerme pasar por quien quiera. No llevo la marca por fuera, aunque por dentro cargo la impureza que heredé de mis cuatro abuelos y que los Ogros desprecian. A Leo le pasa lo mismo. Piensan que es como ellos, pero a él su nariz lo delata, asegura, o la manera en que mira. En realidad, no le importa que lo descubran y lo llamen sucio, o que lo intenten agredir, porque sabe escabullirse muy bien y, si quisiera, podría correr más rápido que el gran campeón olímpico americano Jesse Owens.

Ese poder que tengo para hacerme pasar por quien quiera sin que me escupan o me pateen, se vuelve contra mí cuando estoy con los que son como yo. Piensan que me avergüenzo de ellos. Nadie me quiere, no pertenezco a ningún bando, pero eso no me afecta demasiado. Tengo a Leo.

A menudo, nos refugiamos en el pasillo del Ogro para mantenernos al día de lo que pasa. Si una tarde no nos da tiempo a llegar, Leo se queda ansioso porque teme haber perdido alguna noticia que puede cambiar el destino de nuestras vidas.

El hijo del panadero, que se siente orgulloso de su nariz enorme, nos interrumpe. Pero es amigo de Leo. Yo bajo la cabeza. Si Leo se quiere ir a jugar, que se vaya. Ya buscaré otra cosa que hacer.

—¿Con ella de nuevo? —le grita su amigo—. Sal de ese hueco sucio y deja a *la niña alemana* —al decir *niña alemana*, marca cada sílaba y hace una mueca de desagrado—. Déjala. Ella se cree mejor que nadie, y vámonos a ver la pelea en la esquina. Se matan a palos. ¡Vamos!

Leo le indica que baje la voz y se vaya.

—*Liebchen, Liebchen, Liebchen* —canturrea, como si Leo y yo fuéramos enamorados, y desaparece.

Leo se da cuenta de que estoy avergonzada, me pasa el brazo por los hombros e intenta consolarme

—No le hagas caso. Es un tonto callejero —me dice con suavidad.

Yo quiero irme a casa a agrandarme la nariz, a rizarme el pelo y teñírmelo de negro. Estoy cansada de que me confundan. Quizás no soy hija de mis padres, sino una huérfana pura, adoptada por impuros adinerados que se creen superiores porque tienen dinero, joyas, edificios.

Las noticias, en la voz distorsionada de la maltrecha radio del Ogro me saca de mis patéticas lamentaciones. Habrá nuevas regulaciones y leyes que cumplir. Doy un salto a cada nueva orden, que resuena como un rugido. Me duele.

Será obligatorio reportar todas nuestras posesiones. Muchos tendremos que cambiarnos los nombres y vender nuestras propiedades, nuestras casas y nuestros negocios al precio que ellos determinen.

Somos monstruos. Robamos el dinero de los otros. Esclavizamos a quienes tienen menos. Destruimos el patrimonio del país. Hemos desangrado a Alemania. Apestamos. Creemos en dioses diferentes. Somos urracas. Somos impuros. Miro a Leo, me miro, y no consigo ver la diferencia entre él, Gretel y yo.

Ha comenzado la limpieza en Berlín, la ciudad más sucia de Europa. Potentes mangueras de agua comenzarán a empaparnos hasta dejarnos limpios.

No nos quieren. Nadie nos quiere.

Leo me levanta de un tirón y partimos. Yo lo sigo, sin ningún rumbo. Me dejo llevar.

El Ogro se asoma orondo a la ventana, como todos los Ogros, feliz con la limpieza que se avecina —¡ya era hora!—, esa que él mismo ya iniciará en su barrio. Llegó el momento de aplastar a los indeseables, de triturarlos, de quemarlos, de asfixiarlos hasta que no quede uno vivo a su alrededor, nadie que dañe su perfección, su pureza.

Y con la satisfacción que le da el poder de aniquilar, de ser quién es, de estar por encima de los demás, de sentirse Dios en su magnífico cuartel rodeado de colillas y fango, lanza otro sonoro y denso escupitajo.

Anna
Nueva York, 2014

*H*oy me desperté más temprano. No se me va de la mente el rostro de la niña alemana: sus facciones son las mías. Quiero abrir bien los ojos para olvidarme de ella. En mi mesita de noche tengo la foto de papá y ahora, también, la postal descolorida del barco.

Esa es mi imagen favorita de papá. Siento que me mira de frente. Tiene el cabello oscuro peinado hacia atrás, los ojos grandes y caídos, la mirada perdida, las cejas gruesas y negras escondidas detrás de los delicados lentes montados al aire, una sonrisa incipiente en los labios finos, la mandíbula cuadrada, el cuello largo y firme, la espalda ancha. No hay hombre más hermoso en el mundo que papá.

Si necesito comentar algo de la escuela, o simplemente hacer un resumen de mi día o compartir con alguien mis preocupaciones, saco su fotografía y la coloco debajo de la lámpara con pantalla de un tono marfil, decorada con unicornios grises que cabalgan hasta que la luz se apaga y yo me quedo dormida.

A veces tomamos té juntos, compartimos una galleta de chocolate o le leo un pasaje del libro de la biblioteca asignado por la escuela.

Si tengo que practicar alguna presentación para la clase de español, lo hago con papá. No existe un mejor interlocutor: él es el más comprensivo, benevolente y calmado.

Una vez mamá me contó que, de niño, su libro favorito era *Robinson Crusoe*, y el día que entré en la escuela me lo regaló. Me puso sobre los hombros sus manos delicadas y me miró fijo a los ojos:

—Para que aprendas a leer rápido. Ahora tienes una meta.

Yo me detenía en los escasos dibujos de aquellos dos hombres vestidos de harapos en una isla salvaje, y me preguntaba por qué no habría más imágenes en ese libro de más de un centenar de páginas que papá veneraba. Para mí no había nada atractivo en un montón de hojas llenas de palabras negras sobre fondo blanco, sin un ápice de color.

Cuando aprendí a leer, intenté descifrarlo con sumo cuidado, repitiendo cada sílaba, cada palabra, pero todavía era muy difícil. Aquellas frases rebuscadas me eran ajenas y no podía pasar más allá de la primera.

"Si alguna vez ha merecido hacerse pública la historia de las aventuras por el mundo de un hombre particular…". Aquí no se hablaba de perros, ni gatos, ni de lunas perdidas, ni de bosques encantados. La única palabra familiar que encontré fue "aventura". Era un libro de aventuras. Primera clave descifrada.

Más adelante, comencé a leerle a papá sílaba por sílaba. Todas las noches vencíamos una página. Al principio, con cierto ahogo. Luego las oraciones fluían sin que me diera cuenta.

El día que finalmente comprendí la historia de aquel hombre varado en una isla donde las estaciones se reducían a lluvia y seca, en medio de la nada con su amigo Viernes, al que salvó de los caníbales, me llené de esperanzas. Y comencé a crearme mis propias aventuras.

Papá podía estar perdido en una isla lejana y yo navegaría en mi majestuoso barco de velas, atravesaría mares y océanos, batallaría contra las temibles tormentas y las olas de imponentes océanos hasta encontrarlo.

Pero hoy no es día de lectura. Debo contarle sobre el paquete que hemos recibido de Cuba, una verdadera reliquia familiar. Porque si alguien sabe algo sobre ese barco y la dedicatoria en alemán, tiene que ser él. Convenceré a mamá de que vayamos a un laboratorio fotográfico para revelar las imágenes en blanco y negro. Y sé que él me va a ayudar a desentrañar quiénes son. Es probable que en esas fotos estén sus padres, o sus abuelos porque, según entendemos, son de antes de la guerra. La segunda, la más terrible de todas.

Cada día, al despertar, tomo la foto y la beso, antes de ocuparme del café de mamá. Solo así consigo que se levante.

En la cocina preparo el café sin azúcar mientras respiro por la boca, porque el olor del oscuro brebaje me da náuseas, pero a ella le gusta y la despierta. Voy muy despacio con su tazón. Lo sostengo por el asa para evitar quemarme con la poción que la sacará de su letargo. Doy dos toques suaves en la puerta y, como siempre, no me contesta. Abro lentamente y entra conmigo la luz del pasillo.

Entonces la veo: pálida, inmóvil, con los ojos en blanco, la mandíbula apunta hacia lo alto, el cuerpo contorsionado en un gesto de desesperación. No pude sostener el café, que cayó al piso con estruendo y manchó las paredes blancas de su cuarto.

Corro hacia el pasillo, abro la puerta con dificultad y busco las escaleras. Subo hasta el cuarto piso y toco la puerta del señor Levin. Al abrirme, salta hacia mí su perro Vago. *No puedo jugar contigo, Vago, mamá me necesita.* El señor Levin nota mi angustia, me abraza y en ese momento ya no puedo contener el llanto.

—¡Creo que mamá está mal! —le digo, porque no me atrevo a pronunciar la palabra que más temo. Que la perdí, que se ha ido, que me ha abandonado. Que a partir de este instante no solo seré huérfana de padre, sino también de madre, y quizás tenga que dejar mi apartamento, mis fotos, mi escuela, y que sabe Dios a dónde me manden a vivir. A Cuba, quizás. Sí, podría pedirles a los oficiales que vengan a buscarme que localicen a mi familia cubana, a Hannah, lo único que me queda en el mundo.

Bajé por las escaleras con Vago, el señor Levin tomó el ascensor. Llegué primero y lo esperé en la entrada del cuarto, sin mirar hacia dentro. Mi corazón bombeaba sin control. Los latidos eran tan fuertes que me dolía todo el cuerpo. Con mucha calma, el señor Levin entró, encendió la luz, se sentó en la cama de mamá. Le tomó el pulso, me miró, sonrió. Comenzó a llamarla.

—¡Ida!, ¡Ida!, ¡Ida! —gritaba, pero el cuerpo continuaba inmóvil.

Poco a poco vi que los brazos de mamá comenzaban a relajarse y que movía ligeramente la cabeza hacia la izquierda, como evitándonos. El color volvía con lentitud a sus mejillas, y con cierta molestia reaccionó a la luz inusual de su cuarto.

—No te preocupes, Anna, ya llamé a una ambulancia. Tu mamá va a estar bien. ¿A qué hora viene el autobús de la escuela? —me dijo el único amigo que tengo en el universo. El dueño del perro más noble del edificio.

Mamá veía cómo corrían mis lágrimas, y la sentí más triste que nunca, como si pidiera perdón, avergonzada, pero sin fuerzas para pronunciar una sola palabra. Me acerqué y la abracé con cuidado para no lastimarla.

Me sequé las lágrimas y corrí a buscar mi autobús. El señor Levin se asomó a nuestro balcón para asegurarse de que el chofer me recibiera, y al subir los escalones y recorrer el pasillo hasta mi asiento, los niños se dieron cuenta de que había llorado. Me senté en la última fila y la niña de trenzas que estaba delante de mí se volvió y vi cómo me observaba. Seguro habrá pensado que me castigaron porque me comporté mal: no hice la tarea, o no recogí mi cuarto, o no quise tomar el desayuno, o no me lavé los dientes antes de salir.

No me pude concentrar en ninguna clase ese día, pero no hubo un maestro que me molestara con preguntas que no hubiera podido responder. No sabía si mamá se quedaría varios días en el hospital, si sería posible vivir un tiempo con el señor Levin.

De regreso a casa, en el balcón estaba otra vez mi amigo. Ahí comprendí que mamá seguía en el hospital y que yo tendría que encontrar adónde ir.

Bajé del autobús sin despedirme del chofer. Me detuve por unos minutos en la entrada del edificio porque no quería entrar. Vi los primeros brotes de verde de la parra virgen que cubre la esquina del edificio: evitaba subir.

Primero recogí el correo, como cada día. Luego corrí por las escaleras. Al entrar, Vago se abalanzó sobre mí y comenzó a lamerme. Me senté en el piso y lo acaricié por un rato largo, tratando de retrasar mi llegada a la sala. Por fin entré y vi al señor Levin, ahora con Vago a sus pies, y a mi madre en su butaca de piel junto a la puerta del balcón, que estaba abierta. Ambos sonrieron. Ella se levantó y vino hacia mí con paso firme.

—Fue un susto nada más —me dijo al oído para que el señor Levin no la oyera—. No volverá a suceder. Te lo prometo, mi niña.

Hacía mucho tiempo que no me llamaba "mi niña". Comenzó a acariciarme el pelo. Cerré los ojos y recosté la cabeza en su pecho, como cuando era una bebé y no podía saber realmente qué había pasado con mi padre, cuando tenía esperanzas de que entrara por la puerta en cualquier momento. Respiré profundo y sentí su olor a ropa limpia y jabón.

La abracé y permanecimos así por varios minutos. De pronto, la habitación se hizo enorme y me sentí mareada. *No te separes, quédate un rato más así. Abrázame hasta que te canses, hasta que no puedas más.* Vago viene a lamerme los pies y me saca de mi ensueño, pero al abrir los ojos veo que es realidad: mamá está en pie, sonríe, tiene color en el rostro, ha vuelto a ser hermosa.

—La presión le bajó demasiado. Le van a cambiar los medicamentos y todo va a estar bien —dijo el señor Levin y mamá le dio las gracias, se desprendió de mí y fue hasta la cocina.

—Ahora vamos a cenar —entró con toda disposición a una zona desconocida para ella, al menos durante los últimos años.

La mesa ya estaba puesta: servilletas, platos, cubiertos y vasos para tres. Desde el horno llegó el olor del salmón con alcaparras y limón. Llevó la fuente a la mesa y comenzamos a cenar en silencio.

—Mañana iremos a un laboratorio de fotografías en Chelsea. Ya llamé y nos van a recibir.

Eso era lo que necesitaba para olvidar el susto de hoy. De alguna manera me sentía culpable; sabía que en ocasiones había deseado que no se despertara, que no abriera más los ojos y siguiera en su sueño sin dolor. Si pudiera le pediría perdón. Pero ahora vamos a descubrir quiénes están en las fotos. Y yo siento que mamá está recuperando el control o, al menos, tiene más energía.

Acompaño al señor Levin y a Vago hasta su apartamento, y nos tropezamos con la vecina cascarrabias que no quiere al perro más noble del edificio.

—¡Es un perro sucio, encontrado en la calle! Sabe Dios si está lleno de pulgas —le ha dicho a los otros vecinos, que la tildan de loca.

Pero Vago, que es el mejor perro del mundo, la saluda al verla, sin importarle su rechazo. A Vago le falta la mitad del pelo. Tiene un ojo gacho. Es un poco sordo. Tiene la cola chueca. Por eso la vieja no lo quiere, pero él es un perro feliz. El señor Levin lo rescató y le habla en francés.

"*Mon clochard*", lo llama, porque, según él, su dueña era una anciana francesa, otra solitaria como él, que hallaron muerta en La Touraine, uno de los edificios de apartamentos más antiguo de Morningside Drive.

—Vivimos en la zona parisina de Manhattan —le gustaba decir a mamá en la época en que me hacía cuentos antes de dormir.

Cuando el superintendente abrió la puerta de la señora francesa, Vago se escapó y no pudieron alcanzarlo. Una semana más tarde, en una de sus caminatas al amanecer, el señor Levin lo vio subir con gran esfuerzo las empinadas escaleras del parque de Morningside y llegar a refugiarse a sus pies.

—*Mon clochard* —lo llamó, y el perro saltó de felicidad.

Vago siguió obedientemente al señor Levin, un anciano corpulento de cejas pobladas y grises, hasta su apartamento, y se convirtió en su compañero. El día que me lo presentó, el señor Levin me dijo muy serio:

—El año que viene cumplo ochenta años, y a esa edad uno cuenta los minutos que le quedan. No quiero que a mi Clochard le pase lo mismo otra vez. En el momento en que fuercen la puerta para ver por qué no respondo, quiero que mi perro conozca el camino a tu casa.

—*Mon clochard* —le dije a Vago con mi fuerte acento americano, mientras lo acariciaba.

Aunque mamá nunca me ha permitido tener una mascota —solo peces, que duran lo que una rosa—, sabe que no se puede negar a que Vago venga a vivir con nosotros, pues siempre estaremos en deuda con mi único amigo.

—Anna, al señor Levin le quedan todavía muchos años de vida, así que no te hagas ilusiones —me respondió al insistirle en que tendríamos que hacernos cargo de su perro.

Para mí el señor Levin no es ni viejo ni joven, ni grande ni pequeño. No es fuerte, lo sé porque camina con mucha calma, pero su mente es aún tan ágil como la mía. Encuentra respuestas para todo y si te mira fijo a los ojos, tienes que atenderlo sin distraerte.

Ahora Vago no quiere que me vaya y comienza a gemir.

—Vamos, perro malcriado —lo consuela el señor Levin—. La señorita Anna tiene cosas más importantes que hacer.

Al despedirme en su puerta, el señor Levin toca la mezuzá y puedo divisar una única foto en tono sepia en su pared. Él, en la época que era un joven apuesto, sonriente, con el pelo negro y abundante, junto a sus padres. Quién sabe si el señor Levin guarda algún recuerdo de aquellos años en un pueblo que entonces pertenecía a Polonia. Ha pasado mucho tiempo, debe haberse olvidado.

—Eres una niña con alma vieja —me coloca su pesada mano sobre la cabeza y me da un beso en la frente.

No entiendo lo que quiere decir, pero lo tomo como un cumplido.

Me retiro a mi cuarto, a hacerle el resumen del día a papá, que me espera en la mesita de noche. Mañana saldremos y dejaremos los negativos en un laboratorio de fotografía. Le cuento de Vago, del señor Levin, de la cena preparada por mamá. Solo evité hablarle del susto que pasamos en la mañana. No quiero preocuparlo con esas cosas. Todo va a estar bien. Lo sé.

Me siento más agotada que nunca. Los ojos se me cierran. No puedo seguir hablando, ni apagar la luz. Ya casi dormida siento que mamá entra a mi cuarto y apaga la lámpara de mi mesita de noche: los unicornios dejan de girar y se van a descansar, como yo. Me cubre con mi colcha de felpa morada y me da un beso, suave y largo.

A la mañana siguiente un rayo de sol me despierta: olvidé bajar las cortinas antes de dormirme. Me levanto sobresaltada y dudo por unos segundos: ¿soñaba?

Siento ruidos afuera. Alguien está en la sala o en la cocina. Me visto a toda prisa y, sin peinarme, salgo a ver qué sucede.

En la cocina, mamá acaricia su taza de café, bebe despacio, sonríe, sus ojos pardos se iluminan. Vestida con una blusa lila, pantalones azul oscuro y los zapatos que ella llama "*ballerinas*", se acerca a mí y me da un beso. No sé por qué, cuando la siento a mi lado, tiendo a cerrar los ojos.

Comencé a desayunar con premura.

—Con calma Anna…

Pero yo quería terminar lo antes posible, quería ver a los personajes de esas fotos, porque sentía que estábamos muy cerca de descubrir a la familia de papá y la historia de un barco que tal vez naufragó en medio del océano.

Al salir del apartamento, la vi voltearse con un breve gesto. Cerró la puerta con llave y se detuvo por un instante, como arrepentida.

Sin sujetarse de la baranda de hierro, bajó los seis escalones de la entrada del edificio que la separaban de un mundo que había olvidado. Una vez en la acera, me tomó de la mano e hice que apurara el paso, pero ella quería inhalar todo el aire posible, aunque aún estuviera un poco frío, que la bañaran los rayos de sol de una primavera atrasada. Sonreía a los transeúntes que se cruzaban en el camino. Se sentía libre.

Cuando llegamos al estudio fotográfico en Chelsea, tuve que ayudarla a abrir las pesadas puertas de cristal de la entrada. El hombre detrás del mostrador, que ya nos esperaba, se colocó unos guantes blancos, desplegó en una mesa iluminada los rollos que le entregamos y comenzó a revisarlos uno por uno con una lupa.

Habíamos recibido un tesoro de La Habana. Yo era la detective de un misterio que estaba a punto de descifrarse.

Las imágenes que veíamos estaban al revés. Lo negro se volvía blanco; lo blanco, negro. Como si nuestros fantasmas se dispusieran a cobrar vida bajo lámparas potentes y emulsiones químicas.

Nos detenemos en uno de los contactos, marcado con una cruz blanca. En una esquina, una nota borrosa dice en alemán: "La tomó Leo el 13 de mayo de 1939", mamá nos traduce. Es la única foto en que aparece una niña, muy parecida a mí, en la ventanilla de lo que el hombre canoso piensa que es, quizás, el camarote de un barco.

Creo que se preocupa un poco al verme tan ilusionada con esos negativos. Piensa que espero de ellos demasiadas respuestas que no encontraré. Ahora la tarea será investigar su procedencia, qué familiares de papá aparecen en las fotos y adónde fueron a dar. Al menos sabemos que uno de ellos desembarcó en Cuba. ¿Y los demás?

Si papá nació a finales de 1959 y estos negativos tienen setenta años, estamos hablando de la época en que mis bisabuelos llegaron a La Habana. Es posible que también aparezca mi abuelo cuando era un bebé, quién sabe. Mamá cree que son fotos de Europa, de la travesía por mar, cuando escapaban de la guerra que se avecinaba.

—Tu padre era de pocas palabras —me repite.

En el taxi de regreso a casa, me toma de la mano, busca toda mi atención. Sé que viene otra noticia, una que ha reservado todos estos años. Aún cree que estoy muy pequeña, que no puedo entender por lo que ha pasado mi familia. *Yo soy fuerte, mamá. Puedes decirme cualquier cosa. No me gustan los secretos. Y, por lo que veo, esta familia está llena de secretos.*

Hubiera sido más fácil decirme desde el día que me aceptaron en la escuela, en Fieldston, que soy huérfana de padre. Pero ella insistía en la misma frase: "Tu padre se fue un día y no regresó". Con eso era suficiente.

—Creo que ya es hora de que sepas algo. Por parte de papá eres también alemana —dijo con una leve sonrisa, como pidiendo perdón.

No le respondo. No reacciono.

El taxi entra en el West Side Highway, hacia el noroeste de la ciudad. Abro la ventanilla. El aire frío del Hudson y el bullicio de la ciudad impiden que mamá continúe. No puedo dejar de pensar en la nueva noticia.

Llego a casa con la cara congelada y enrojecida, y nos topamos con el señor Levin y con Vago que, después de caminar, suelen sentarse a descansar en los escalones de la entrada.

—¿Me puedo quedar un rato? —le pido a mamá, que me responde con una sonrisa.

—¿Cuándo estarán listas las fotos? —me pregunta el señor Levin, pero Vago está encima de mí, me hace cosquillas, no me permite responder la pregunta de su amo. Vago es un perro muy malcriado, pero muy divertido.

Al regresar a casa voy directamente a mi cuarto. Frente al espejo, empiezo a intentar descubrir los rasgos alemanes que debo haber heredado de un padre que creía cubano. ¿Qué veo en el espejo? A una niña alemana. ¿No soy, acaso, una Rosen?

Los Rosen salieron de Alemania en 1939 y se asentaron en La Habana. ¿Y qué más?

—Es lo único que sé, Anna —me dijo, y en lugar de irse a la cama se sentó a leer en su butacón.

No sé para qué aprendí español. Hubiera sido mejor el alemán. Lo llevo en la sangre, ¿no?

La niña alemana.

Hannah

Berlín, 1939

*L*a cena está servida. El comedor se ha convertido en nuestra cárcel, con sus paredes de madera oscura que ya nadie pule. El techo, con pesados moldes cuadrados, parece a punto de caernos encima.

Ya no tenemos ayuda en casa; todos se han ido. Hasta Eva, que me vio nacer. No es seguro para ella, y no quiere vernos sufrir. Aunque creo que en realidad nos abandonó porque no quiere verse en la disyuntiva de tener que denunciarnos.

A escondidas, Eva no ha dejado de venir, y mamá le paga como si aún fuera nuestra empleada.

—Ella es parte de la familia —le aclara a papá, cada vez que él le advierte que debemos reducir los gastos, que nos quedaremos sin dinero en Berlín.

En ocasiones, Eva nos trae pan, o cocina en su casa y viene con la comida en una enorme vasija para que la recalentemos. Siempre tuvo llave de la casa y entraba por la puerta principal. Ahora solo accede por la entrada de servicio, para que Frau Hofmeister no la vea.

Esa mujer está pendiente de lo que hacemos, es la vigilante del edificio. Tengo su mirada clavada en la nuca. Salgo a la calle y me sigue, sus ojos me pesan en la espalda. Es una sanguijuela que daría cualquier cosa por quedarse con algún vestido de mamá; por entrar a nuestra casa y llevarse las joyas, los bolsos, los zapatos hechos a la medida que nunca entrarían en sus pies rechonchos.

—El dinero no compra el buen gusto —sentencia mamá.

Frau Hofmeister gasta una fortuna en vestidos, pero en ella lucen prestados.

No entiendo por qué mamá se viste y se arregla como si fuera a salir de fiesta. Se pone incluso pestañas postizas, que le dan un aire aún más lánguido a sus ojos caídos. Tiene grandes párpados, "ideales para el maquillaje", comentaban sus amigas. Pero usa poco color en el cutis. Tonos color rosa, blanco, negro, un poco de gris. El rojo en los labios es solo para ocasiones especiales.

Cada día que pasa, el comedor nos queda más grande. Me hundo en la silla y veo a mis padres en la distancia. No puedo distinguir sus rostros, sus facciones se me van borrando. La única luz es la de la lámpara que cuelga sobre la mesa y tiñe de naranja pálido los platos blancos de porcelana.

Estamos encerrados alrededor de una mesa rectangular, de caoba y con patas gruesas. Junto al plato de papá, veo una edición de *Das Deutsche Mädel*, la revista de la liga de las niñas alemanas. Todas mis amigas, o mejor, mis compañeras de clase, estaban suscritas a ella, pero papá no me permitía traer a casa ningún ejemplar de esa "basura impresa", como la llamaba. No comprendo por qué puede tener ahora un ejemplar a su lado. ¿Podemos empezar a comer? Ambos parecen absortos, bajan la cabeza. No se atreven a hablarme. Se llevan a la boca, en silencio y al unísono, la cucharada de sopa que tragan con dificultad. No me miran. *¿Qué hice?* Papá se detiene, alza la vista, me clava los ojos y voltea la revista lentamente, deslizándola hacia mí con furia contenida.

No puedo creerlo. ¿Qué va a ser de mí? Leo me odiará. Tendré que olvidar nuestros encuentros diarios al mediodía en el café de Frau Falkenhorst. Nadie tomará chocolate caliente conmigo. *El hijo del panadero tenía razón, Leo. Debías haberte separado de mí. No me busques.*

En la portada de la revista de las niñas puras, las que no tienen manchas heredadas de sus cuatro abuelos, las de nariz pequeña y respingada, piel blanca como la espuma, cabello rubio y ojos más azules que el mismísimo cielo, donde no hay espacio para la imperfección, aparezco yo, sonriente, con la mirada fija en el futuro. Me han convertido en "la niña alemana" del mes.

Hay un vacío en el comedor. No se siente ni el sonido de las cucharas al tocar el miserable plato de sopa. Nadie me habla. Nadie me recrimina.

—No fue mi culpa, papá. ¡Créeme! —grito.

El fotógrafo que tomamos por un impuro-basura terminó siendo un Ogro que trabajaba para *La niña alemana*. Creí que había descubierto mi mancha, a pesar de haberme bañado ese día hasta arrancarme la piel, y que por eso me fotografiaba.

—¿Cómo puede haberse equivocado? —nadie me responde.

—Estás sucia, Hannah. No te quiero así en la mesa —me dice mamá y, por primera vez, oír que me llamaran sucia fue como una caricia.

Sí, lo estoy, y quiero que el mundo sepa que no me importa estar sucia, manchada, arrugada. Quiero decírselo a mis padres, pero no puedo porque, al final, todos estamos sucios. Nadie se salva. Ni la pulcra y altiva Alma Strauss, hoy una Rosenthal más, tan sucia como cualquiera de los impuros que viven hacinados en los cuartos del barrio Spandauer Vorstadt. Ni papá, el eminente profesor Max Rosenthal, que ahora deambula entristecido y con la cabeza gacha.

Me levanté de la mesa, me cambié de ropa para satisfacerla. Me puse un vestido blanco de mangas cortas perfectamente planchado. *¿Así te gusta, mamá? No me llevaré este vestido el día que tengamos que abandonarlo todo.* No me puedo mover. Si me muevo, se estruja. Si me siento, se queda marcado. Hasta una lágrima puede mancharlo. Y las manos, me las enjaboné tanto que aún huelen a sulfato. Mientras toma una cucharada de sopa, mamá me revisa, sin reproches.

Papá suspira. Toma la revista y la guarda en su portafolio.

—Quién sabe si tu rostro en esa portada nos servirá algún día —parece resignado. El daño está hecho.

—¿Ya podemos cenar con tranquilidad? —sugiere con ironía mamá.

Se escucha el delicado sonar de las cucharas contra los platos de porcelana de Meissen que mamá comenzó a usar desde el día que supo que pronto tendría que deshacerse de ellos y que pasarían a manos de una vulgar familiar berlinesa.

—Una vajilla que lleva con los Strauss más de tres generaciones —suspira y traga.

No toco mi plato. Creo que si rompo una pieza no dudarán en enviar a esta niña alemana en un tren a Dios sabrá dónde. Y que ni se me ocurra hacer ruido al probar la sopa insípida y clara, con un par de papas que flotan con dificultad y un trozo mal cortado de cebolla morada, porque me mandarían a la cama, a dormir con la barriga vacía.

—Madagascar —dice papá. No sé a qué se refiere.

Mamá se lleva a la boca otra cucharada de sopa, ya fría, que traga a empujones. Silencio. Espero que papá continúe. Madagascar.

—¿En qué continente está Madagascar? ¿África? ¿Nos vamos tan lejos? —pregunto y me ignoran.

La Divina deja escapar una lágrima que no puede contener a pesar de que se esfuerza. Se la seca rápidamente con la servilleta de encaje blanco, sonríe y me roza la mano para intentar mostrarme que esa lágrima no significa nada para ella. La tristeza pasó. Hay que emigrar. Es la única opción.

—Mientras más distante esté el lugar a donde vayamos, mejor —y sella su aprobación con otra cucharada de sopa. Se lleva las blanquísimas manos a su cuello y se acaricia con cierto aire aristocrático.

—Etiopía, Alaska, Rusia, Cuba —papá continúa enumerando nuestros inciertos destinos.

Mamá me mira, sonríe y comienza un discurso que parece no tener fin.

—No hay que llorar, Hannah. Nos iremos adonde nos tengamos que ir. Para eso sabemos varios idiomas. Y si es necesario, aprenderemos otros. Somos distintos, aunque nos quieran arrojar al montón. Comenzaremos de nuevo. Si no podemos tener una casa frente a un parque o un río, la tendremos junto al mar. Disfrutemos nuestros últimos días en Berlín.

Su calma me asusta. Habla y marca cada palabra, redondea las vocales con cierta letanía. Hace una pausa, respira y continúa. Presiento que de pronto podría comenzar a llorar, a recriminar a papá, a maldecir su terrible existencia, su pasado, su herencia.

La veo tan frágil que dudo que pueda resistir, ya no un viaje a Madagascar, sino una simple salida al Hotel Adlon, a ver por última vez la Puerta de Brandenburgo y despedirse del Siegessäule, la enorme columna de la victoria que visitábamos las tardes de otoño.

—Podríamos ir al Adlon, Hannah. Deberíamos despedirnos de Monsieur Fourneau, que siempre ha sido tan amable con nosotras. Y, por supuesto, de Louis.

Se me hizo la boca agua al pensar en los bombones que nos servía Monsieur Fourneau. Recuerdo cómo me acomodaba la servilleta, y su nariz puntiaguda se acercaba tanto a mi cara que podía sentir su respiración. Louis era el hijo del dueño, y ahora había tomado el mando. Le encantaba mamá, la distinción que ella le daba a su hotel. Se sentaba con nosotras y nos contaba qué personajes de la alta sociedad, o incluso de Hollywood, estaban hospedados por aquellos días.

A ella le es difícil aceptar el hecho de que ya no es bienvenida en el hotel que consideraba suyo. La enorgullecía decir que aquel lugar era el símbolo de la modernidad alemana, el símbolo de la elegancia: una fachada sobria, pero en el interior enormes columnas de mármol y una exótica fuente con la escultura de elefantes negros.

Incluso sus padres habían asistido a la inauguración en 1907. Ese día, el abuelo le regaló a la abuela la Lágrima, la perla imperfecta, su joya favorita. Que algún día será mía, como mamá me recuerda cada año. Al cumplir doce años, la Lágrima fue suya, y solo la lleva a eventos muy especiales.

Ahora Louis recibe a los Ogros. Son ellos quienes le dan categoría a su hotel, representan a la alta sociedad y al poder, y no a una simple heredera que se cree más misteriosa que la Divina, casada con un profesor venido a menos. Nosotros somos los impuros, los que dañamos la vista y la reputación de una institución legendaria.

Una vez, mientras limpiaban las gigantescas alfombras persas de casa, nos quedamos en dos habitaciones con vista a la Puerta de Brandenburgo. La mía era enorme y se comunicaba con la de mis padres. Por las mañanas, corría las cortinas de terciopelo rojo y abría las ventanas para que entrara el sonido de la ciudad. Me encantaba ver a la gente correr tras los tranvías, el caótico tráfico de la Unter den Linden. El aire frío de Berlín olía a tulipanes, a algodón dulce, al polvo azucarado de anís de los *Pfeffernüsse* frescos.

Yo desaparecía entre las almohadas de pluma y las sábanas blanquísimas que nos cambiaban dos veces al día. Me traían el desayuno a la recámara y me saludaban: *Guten Morgen, Prinzessin Hannah.* Nos vestíamos elegantemente para almorzar, nos cambiábamos para tomar el té y aún nos poníamos un tercer traje para la noche.

—Sí, los bombones de Louis, rellenos de cerezas —apruebo entusiasta con expresión de niña tonta, malcriada, por seguirle el juego.

La observo con detenimiento, su lentitud y su esfuerzo para llevarse una simple cucharada de sopa a la boca. Quiero que me mire, que sepa que existo. Me retiro a mi cuarto, sola. *Mamá, por favor, vuelve a leerme en francés novelas románticas del siglo pasado. Cuéntame de Madame Bovary, aquella mujer enamorada y aburrida. Casi llegas a llamarme Emma inspirada en ella, pero papá no lo permitió. De esa historia de romances y traiciones, solo recuerdo a Emma tomando cucharadas de vinagre para que su marido la viera enferma y demacrada. Un día me levanté temprano, muy triste, pero ni ustedes, ni Eva, se dieron cuenta. Fui a la cocina y tomé vinagre, con la intención de que mi rostro reflejara lo que sentía. Y también quería tener listo un pañuelo de batista, como el de Emma, con gotas de vinagre, por si alguien se desmayaba. Pero aquí la única que pierde el conocimiento soy yo, apenas veo una simple gota de sangre.*

Practiquemos el español con novelas caballerescas de quijotes y sanchos. Seamos Romeo y Julieta en ese inglés difícil que dominas a la perfección. Volvamos a ser de nuevo la familia de antes. Prométemelo, mamá.

No esperes ahora a la niña inteligente, la que sabe cómo comportarse y puede hablar de literatura y geografía en los salones de té. No. Quiero ser con ustedes una niña malcriada, que corre, grita, salta, llora. Es hora de una rabieta típica de mi edad. ¡No me voy! ¡No quiero salir del cuarto! ¡Váyanse ustedes y déjenme aquí con Eva!

Me llevo a la cama la muñeca vestida de tafetán rojo que mamá me regaló el año pasado y que detesto. Juego a ser niña y culpo a mis padres, pero al final sé que mi destino no está en mis manos ni en las de ellos; que intentan sobrevivir en medio de una ciudad que no puede sostenerse más. Tocan a la puerta. Me escondo bajo las sábanas y siento que alguien se acerca y se acuesta a mi lado. Es papá, que me mira con compasión.

—Mi niña, mi niña alemana —y me dejo mimar por el hombre que más quiero en el mundo.

—Nos vamos a vivir a América, a Nueva York, pero aún estamos en la lista de espera para que nos dejen entrar. Es por eso que antes tendremos que ir a otro país. Solo en tránsito, te lo prometo —la voz de papá me calma. Su calor me invade, su aliento me arropa. Si continúa hablándome con esa cadencia, me quedaré dormida.

—Ya nuestro apartamento está listo en la ciudad de los rascacielos, Hannah. Viviremos en un edificio con nombre de montaña, cubierto de hiedra, en la calle Morningside Drive. Desde la sala, en el Mont Cenis, podremos ver el sol salir todas las mañanas.

Es hora de que me duermas, papá. Deja de soñar. Quiero que me cantes una canción de cuna, como cuando era pequeña y me quedaba dormida en tus brazos, los más fuertes del mundo. Soy de nuevo la niña obediente y educada que no interrumpe a los mayores. La que no quiere separarse de ti y te abraza hasta que el sueño la rinde.

Volveré a ser una bebé y despertaré, y pensaré que estamos en medio de una pesadilla. Que nada ha cambiado.

Papá no sufre porque vayamos a perder lo que es nuestro, o porque tengamos que irnos de Berlín al fin del mundo. Él tiene una profesión. Él puede comenzar de nuevo aunque no le quede un centavo en el bolsillo: lo lleva en la sangre. Él sufre por mamá, porque ve que cada día que pasa es un año que le cae encima. No creo que pueda adaptarse a vivir fuera de su casa, sin sus joyas, sin sus vestidos, sin sus perfumes.

Va a enloquecer. Lo sé. El dolor la aniquila. Está dejando poco a poco su vida entre las paredes que han sido suyas por varias generaciones. El único espacio donde le ha gustado vivir, donde están las fotos de sus padres, donde guarda la Cruz de Hierro que el abuelo obtuvo en la Gran Guerra. Papá extrañará más su gramófono y sus discos. Tendrá que despedirse para siempre de Brahms, de Mozart, de Chopin. Lo bueno con la música es que, como él dice, la llevas contigo, en tu mente. Eso nadie te lo puede quitar.

Y yo, lo que ya he comenzado a extrañar, son las tardes con papá en su despacho, descubriendo países en sus mapas antiguos, escuchando los relatos de sus viajes a la India y su recorrido por el Nilo, imaginándonos en una excursión a la Antártida o de safari en África.

—Algún día lo haremos —me consolaba.

No me olvides, papá. Quiero volver a ser tu alumna, aprender la geografía de continentes lejanos. Y soñar, solo soñar.

Anna

Nueva York, 2014

Cierro los ojos y estoy en la cubierta de un barco enorme a la deriva. Abro los ojos y el sol me ciega. Soy la niña del barco, con el pelo corto, sola en medio del océano. Despierto y aún no sé quién soy: Hannah o Anna. Siento que somos la misma niña.

Sobre la mesa de madera del comedor, mamá despliega las fotos en blanco y negro que nos llegaron desde una isla que está allá abajo en el mapa, en medio del Caribe.

En la pared blanca del pasillo, junto al librero de madera que no debo tocar, está el retrato ampliado de la niña en la ventanilla de su camarote. No mira a la orilla, ni al agua, ni al horizonte. Está como a la espera de algo. No es posible definir si se acercaban al puerto o estaban aún en medio del océano. Recuesta la cabeza en su mano, resignada. La raya del pelo marcada al lado, con un corte que deja al descubierto la cara redonda y el cuello delicado. El pelo parece claro en una imagen tan contrastada que me cuesta trabajo distinguir bien sus ojos, o saber si en realidad se parece a mí.

—El perfil Anna, el perfil —me dice mamá sonriente, absorta en aquellas imágenes, en especial la de la niña.

Busco la revista de hojas frágiles, en colores tenues y gastados, y compruebo que la de la portada es la misma niña del barco. La hojeo, pero no encuentro ninguna referencia a una travesía por el Atlántico. No hay quien descifre este enredo. Mamá es la que puede entender un poco de alemán, pero no le dedica mucho tiempo a la revista: se concentra en las fotos. Comenzó a organizarlas por temas: retratos de familia, interiores, la ciudad, las del barco. Colocó al final todas las que muestran al mismo niño.

No puedo creer que un sobre que llegó de Cuba haya conseguido sacar a mamá de la cama. Es otra. Todavía no sé si fue el sobre o el susto. Por primera vez siento que me presta atención, que me toma en cuenta. La veo concentrada en aquellas imágenes que tienen que ver con una familia que huía de otro continente en vísperas de una guerra anunciada.

—Es como estar viendo una película de un Berlín en los años veinte o treinta. Un mundo a punto de desaparecer. Ya no queda nada de esa época, Anna —me comenta mientras revisa cada foto.

Y vuelve a hacer su gesto de acomodarse el pelo detrás de la oreja, como antes. También ha comenzado a usar un poco de color. Ojalá el fin de semana me permita maquillarla, jugar con los cosméticos, como hacíamos cuando aún yo no iba a la escuela y ella no había caído en cama.

Es hora de hacer la tarea, pero prefiero quedarme con mamá en la mesa. Unos minutos más, sí, y voy a la cocina para preparar un té.

Vidrieras rotas, la estrella de David, cristales por todas partes, grafitis en las paredes, charcos de agua, un hombre que huye de la cámara, un viejo triste con los brazos llenos de libros, una mujer que arrastra un enorme coche de bebé, otra con sombrero que salta sobre un charco que parece un espejo, una pareja de enamorados en un parque, hombres con sombreros, vestidos de negro. Parecen uniformados. Todos los hombres con la cabeza cubierta. Tranvías abarrotados. Y más cristales... El fotógrafo se obsesionó con los cristales en el piso.

Mamá trajo también las imágenes digitalizadas, así que podré imprimirlas a mi antojo, recortarlas, ampliarlas. Hay mucho por descubrir.

Con el té servido, aprovecho y me acerco. Cierro los ojos y respiro profundo para sentir su olor a jabón. Me detengo en la foto de un hermoso edificio quemado y con el techo destruido que tiene en la mano, y veo sus uñas cortas y pulcras, sus dedos sin anillos, sin su aro dorado, y los acaricio. Ella recuesta su cabeza sobre la mía. Estamos juntas de nuevo.

—Esa fue la noche más terrible. La noche del nueve al diez de noviembre de 1938. Nadie lo esperaba —mamá tiene un nudo en la garganta.

La escucho contar el terrible drama y no puedo ponerme triste, porque estoy feliz de tenerla de vuelta. Me asusta pensar que este dolor pueda mandarla de nuevo a la cama. Será mejor dejar las fotos hasta que se recupere.

Pero ella continúa.

—Rompieron los vidrios de cada negocio, tal vez una de esas tiendas destruidas fuera de tus bisabuelos. Quién sabe. *Kristallnacht*, la noche de los cristales rotos o la noche del pogromo, la llamaron. Quemaron todas las sinagogas, solo una quedó en pie, Anna.

—Se llevaron a los hombres, separaron a las familias, todas las mujeres fueron obligadas a llamarse Sarah, y los hombres, Israel —continuaba, sin hacer pausas—. Muchos lograron escapar, otros fueron exterminados en las cámaras de gas. Algunos lograron huir.

Una película de terror. No puedo imaginarnos solas, en esa ciudad, en aquella época. No sé si mamá hubiera sobrevivido. Berlín era un infierno para la gente como nosotros. Lo perdieron todo.

—Dejaron sus casas, su vida. Muy pocos sobrevivieron. Vivían escondidos en los sótanos. Huían. Era la única salida. Los agredían en las calles, los detenían, los encarcelaban y desaparecían para siempre. Algunos prefirieron mandar a sus hijos solos a otros países, a que fueran educados en otra cultura y otra religión, con familias desconocidas.

Cierro los ojos y respiro bien hondo. Veo a papá en Berlín, en La Habana, en Nueva York. Soy alemana. Esa es mi familia, obligada a llamarse Sarah e Israel, a la que le destruyeron los negocios. La que huyó, la que sobrevivió. Vengo de ahí.

Las fotos de interiores eran las más tristes, piensa mamá, pero en esas imágenes aparecían un hombre y una mujer bien vestidos, en salones que parecían palacios. La mujer, alta y elegante, con un vestido entallado en la cintura, un sombrero ladeado, al pie de una ventana. El hombre de traje y corbata sentado junto a un gramófono antiguo, con bocina en forma de flor acampanada. En otra, aparecen ambos listos como para salir a una gala. Él de frac, ella con un traje largo de seda blanco.

—Sabe Dios si los separaron o si lograron morir juntos —continúa mamá, emocionada.

Mis fotos favoritas son las del niño de enormes ojos negros, que corre, salta, escala una ventana, trepa a un farol o aparece acostado en la hierba. Sí, es el mismo en todas esas fotos. Siempre sonríe.

Me levanto y me detengo ante la imagen ampliada. Realmente nos parecemos. La niña del barco es la misma que está en la portada de la revista de la Liga de las niñas alemanas. Creo que el fin de semana me voy a cortar el pelo como ella.

—Es Hannah, la tía que crio a tu papá —le escucho decir a mamá, en pie detrás de mí. Me abraza y me da un beso—. Te llamas Anna por ella.

❦

Quiero salir de este encierro y no puedo. No sé dónde estoy. Intento abrir los ojos y mis párpados están sellados. ¡Aire, necesito aire! ¿Otra pesadilla o estoy despierta? El peso de mis brazos me lanza al abismo. No siento las piernas, están heladas. Sin fuerzas, en el instante en que los pulmones no me dan más, pierdo el conocimiento y me voy, sabe Dios a dónde. Levanto la cabeza y mi nariz sale ¿a flote? Me alzo, muevo la cabeza a la izquierda, a la derecha, trato de orientarme mientras el aire me golpea la frente sin piedad.

Tengo la cara mojada. Me arde la piel. El calor en la cabeza me atolondra, el frío en el cuerpo me paraliza. Respiro con desesperación y trago aire y agua salada a borbotones. Creo que me ahogo y toso incontrolablemente, hasta rasgarme la garganta. Abro los ojos.

Estoy a la deriva.

En la superficie veo el reflejo de mi rostro. Soy la niña del barco.

No sé cómo llegué aquí, pero ahora debo ver cómo regreso, si es posible. Tengo las pupilas dilatadas, los ojos llenos de agua salada y aún no puedo distinguir dónde estoy. Comienzo a mover los brazos para mantenerme a flote, vuelvo a sentir las piernas. Estoy despierta, estoy viva: creo que puedo intentar nadar.

Me froto los ojos y me veo las palmas de las manos arrugadas. Quién sabe cuánto tiempo llevo en esta agua fría. ¿Estoy en una playa? No: floto en medio de un océano de aguas oscuras.

—¡Mamá! —para qué grito, si estoy sola—. ¡Mamá!

No vale la pena seguir consumiendo las pocas energías que me quedan. *¡Nada cuanto puedas! Tú eres fuerte. Nada hasta la orilla, aprovecha cualquier impulso, el viento, una ola, sigue la corriente.*

La luz me ciega. Debo mantener los ojos cerrados. Tengo sed, pero no quiero tomar agua salada. Ahora tengo heridas, aún más profundas, y el agua salada las penetra. El cuerpo entero me arde.

Debo nadar hacia el infinito. Contrario al sol. Ya veo la orilla. Sí, puedo distinguir la ciudad. Hay árboles, arena blanca. No, no es una ciudad. Es una isla.

Mis brazadas son cortas. El viento está en mi contra. Las olas están en mi contra. El sol está en mi contra. El resplandor me ciega.

¡A la orilla! Esa es la meta. Tú puedes. ¡Claro que puedo! Me quedo dormida. *¡No! Despiértate y sigue. ¡No te puedes detener!* Me dejo llevar y doy vueltas sin ningún sentido.

Papá me está esperando. Esta es la isla a la que llegó el día que desapareció: aquí encontró un refugio. Tal vez huyó en un avión, tuvo un accidente y cayó en medio del mar. Nadó y nadó, como yo ahora, y llegó a tierra.

Por eso estoy varada en el mar, porque sé que tú estás ahí y velas por mí. Vine a ser tu Viernes, papá. Eso es lo único que me mantiene a flote: pensar que voy a encontrarte. Que vamos a estar juntos como Robinsones en esta isla desierta y que tú me protegerás de los caníbales, de los piratas, de los huracanes.

Al pasar los años, después de sobrevivir tormentas, terremotos, volcanes en erupción, sequías y ataques, vendrán a rescatarnos y nos iremos juntos a tierra firme, a un continente. Ahí estará mamá, esperándonos. Porque ella te necesita, papá, tanto como te necesito yo.

Ya no estoy en el agua. Mi cuerpo yace sobre la arena caliente, que se me adhiere a la piel quemada. El sol me desorienta. Abro los ojos y te veo. ¿Eres tú?

Sabía que no me podías abandonar. Que un día me buscarías. Que nos encontraríamos en un país lejano, en otro continente, en una isla perdida en el medio del océano. Que sería tu niña. Tu única hija, a la que ibas a cuidar siempre.

—¡Anna! —me gritan.

Me levanto bruscamente. Es mamá. Me siento sudada. Estoy en mi cama, en mi cuarto. Esta es mi isla. Busco a papá en la mesita de noche y ahí está, mirándome con su media sonrisa, junto al barco de la postal que recibí de la tía.

Me abraza y comienzo a llorar. Vuelvo a ser su niñita y me dejo caer en sus brazos, para que me calme, me acaricie. Comienza a tararear —¡no lo puedo creer!— una canción de cuna. Cierro los ojos y oigo su voz, muy suave, que me susurra al oído.

—*Bye lulu-baby, bye lulu-baby, bye lulu-baby, bye lullaby* —canta.

Soy de nuevo su bebé. Me escondo en ella, la estrecho y vuelvo a oír su voz. Sí, mamá me cantaba esa canción de cuna cuando era pequeña y tenía pesadillas. *No dejes de cantar, mamá.* Las dos estamos aquí, esperando a que un día nos llegue la sorpresa de que papá está vivo en una isla lejana, fue rescatado y regresó.

—¿Qué hacemos para tu cumpleaños? —deja de cantar, y abro los ojos.

No recuerdo que hayamos tenido alguna vez una celebración que incluyera a nadie más que a nosotras dos, con un *cupcake* de chocolate y una vela rosada. Mis amigas de la escuela viven en su mayoría fuera de la ciudad, así que mi relación con ellas se limita a las clases en Fieldston.

No me atraen mucho las fiestas. Quiero algo mejor: un viaje. Sí, crucemos el golfo de México. Venzamos las olas del Caribe, divisemos la costa de una isla llena de palmeras y cocoteros, con mucho sol. Llegaremos a un puerto y nos recibirán con flores y globos, y habrá música. La gente estará bailando en la orilla y nos abrirán el camino para que entremos a la tierra prometida.

—¡Cuba, vayamos a Cuba!

Su rostro se contrae: despega los labios al tiempo que sus ojos comienzan a iluminarse. La sonrisa llega antes a su mirada. *Mamá, no estamos solas*, quiero decirle, pero no me atrevo.

—Podríamos conocer a la familia de papá, a la tía que lo crio —le digo, y aún no reacciona.

Ojalá la tía esté dispuesta a cuidarme si a mamá le pasa algo. Quizás encuentre incluso otros tíos o primos que velen por mí hasta que tenga edad para tomar decisiones por mí misma, sin que aparezca un oficial de la ciudad y decida que debo irme a vivir con una familia que no conozco.

Ahora tengo un propósito: descubrir quién fue verdaderamente mi padre.

—¿Por qué no vamos a Cuba? —insisto.

Ella sigue en silencio, sonríe y me abraza:

—Mañana hablaremos con tu tía Hannah.

Hannah
Berlín, 1939

Llego temprano a nuestro punto de encuentro en el café de Frau Falkenhorst, y al no ver a Leo comienzo a dar vueltas por la estación de Hackescher Markt, que se ha llenado de Ogros uniformados. Hoy hay más gente que de costumbre. Algo sucede y Leo no está aquí conmigo. Más banderas. Solo distingo el rojo y el negro por todas partes. Es una tortura. Las calles están llenas de carteles, con hombres y mujeres con el brazo levantado hacia el infinito. Los rostros de la perfección y la pureza.

Desde los altavoces, una voz exaltada menciona un cumpleaños, la celebración del hombre que está cambiando el destino de los alemanes. El hombre al que debemos seguir, admirar y venerar. El hombre más puro de un país en el que muy pronto solo podrán vivir los puros como él. Los altavoces impiden escuchar los anuncios de salidas y llegadas de trenes. Un enorme cartel en rojo, negro y blanco, agradece al Ogro mayor por la Alemania en que vivimos: "*Wir danken dir*". Y una cantata de Bach comienza a resonar en la estación: *Wir danken dir, Gott, wir danken dir*. Ahora, el Ogro es Dios. Es 20 de abril.

Mi vestido verde se confunde con las baldosas del edificio. Me siento camaleónica. Al verme, Leo soltará su carcajada. Corro a la salida que comunica con el café y tropiezo con él.

—¿Qué dice la niña alemana de la Französische Strasse? —se burla, con esa ironía que torna su mirada más juguetona que de costumbre—. Nos vamos a Cuba. Y ya verás como esa revista te abrirá las puertas. ¡La niña alemana está aquí! —grita y se ríe.

Cuba. Un nuevo destino. Leo lo averigua todo. Es Cuba, de seguro. Comienza a llover y corremos hasta los grandes almacenes Hermann Tietz, que ya han perdido su nombre por ser demasiado impuro. Ahora los llaman "Hertie", para que nadie se ofenda. Con la lluvia y a esta hora, las tiendas están vacías.

—¿A dónde ha ido todo el mundo?

Buscamos las escaleras centrales y subimos a toda velocidad. Tropezamos con unas mujeres que nos miran como preguntándose dónde puede estar el adulto que nos acompaña. Pasamos por el piso de las alfombras persas, que cuelgan de la baranda, hasta llegar al último nivel, donde el techo es de cristal y podemos ver caer la lluvia.

—¿Cuba? ¿Dónde está Cuba? ¿En África, en el océano Índico? ¿Es una isla? ¿Cómo se escribe? —le insisto mientras lo sigo, sofocada, con deseos de sentarme y dejar de esquivar mujeres con bolsas de compras.

—K-H-U-B-A —deletrea—. Hablan de comprar un pasaje en barco. Tu papá nos va ayudar a conseguir los nuestros.

Es una isla. No podremos irnos de ahí a ninguna parte. Que sea bien lejos de los Ogros. Mientras más distante, mejor.

—Ya escampó, vámonos —Leo baja antes que yo, sin darme tiempo a recuperar el aliento. Quién sabe a dónde quiere ir ahora.

Salimos a la plaza central, llena de charcos de agua.

Llegamos a la acera, a esperar un tranvía, y Leo se agacha y comienza a dibujar en el fango una isla redonda, muy pequeña, al sur de un primer dibujo que según él, es África. Ha creado un mapa de agua y fango. En otro charco define la ciudad.

—Nuestra casa va a estar aquí, a orillas del mar —Me toma la mano y siento la suya sucia y mojada—. ¡Nos vamos a Khuba, Hannah!

De golpe deja de sonreír: le preocupa no haber sido capaz de contagiarme su entusiasmo.

—¿Qué vamos a hacer en esa isla? —es lo único que se me ocurre preguntarle, aunque sé que no puede tener una respuesta.

La posibilidad de marcharnos se va haciendo cada vez más real y me hace sentir nerviosa. Hasta ahora hemos podido sobrellevar a los Ogros, ceder ante las crisis de mamá. De solo saber que pronto nos iremos me tiemblan las manos.

De pronto Leo comienza a hablar de matrimonio, de tener hijos, de vivir juntos, pero aún no me ha dicho si somos novios o no. *¡Somos tan pequeños, Leo!* Creo que primero debe pedírmelo para yo aceptar; así se hace siempre. Pero Leo no cree en convenciones. Él tiene sus propias reglas y diseña sus propios mapas de agua.

Nos vamos a Khuba. Nuestros hijos serán khubanos. Y aprenderemos el dialecto khubano.

Mientras Leo dibuja agachado a la salida de la Hermann Tietz, una mujer que lleva una caja de sombreros da un salto y va a caer en medio del charco, borrando de un tirón nuestro mapa.

—¡Mugrosos! —nos agrede, y mira a Leo con desprecio.

Desde el suelo observo a la mujer que parece un gigante y detallo sus brazos gordos y velludos, y sus uñas como garfios, pintadas de rojo escarlata.

No resisto la grosería. Cada día que pasa, los buenos modales desaparecen en una ciudad donde todos se dedican a romper vidrieras y patear al que se les atraviese. Ya no son necesarios los buenos modales. Se salva el más fuerte, el más blanco, el más puro. Ya nadie habla, solo gritan. El idioma ha perdido toda su hermosura, dice papá. Para mamá, el alemán, desde los altavoces que inundan la ciudad, se ha convertido en vómito de consonantes.

Miro hacia arriba y advierto que el cielo está por desplomarse sobre nosotros. Una masa gris anuncia tormenta. A nuestro alrededor, la gente corre en la misma dirección. Se dirigen hacia la Puerta de Brandenburgo para ver el desfile que los altavoces anuncian. Es día de fiesta: el hombre más puro de Alemania cumple cincuenta años.

¿Cuántas banderas más puede soportar esta ciudad? Intentamos llegar hasta la Unter den Linden y nos cierran el paso. En las ventanas, en los muros, en los balcones, niños y jóvenes se amontonan para ver la revista militar. Parecen gritar: "¡Somos invencibles, dominaremos el mundo!".

Leo se burla, imitando el saludo con el brazo recto, luego ríe y dobla la mano en señal de "Pare".

—¿Estás loco, Leo? Esta gente no juega con esas cosas —tiro de su brazo y nos lanzamos de nuevo contra la muchedumbre.

Ahora la odisea será llegar a casa.

Un ruido ensordecedor viene desde lo alto. Nos pasa por encima un avión rasante; luego otro, y otro más. Decenas de aviones cubren el cielo de Berlín. Leo se pone repentinamente serio. Al despedirnos, se nos acerca un grupo de soldados a caballo. Nos miran extrañados, como diciendo: "¿Qué hacen ustedes aquí, y no en el desfile?".

Ya en casa, lo primero que hago es buscar el atlas. En las páginas de África no encuentro a Khuba, ni en el océano Índico, ni en los alrededores de Australia, ni cerca de Japón. Khuba no existe, no aparece en ningún continente. No es un país, ni una isla. Voy a necesitar una lupa para rastrear los nombres más pequeños, perdidos en las manchas azul oscuro.

Puede que sea una isla dentro de otra isla, o una minúscula península que no pertenece a nadie. También puede estar deshabitada, y seamos nosotros los primeros pobladores.

Empezaremos de cero y convertiremos a Khuba en un país ideal, donde cualquiera podrá ser rubio o trigueño, alto o bajito, gordo o flaco.

Donde se podrá comprar el periódico, usar el teléfono, hablar el idioma que quieras y ponerte el nombre que te venga en gana sin importar el color de piel que tengas o el dios en que creas.

Al menos en nuestros mapas de agua, Khuba ya existe.

∞

Siempre he pensado que no hay nadie más valiente e inteligente que papá. En sus buenos tiempos, su perfil era perfecto, dice mamá; una escultura griega. Ahora ha dejado de celebrarlo. Ya no corre a su lado al regresar cansado de la Universidad, donde era reverenciado. Ya su rostro no se ilumina como cuando la llamaban "la señora del doctor", o "la esposa del profesor", en las fiestas de sociedad, donde lucía como una diosa los modelos drapeados de Madame Grès.

—Las modistas francesas son únicas —se vanagloriaba entre aduladores.

Papá disfruta verla así: feliz, sensual, elegante. El don del misterio, que tantas estrellas de cine se construyen, en ella brota de manera natural. Si alguien la encuentra por primera vez, no descansa hasta ser presentado a la etérea Alma Strauss.

Es la anfitriona ideal. Puede hablar de ópera, literatura, historia, religión o política como una experta y sin ofender a nadie. Es el complemento perfecto para papá que, abstraído en sus propias ideas, a veces aturde a los demás con proyectos científicos incomprensibles.

Pero últimamente ha cambiado. El sufrimiento y la preocupación por encontrar un país que nos reciba lo tienen desolado. Este hombre invencible es, al mismo tiempo, más delicado que esa hoja del árbol más antiguo del Tiergarten que Leo me regaló y que guardo en mi diario. Cada día llega con un achaque nuevo:

—Estoy perdiendo la vista —dijo esta mañana.

Lo veo morir poco a poco. Lo sé. Y estoy preparada. Seré huérfana de padre y tendré que hacerme cargo de una madre depresiva que no cesa de llorar por su época de gloria.

No sé cómo romper esta inercia en que caemos los tres al reunirnos en casa. No llegamos a ninguna parte. No soy capaz de predecir qué camino vamos a tomar. Vivo a la espera de alguna sorpresa. Y detesto las sorpresas.

Es hora de que tomemos nuestras decisiones. No importa que cometamos un error, que terminemos en el lugar equivocado. *¡Tenemos que hacer algo, papá!* Aunque sea partir a Madagascar, o a Khuba.

¿Dónde está Khuba?

Anna
Nueva York, 2014

La tía abuela es una sobreviviente, aclara mamá, como el señor Levin. Debe estar llena de arrugas y manchas, el pelo blanco y escaso, encorvada y rígida. Quizás no pueda caminar, o se apoye en un bastón, o esté en una silla de ruedas. Eso sí, tiene la mente ágil, un sentido del humor difícil de entender, y una dulzura mezclada con cierta amargura que han cautivado a mamá. Ha quedado sorprendida después de hablar con ella. Dice que se expresa con mucha claridad, de manera pausada, y que su voz suena más joven de lo que realmente es. Se mueve entre el inglés y el español sin dificultad. Mamá está segura de que no vamos a encontrar a una ancianita aniquilada.

—Tiene una calma, una tranquilidad —cuenta, y parece que pensara en voz alta—. No está triste, Anna. Está resignada, y quiere conocerte. Lo necesita.

Para mí, Cuba es la nada. Cuando escucho desde mi cuarto a mamá conversar con el señor Levin sobre nuestro viaje, siempre hablan de un país lleno de carencias. Pero yo me imagino una isla salvaje, rodeada de aguas furiosas, batida por los huracanes y las tormentas tropicales. Un pequeño punto en el medio del Golfo, sin edificios, ni calles, ni hospitales, ni escuelas. La nada; o más bien el vacío. No sé cómo papá pudo haber estudiado allí. Tal vez por eso terminó en Manhattan, una isla como Dios manda, a un paso de la tierra firme.

La familia de papá llegó en un barco y allá se quedó. Pero él creció y se fue, como muchos de los que nacen en Cuba. De las islas hay que irse, le repetía a mamá. Es lo que piensas al tener como única frontera el mar infinito.

Papá era tímido. No sabía bailar, no bebía, nunca fumó. De cubano solo tenía un viejo pasaporte, bromeaba mamá. Ah, y el español. Un español que hablaba sin estridencias, pronunciando las eses, sin aspirar las consonantes. El inglés era su segundo idioma y lo dominaba con un acento neutral, gracias a esa tía que lo crio desde que sus padres murieron. La ciudadanía americana la obtuvo por su papá, que había nacido en Nueva York. Esa era toda la información que mamá había logrado obtener durante sus pocos años de casada, y que corroboró con la tía abuela en una llamada telefónica que constantemente se interrumpía.

A veces una película la hacía recordar al hombre con quien había decidido formar la familia que él nunca llegó a conocer. A papá le fascinaban Visconti, Antonioni, De Sica y hasta Madonna. Así eran sus contrastes. Gracias a él, mamá descubrió el cine italiano de la posguerra. Cuando comenzaron a salir, una de las primeras citas fue en el Film Forum del Village, para ver la versión original de *Il giardino dei Finzi-Contini*, una de sus películas favoritas. Papá siempre salía conmovido del cine.

—Le vi los ojos húmedos, y me dijo que me parecía a la protagonista —recuerda ella—. Fue algo tan romántico de alguien que hablaba poco, que pensé: con este hombre puedo vivir. Tu papá no mostraba sus emociones, pero en el cine se desmoronaba.

Los refugios de papá eran su trabajo, sus libros y la sala oscura donde se contaban historias a través de imágenes en movimiento. No tenía amigos. Me lo imaginaba como un superhéroe que venía a rescatar a los oprimidos, a quienes no tenían nada. Mamá se reía con mis ocurrencias de niña aventurera. Nunca las objetó porque, para mí, él aún estaba vivo.

Mamá está sola. Era hija única y sus padres murieron, uno inmediatamente después del otro, cuando ella estaba por terminar la universidad. Después apareció papá, y un día se fue de su vida sin avisar. Lo había conocido en un concierto de música barroca en la Universidad de Columbia, donde ella daba clases de Literatura Hispanoamericana. El español los unió.

El día que anunció que se casaba, nadie le preguntó si papá era hispano, judío o un extranjero de paso. Su origen no era importante: hablaba bien el inglés y con eso bastaba. Tenía su trabajo en un centro de estudios nucleares y un buen apartamento que había heredado de su familia; así que ella no tendría problemas para convivir con aquel desconocido.

Papá trabajaba fuera de la ciudad, pero tenía una oficina en el *downtown* a la que iba los martes. Solo los martes llegaba tarde a casa, pero ella nunca se lo cuestionó. Papá no era un hombre al que se pudiera cuestionar, y mucho menos celar. No porque no fuera guapo, sino porque no le gustaban las complicaciones, nada que lo sacara de su espacio, que ya tenía muy bien definido.

Nunca se lo presentó a sus compañeras de la facultad, así que no tuvo que dar explicaciones. No quería que sintieran compasión por ella. De papá solo sabía que sus padres habían muerto en un accidente aéreo cuando tenía mi edad, y que había sido criado por una tía. Eso era suficiente. Él nunca mencionaba su pasado.

—Lo mejor es olvidar —le decía a mamá.

Entro a su cuarto y la encuentro arrodillada frente al aparador. Rastrea entre papeles y libros, saca una vieja caja de zapatos. Distingo unos yugos de camisa, unas gafas oscuras de hombre, varios sobres.

Al sentirme en la puerta se voltea, y me ofrece su mejor sonrisa.

—Son cosas de tu padre —dice al cerrar la caja, y me la entrega.

Corro a mi isla con mi nuevo tesoro, y me encierro para explorarlo.

Mira cuántos tesoros tengo. Seguro lo recuerdas, le susurro a papá, para que mamá no me escuche. *Hay documentos, cuentas de banco... ninguna foto. Pensé que encontraría otra foto tuya. Guardaré tus yugos y tus gafas en mi mesita de noche.*

En el fondo descubro un sobre azul. Lo abro con cuidado, contiene un papel pequeño del mismo color. Es la letra de papá: una carta sin fecha dirigida a mamá. De pronto pienso que debo mencionársela antes de leerla, pero no: ella me entregó lo que ha tenido guardado por doce años. Ahora me pertenece.

De repente siento hambre, siempre me pasa cuando estoy nerviosa. *Debo calmarme, porque voy a leer una carta tuya. No quiero descubrir ningún secreto, ya nos esperan bastantes sorpresas en Cuba.*

La leeré para ti. Para que te acuerdes de mamá, que aunque pasen los años nunca te olvida.

Ida mía:

Hoy cumplimos cinco años juntos y recuerdo como el primer día cuando te vi, en la última fila del concierto de otoño en la capilla Saint Paul de la Universidad.

Hablabas español con tus estudiantes y yo no podía dejar de mirarte. Te abandonaste a la música y aún puedo ver cómo te acomodabas el pelo detrás de las orejas y podía detallar tu perfil, tan hermoso. Hubiera podido delinearlo con mis dedos, de la frente a las cejas, la nariz, los labios, las mejillas.

Tú aún recuerdas el concierto, la música, los intérpretes. Yo solo puedo recordarte a ti.

Nunca te digo que te quiero, que eres lo mejor que me ha pasado en la vida. Que disfruto tus silencios, estar a tu lado, verte dormir, verte despertar, desayunar los fines de semanas con la salida del sol. ¿Alguna vez te he dicho que esas mañanas juntos, en las que a veces ni pronunciamos una palabra, son mis favoritas porque te tengo a mi lado?

Llegaste a mi vida cuando estaba resignado a que nadie aceptaría mi soledad. Un día debemos irnos a recorrer el mundo, a perdernos entre la gente. Solo tú y yo. ¿Me lo prometes?

Ida mía, aquí estaré siempre para ti.

Louis

Hannah
Berlín, 1939

*H*ay mañanas en que uno se levanta con una sensación de agobio que no lo deja respirar; días en que presientes que se avecina una tragedia y tu corazón comienza a palpitar con una cadencia rota. Unas veces va muy rápido; otras, se detiene de pronto. ¿Estoy viva? Ahora vuelve a acelerarse. Hoy es un día de esos. Es martes. Les tengo aversión a los martes. Deberían ser borrados del calendario. Cuando lleguemos a Khuba, Leo y yo emitiremos un decreto: los martes serán eliminados.

Me despierto con el cuerpo febril y nada de catarro, ningún dolor. Papá, con corbata de nudo ancho y su sombrero de fieltro gris ya en la mano, me toma la temperatura, sonríe y me da un beso en la frente.

—Estás bien. Levántate, sal de la cama.

Permanece un rato cerca de mí, me vuelve a besar y me deja sola en mi cuarto. Siento el portazo en la puerta de entrada y me sobresalto. Ahora estamos mamá y yo en la casa. Abandonadas.

No tengo fiebre, lo sé, no estoy enferma, pero mi cuerpo se resiste a levantarse. He perdido hasta los deseos de salir a reunirme con Leo y tomar fotos. Tengo una premonición, pero no sé qué es. No puedo definirla.

Hoy mamá se ha maquillado ligeramente, sin pestañas postizas, y lleva un vestido azul oscuro de mangas largas que le da un aire de formalidad. Yo me pongo la boina color marrón que ella me trajo de su último viaje a Viena, y me encierro en mi cuarto con el atlas, con la ilusión de encontrar nuestra pequeña isla, que sigue sin aparecer.

Estamos a punto de irnos, pero aún no sé a dónde. Papá no puede seguir ocultándonos cuál será nuestro destino. Estoy lista para aceptarlo. Nada más nos puede suceder: vivimos en estado de terror, en una guerra aún no declarada; no creo que haya muchas cosas peores.

Según Leo, ya papá incluso ha comprado una casa en Khuba.

—Si será una estancia breve, ¿para qué necesitamos la casa? —le pregunto a Leo que, como siempre, tiene una respuesta.

—Es la manera más fácil para obtener un permiso de entrada, una casa muestra que no seremos una carga pública.

No sé a dónde va papá todas las mañanas, si desde hace un mes le prohibieron el acceso a la Universidad. Debe estar en consulados de países con nombres extraños para conseguir un visado, un permiso de refugiados. O con el papá de Leo, envueltos en alguna conspiración que pueda costarles la vida.

Imagino a papá como un héroe que viene a salvarnos, vestido de militar, con condecoraciones como las del abuelo, que venció al enemigo del pueblo alemán. Lo veo entonces frente a los Ogros, que no pueden aceptar su entereza y se rinden ante su valor.

Tantos pensamientos enrevesados comienzan a aturdirme, hasta que mamá pone un disco en el gramófono. Ese es el tesoro de papá, su joya más preciada. Su territorio.

Un día, mientras colocaba el disco de goma laca sobre la caja de madera pulida, papá me explicó cómo funcionaba aquella maravilla que lo mantenía extasiado por horas. Era un verdadero acto de magia. La caja de resonancia de la RCA Victor, que él llamaba Victor, como quien se refiere a un amigo íntimo, tenía un brazo móvil que terminaba en una aguja de metal, y la aguja marcaba con una cadencia perfecta los surcos de la placa negra, que giraba y giraba hasta provocarme mareos si la miraba fijamente. Las ondas sonoras se transformaban en vibraciones mecánicas a través de una hermosa bocina dorada en forma de trompeta, una enorme campanilla. Lo primero que se oía era un chasquido, una especie de susurro metálico que duraba hasta que comenzaba a emanar la música. Cerrábamos los ojos y nos sentíamos en un concierto en la Staatsoper, de la Unter den Linden. La música brotaba de aquella trompeta, nuestra sala vibraba y nos dejábamos llevar a otros espacios. Nos elevábamos: una sensación desconocida para mí.

Ya escucho los versos de su aria predilecta, en la que mi corazón se abre a tu voz como las flores se abren a los besos de la mañana: *"Mon cœur s'ouvre à ta voix, comme s'ouvrent les fleurs aux baisers de l'aurore!"*.

No tengo por qué preocuparme. Mamá está extasiada con la música del compositor francés Camille Saint-Saëns, uno de esos discos que papá cuida celosamente, limpiándolos antes y después de colocarlo en el Victor. Es una grabación reciente, con su *mezzosoprano* favorita, Gertrud Pålson-Wettergren. Una vez se fue hasta París con mamá solo para oírla cantar. Entonces descubro la mirada nostálgica de mamá. El ayer es ahora una noción tan lejana para ella. En cambio yo, mientras escucho el aria de la mujer desconsolada, me imagino con Leo atravesando praderas, subiendo montañas y cruzando los ríos de la isla adonde iremos a vivir.

Nada va a pasar. Estamos bien. Papá vendrá a cenar. Yo saldré a reunirme con Leo y encontraremos la misteriosa isla en mi atlas, en medio de algún océano desconocido.

Ya sé lo que debo llevar en mi maleta. La cámara, con muchos rollos, por supuesto. Y un par de vestidos, no necesito más. Me gustaría ver el equipaje de mamá. Si le dejan sacar sus joyas será feliz. Los perfumes. Las cremas. Vamos a necesitar un auto solamente para su equipaje.

De pronto, se escuchan dos golpes en la puerta. Hace meses que nadie nos visita. Eva tiene llave de la entrada de servicio. Mamá y yo nos miramos. La música continúa. Sabemos que ha llegado el momento, aunque a mí nadie me ha preparado. La miro, en busca de alguna respuesta, pero tarda en reaccionar: no sabe qué hacer.

Se levanta de su sillón Berger y alza el brazo móvil del Victor. El disco deja de girar y el silencio se apodera de nuestra sala, que ahora resulta enorme como un castillo, mientras yo me siento como un insecto a la entrada del pasillo. Dos golpes más en la puerta, y mamá se estremece. Los labios comienzan a temblarle, pero se incorpora, muy erguida, levanta la nariz, estira el cuello y avanza hacia la puerta despacio, tan despacio que vuelven a resonar ya no dos, sino cuatro golpes secos que sacuden la habitación.

Abre la puerta, hace una sutil reverencia y con la mano los invita a pasar, sin preguntar a quién buscan ni qué desean. Cuatro Ogros penetran en fila al salón y, con ellos, un aire muy frío. No puedo dejar de temblar. La corriente gélida me penetra los huesos de pies a cabeza.

Cuando el Ogro principal llega al centro de la sala y se detiene sobre la gruesa alfombra persa que se hunde bajo su peso, mamá se hace a un lado para no limitar el ángulo visual de aquel hombre que venía a cambiar para siempre nuestras vidas.

—Ustedes sí que viven bien —sentencia sin disimular su envidia, mientras comienza a detallar minuciosamente el interior: las cortinas de terciopelo verde bronce, las blancas de seda para matizar la luz de la ventana que da al patio, el imponente sofá con cojines amarillo Pompeya; el retrato al óleo de mamá con su perla imperfecta al cuello y los hombros descubiertos.

Inspecciona cada objeto con la precisión de un desalmado tasador de subastas. En sus ojos puede verse con claridad qué piezas le gustaban más, con cuáles planeaba quedarse.

El salón se llena de olor a pólvora, a piel curtida, a madera quemada, a cristales rotos, a cenizas.

Me planto entre los Ogros y mamá, como un escudo. Ella pone las manos sobre mis hombros y la siento temblar.

—Tú debes ser Hannah —me dice el Ogro con un acento berlinés refinado—. La niña alemana. Eres *casi* perfecta.

Marca el "casi" con cierta inconformidad, en un tono que me sacude como una bofetada.

—Por lo que veo, Herr Rosenthal no está.

Al mencionar el nombre de papá, el corazón se me quiere salir del pecho. Respiro profundo para intentar apaciguarlo, para evitar que sientan el grosero bombardeo de mi sangre, y comienzo a sudar. Mamá continúa con su sonrisa estática. Sus manos frías me entumecen los hombros.

Debo pensar en otra cosa, evadirme de la sala, de mi madre, de los Ogros: comienzo a examinar los brocados del tapiz de seda de las paredes. Largas hojas de helecho terminan en ramilletes de flores que se comunican hasta el infinito. *Sigue Hannah, marca el camino de las raíces y no pienses en lo que va a pasar*, me repito hasta el cansancio. Una, dos, tres hojas por rama.

Un gota de sudor comienza a rodarme lentamente por la sien y me desconcentra. No me atrevo a detenerla, dejo que continúe su cauce hasta caer sobre mi pecho.

Presiento que mamá está por desmoronarse. *No llores mamá, por favor. No les demuestres que estamos desesperadas. Mantén tu hermosa sonrisa fría como hasta ahora. Tiembla lo que quieras, pero no llores. Vienen por papá, y sabíamos que este momento llegaría. Ya era hora de que sintiéramos el estruendo en la puerta.*

El Ogro principal se dirige a la ventana para determinar a qué lado de la calle daba el salón, y quizás calcular cuánto valdrá nuestro apartamento. Se acerca al gramófono. Toma el frágil disco de papá, lo examina y mira a mamá.

—Una pieza clave para cualquier *mezzosoprano*.

Adivino en mamá el impulso de brindarles té o alguna otra bebida, e intento, con mi rigidez, comunicarme con ella: *No lo hagas. Quédate así, erguida, con tu sonrisa congelada. Yo te protegeré, apóyate en mí. No te dejes caer. No les ofrezcas nada a los Ogros.*

El hombre camina despacio alrededor de la sala, y con él se expande la corriente gélida. No puedo dejar de temblar. El miedo consume, paraliza, te hace perder la voz, te hace sudar, llorar, orinar incluso. Tendría que correr al baño.

El Ogro le hace una señal a los otros para que revisen el resto de las habitaciones. Quizás planean robar nuestras joyas. No les será difícil encontrarlas: están en el cofre con la bailarina solitaria, junto al reloj Patek Philippe que papá solo lleva en ocasiones especiales. Tal vez se hacen iusiones con el dinero que mamá guarda en una de las gavetas de su mesita de noche. Todo el efectivo que tenemos está ahí. Sé también que le dio una cierta cantidad a Eva para cualquier emergencia. El resto está en cuentas de banco, en Suiza y Canadá.

El Ogro regresa al gramófono.

Levanta el brazo de la aguja y la observa con avidez. Si la rompe, si algo le sucede al gramófono, papá lo podría matar. Eso sí que no se lo perdonaría a nadie.

—Herr Rosenthal está al llegar —confirma mamá y me pregunto cómo es posible que les avise, si sabe que están aquí para llevárselo.

De repente, comprendo que lo que buscan no es el dinero, ni las joyas, ni los cuadros, ni el maldito gramófono de papá, sino los seis apartamentos de nuestro edificio. Primero nos asustan, para luego quitárnoslos. Seguramente el Ogro se mudará aquí, dormirá en el cuarto principal, ocupará el despacho de papá y sin duda destruirá nuestras fotos.

Silencio.

El Ogro se acomoda en la butaca de terciopelo de papá y la acaricia para verificar la calidad de la textura. Recorre el brazo con lentitud y con la vista fija en mí, comunicándome en silencio que se dispone a esperar por papá el tiempo que fuese necesario. Está cómodo, y aprovecha para analizar las fotos familiares de los Strauss desplegadas por la habitación.

Nunca antes me había percatado del crujir de la escalera que conduce a nuestro apartamento, pero ahora lo siento como si fueran campanadas. Llegó el momento.

Silencio.

El Ogro también escucha los pasos y se queda inmóvil, alerta. Desde el ángulo en que está controla todo el salón.

Un paso más y ya sé que papá está detrás de la puerta. Mi corazón se quiere salir. La respiración de mamá se acelera, sus gemidos son solo perceptibles para mí, que la tengo a mis espaldas.

Voy a gritar con todas mis fuerzas: *¡No entres, papá! ¡Los Ogros están aquí! ¡Hay uno sentado en tu sillón favorito!* Pero advierto que no vale la pena. No tenemos a dónde escapar. Berlín es una pocilga, tarde o temprano se lo llevarían. Y mamá está a punto de desmayarse.

El Ogro y su séquito se colocan detrás de la puerta. Puedo escuchar cómo la llave entra en la cerradura con dificultad. Se atasca un poco, siempre pasa.

Silencio, cada vez más largo.

La pausa desconcierta un poco al Ogro, que intercambia una mirada con los otros. Cada segundo me parece una hora. Llego a desear que lo acaben de detener, que desaparezca con ellos. Unos minutos más y seré yo quien se desmaye. Quiero ir al baño, no aguanto. No quiero ser testigo del espectáculo humillante que el Ogro ha preparado con esmero para nosotras, para que supliquemos y lloremos desconsoladas. Mamá continúa inmutable.

La puerta se abre.

Y entra el hombre más fuerte y elegante del mundo. El que me duerme y me besa cuando tengo miedo. El que me abraza, me mima y me asegura que no pasa nada, que nos iremos bien lejos, a una isla donde nunca llegarán los tentáculos de los Ogros.

Su mirada muestra pesar por nosotras, parece preguntarse cómo ha podido llegar a ponernos en esta situación. Ya pasamos por una similar, cuando lo detuvieron aquella noche de noviembre. Pero esta es la definitiva. No hay vuelta atrás, y él lo sabe. Es hora de despedirse de la mujer que ama, de la hija que adora.

—Herr Rosenthal, necesito que nos acompañe a la estación.

Papá asiente sin mirar al Ogro. Da unos pasos para acercarse a mí y evita cruzar su mirada con la de mamá. Sabe que eso puede debilitarla.

Yo soy la que puede resistir, la que al final se quedará sin un padre que la proteja de fantasmas, brujas, monstruos. De los Ogros, no. De esos, nadie puede defendernos.

Me rodea con sus brazos y toma entre las suyas mis manos heladas. Las de él son cálidas: *Pásame tu calor, papá, haz que el terror se aleje de mis huesos.* Lo abrazo con las pocas fuerzas que me quedan. Y lloro. Eso era lo que querían los Ogros: vernos sufrir.

—Mi Hannah, qué te hemos hecho… —me susurra con la voz quebrantada.

Yo cierro los ojos con fuerza. Me separan del hombre que me ha protegido hasta hoy, en el que depositamos toda esperanza de salvarnos. Se lo llevan. Mamá me sujeta. Me atrae hacia ella, y de golpe comprendo que mi único sostén a partir de ahora es el ser más débil de la casa. Sigo con los ojos cerrados, bien apretados, llenos de lágrimas.

—No te preocupes, Hannah —es la voz de papá. Aún está aquí. Un segundo más. Un minuto más, por favor—. Todo va a estar bien, mi niña.

¿No se lo han llevado? ¿Se arrepintieron?

—Asómate a la ventana —me dice papá—. Los tulipanes están a punto de florecer.

Es lo último que escucho. Al abrir los ojos, papá ha desaparecido con el Ogro. Corro a ver nuestros tulipanes. El edificio entero podía oírme llorar. Grito por la ventana:

—¡Papá!

Nadie me escucha. Nadie me ve. A nadie le importa.

Siento un murmullo a mis espaldas. Es mamá.

—¿A dónde se lo llevan? —pregunta con voz temblorosa.

—Es rutinario —le oigo decir en la puerta a uno de los Ogros—. Vamos a la estación de policía en la Grolmanstrasse. No se asuste, no le pasará nada a su esposo.

Sí, claro. Nos lo devolverán sano y salvo. Y él regresará y nos contará que lo trataron como a un digno caballero. Que en vez de agua le servían vino en una celda amplia, luminosa y templada. Pero yo sé lo que realmente pasará: dormirá hacinado, pasará hambre. Y, si tenemos suerte, recibiremos noticias de su vida miserable.

Desde el día que se llevaron a Herr Schemuel, el hombre que más sabía de cortes de carne en el barrio, no hemos vuelto a saber de él. No hay ninguna diferencia entre él y mi padre. A todos nos meten en el mismo saco. Y lo sé: de ese infierno nadie regresa.

Debí abrazarlo por más tiempo, grabar ese instante que ya no puedo recordar, pero en mi mente tienden a borrarse los momentos tristes.

Mamá se dirige de prisa al cuarto y da un portazo. Corro hacia ella, asustada, y la veo abrir gavetas, sacar documentos que examina con prisa.

—Tengo que irme —balbució. Nos vemos más tarde.

No puedo creerlo: *¿A dónde vas, mamá? Ya no hay nada que hacer. ¡Perdimos a papá!* Pero es inútil. Con la fuerza de los Strauss, reprimida hasta hoy, mamá se lanza a la calle después de varios meses de claustro. Da un portazo y desaparece, sin preocuparse por el maquillaje, la combinación de los zapatos con el bolso, el vestido planchado o el adecuado perfume primaveral.

Cierro los ojos y me repito en voz alta:

—No puedo olvidar.

Comienzo a enumerar todo cuanto debo grabar en la memoria: el brocado de las paredes, la luz del pasillo, la butaca de terciopelo, la fragancia de mamá. Aún así se me escapa lo más importante: el rostro de papá.

Estoy sola. En un instante vi cómo era estar sin mis padres. Y vi tambien que no sería la última vez. Lo sabía. Estaba escrito en mi destino.

Anna
Nueva York, 2014

La tía Hannah perdió a su sobrino, su único descendiente, su esperanza. Yo perdí a mi padre.

Hasta los cinco años, siempre tuve la certeza de que papá entraría un día a la casa, sin avisar, como cuando partió. Cada vez que tocaban el timbre de acceso a la entrada del edificio, corría a la puerta para ver quién llegaba.

—Pareces un perrito —me decía mamá.

Recuerdo que me regaló un enorme mapa del mundo que coloqué en la cabecera de mi cama. Me imaginaba a papá recorriendo países exóticos en aviones de propulsión a chorro, submarinos nucleares, lanchas y zepelines. Lo vi escalar el Everest, bañarse en el mar Muerto, subir a la pirámide más alta de Egipto, salir de una avalancha de nieve en el Kilimanjaro, cruzar a nado el canal de Suez, lanzarse en canoa por las cataratas del Niágara. Mi padre era un viajero imaginario, que algún día vendría a buscarme y me llevaría con él a lugares perdidos en hemisferios por descubrir. Toda una aventura.

Hasta un día nublado de septiembre; el quinto aniversario de aquel fatídico día que papá eligió para desaparecer. Mi escuela había organizado un homenaje y en el pequeño anfiteatro abarrotado de niños, alguien leía con solemnidad una lista de desaparecidos. El nombre de papá fue el último. Me quedé inmóvil, no sabía cómo reaccionar. Los niños de mi clase comenzaron a abrazarme. Uno a uno.

—Anna perdió a su padre —declaró gravemente la maestra, cuando regresamos a nuestra aula.

—Los que vivimos ese día, nunca vamos a olvidar lo que estábamos haciendo a esa hora de la mañana —comenzó a contar la maestra. Hacía pausas y nos observaba para comprobar si prestábamos atención. Abría mucho los ojos.

—Ese martes yo estaba en el aula cuando me llamaron a la oficina de George. Suspendieron de prisa las clases, enviaron a los niños a sus casas. No había transporte público, los puentes hacia Manhattan estaban cerrados. Una amiga me recogió aquí en la escuela, en Fieldston y pasé la noche en su casa, en Riverdale. Fueron días de mucha angustia.

A la maestra se le llenaban los ojos de lágrimas. Buscaba un pañuelo en su bolso y continuaba.

—Muchos en la escuela perdieron a familiares, amigos o conocidos. Fue un largo proceso de recuperación.

Traté de reaccionar con tranquilidad, aunque estaba desconcertada.

En el autobús de regreso a casa me senté sola en la última fila y comencé a llorar en silencio. Delante de mí los niños gritaban y se lanzaban lápices o gomas de borrar. Yo intentaba comprender que, a partir de aquella mañana, sería para los otros la pobre niña que había perdido a su papá un martes de septiembre. Ese fue el día que realmente comencé a ser huérfana.

Mamá me esperaba en la entrada en el edificio. Al salir del autobús sin despedirme del chofer, caminé, sin mirarla, hasta el elevador. Al llegar a nuestro piso la enfrenté:

—Hace cinco años que papá murió. La maestra lo dijo en la clase.

Al oír "murió", mamá se sobresaltó, pero se recompuso de inmediato, como para aparentar que la noticia no la afectaba demasiado.

Yo me fui a mi cuarto. No supe qué hizo ella: no tenía energías, quizás ni le interesaba darme una explicación. Su duelo ya había terminado. Ahora comenzaba el mío.

Más tarde entré a su cuarto, que estaba a oscuras, y la vi allí, aún con la ropa y los zapatos puestos, acurrucada como una bebé. Dejé que descansara. Debía comprender que, a partir de ahora, hablaríamos de papá en pasado. Yo me había convertido en huérfana. Ella, en viuda.

Empecé a soñar con él de una manera diferente. Para mí seguía, de algún modo, perdido en una isla lejana. Para mamá, ahora sí estaba muerto.

❦

Cada septiembre, metódicamente, pienso en cómo papá salió del apartamento una mañana soleada y no regresó jamás.

El día que, con solo casi cinco años, supe cómo había desaparecido papá, dejé de ser una niña y me refugié en mi cuarto con su fotografía. Antes había parques y árboles, vendedores de frutas y flores en las esquinas de Broadway. Antes, salíamos a tomar helado en primavera, en verano e incluso en invierno. Hasta que cumplí cinco años. Mamá me había prometido enseñarme a montar bicicleta en el Parque Central. Nunca lo cumplió.

De espaldas a mí, con la cabeza hundida en la almohada y una monotonía en la voz que sonaba en extremo cansada, mamá narraba lo sucedido aquel tenebroso martes con una cadencia que me asustaba. Cada septiembre, su voz viene a mi memoria como una plegaria que se repite, sin variaciones, desde que tengo cinco años.

Cuando el despertador sonó a las 6:30 de la mañana, papá ya tenía los ojos bien abiertos, me repite mamá cada aniversario, inexpresiva.

Papá se volteó para comprobar que mamá aún dormía —aunque

más bien se hacía la dormida—. Había tenido una mala noche de náuseas, dolores de cabeza, viajes al baño.

Se quedó sentado al borde de la cama por unos segundos, en silencio. Llevó al baño su traje azul oscuro para vestirse sin hacer ruido. Tomó una ducha, se afeitó con prisa y, al cerrar el último botón de la camisa, una gota de sangre amenazó su almidonado cuello blanco. Apretó el dedo índice contra la pequeña herida, revisó el correo —dejó las cartas desordenadas, como de costumbre—, y se llevó dos sobres, asegura mamá: uno de su trabajo y el otro de su cuenta de fideicomiso. Comprobó que mamá seguía en la cama y cerró tras de sí, con extremo cuidado, la puerta.

Esa noche, ella pensaba darle la gran noticia. Había esperado tres meses porque quería estar segura de que no se trataba de una falsa alarma. No le gustan las celebraciones prematuras. Pudo habérselo dicho el lunes, en lugar del martes. O tal vez en alguna de las tantas madrugadas interrumpidas por los achaques del primer trimestre de embarazo. El doctor había confirmado las doce semanas desde el viernes anterior. Demasiadas probabilidades.

Decidió esperar al martes. Compró su vino tinto favorito. Durante la cena le diría: el año que viene todo va a cambiar. Vamos a ser padres. Soñaba con el momento perfecto para darle la sorpresa.

Papá no tenía idea de lo que ella se traía entre manos. Ese martes de septiembre era como cualquier otro. Algo fresco, soleado, el tráfico en pleno apogeo. Abrió la puerta del edificio, se detuvo en la entrada y respiró profundo. Aún quedaban vestigios del verano. En la esquina de la calle 116 y Morningside Drive, contempló la salida del sol y el parque aún frondoso. Eran las 7:30 de la mañana. A esa hora, el superintendente del edificio salía a caminar con su perro. Lo saludó y dobló en la 116 hacia el oeste. Atravesó el campus de Columbia y en la esquina de Broadway tomó el tren de la línea 1. Mamá conocía perfectamente su rutina. Un martes más.

Al llegar a la estación de Chambers se dirigió hasta John Allan's, en Trinity Place, para su corte de cabello mensual. Se había hecho miembro de ese club solo para hombres al comienzo de sus viajes semanales al distrito de negocios de Manhattan. Papá se sentía cómodo allí. Había un aire de privacidad que le daba confianza. Le tenían preparado su café negro, sin azúcar, y revisó los titulares del *Wall Street Journal*, *New York Times* y de *El Diario La Prensa*.

Nunca se cortó el pelo. Nunca llegó a su oficina. Eso está claro. Me pregunto adónde fue cuando a las 8:46 de la mañana escuchó la primera explosión. Se pudo haber quedado donde estaba como los demás, que se salvaron. Unos minutos más y la evocación de mamá sería diferente. Solo unos minutos más.

Quizás corrió a ver qué pasaba, o si podía salvar a alguien. A las 9:03 fue la segunda explosión. Debían estar desorientados: nadie sabía a ciencia cierta qué pasaba. Los teléfonos se quedaron sin señal.

Entonces comenzó la lluvia de cuerpos contra el pavimento. A las 9:58 un rascacielos colapsó. A las 10:28, el segundo.

Una densa nube de polvo cubrió la punta de la isla. No se podía respirar, era imposible abrir los ojos. Se escuchaban las ensordecedoras sirenas de los bomberos y la policía. Me imagino que de pronto se hizo de noche. Hombres y mujeres corrían en busca de la luz, en una batalla contra el fuego, el terror, la angustia. Hacia el norte, debían correr hacia el norte.

Cierro los ojos y prefiero ver a papá mientras carga a los heridos y los lleva a un lugar seguro. Regresa al punto central de la masacre y se une a los bomberos en la operación de rescate. Él puede haber sido otra víctima. Tenía que ser un martes. Era el único día de la semana que iba a su oficina del *downtown*.

La primera vez que mamá me contó lo que en realidad le sucedió a papá, yo tenía solo cinco años. Ella, de espaldas a mí, entre colchas y almohadas; yo, de pie en la puerta de su cuarto. Cuando terminó, corrí a mi habitación a llorar.

Me gusta pensar que papá está a salvo, que aún está perdido, sin saber a dónde ir. Quizás olvidó su dirección, cómo regresar a casa.

Con cada septiembre, al crecer sin papá, las posibilidades de su regreso se fueron reduciendo. Seguramente quedó atrapado entre los escombros. Los edificios no eran más que polvo de acero, cristales rotos y trozos de cemento.

No volvió nunca más.

La ciudad se paralizó. Mamá también.

॰॰॰

Esperó dos días para reportar a papá como desaparecido. No sé cómo pudo dormir esa noche, levantarse, ir a trabajar al día siguiente y volver a la cama como si nada hubiese pasado. Siempre con la certidumbre de que papá regresaría. Así es mamá.

No podía vincularlo con la terrible matanza, se negaba a aceptar que estuviera sepultado entre los escombros. Esa era su defensa para no desquiciarse; para que yo no me desvaneciera en su interior.

Se convirtió en un fantasma más dentro de la ciudad apagada. Los restaurantes cerrados, los mercados vacíos, las líneas de trenes fragmentadas, las familias mutiladas. Un código postal borrado de la faz de la tierra. Las esquinas se llenaron de fotos de hombres y mujeres que salieron a trabajar ese día, como papá, y nunca regresaron. En las entradas de los edificios, en los gimnasios, en las oficinas, en las librerías, miles de rostros perdidos. Cada mañana las caras se multiplicaban, nuevos semblantes aparecían. Menos el de papá.

No recorrió los hospitales, ni fue a la morgue, ni a las estaciones de policía. Ella no era una víctima, mucho menos la esposa de una víctima. No aceptaba pésames. Tampoco contestaba el teléfono: llamaban para darle una noticia que se negaba a escuchar o para compadecerse de ella. Papá no estaba herido ni muerto. Esa era su convicción.

Dejaría que pasara el tiempo, que lo pondría todo en su lugar. Ella no podía enmendar lo que no tenía solución. No iba a derramar una sola lágrima. No tenía por qué.

Se concentró en el silencio. Era el mejor refugio. No escuchaba el ruido de los autos, ni las voces a su alrededor. Desapareció toda la música de fondo. Por las mañanas recorría el barrio con olor a humo, a metal derretido, a polvo, a escombros. En cada poste de luz continuaban las fotos. A veces se detenía a mirarlas: los rostros le resultaban extrañamente conocidos.

Intentó continuar con sus rutinas cotidianas. Ir al mercado, comprar café, recoger sus medicinas en la farmacia. Se acostaba a dormir con el olor a humo y metal derretido impregnado en la piel.

Dejó el trabajo, y desde entonces no ha vuelto. Al principio solicitó un sabático que más tarde se extendió a una renuncia no declarada. No necesitaba trabajar. El apartamento de papá pertenecía a su familia desde antes de la guerra y vivíamos de la cuenta de fideicomiso que su abuelo había abierto hacía muchos años.

A veces pienso que retirarse del mundo fue la única salida que encontró para soportar su dolor. No solo el de haber perdido a papá, sino el de no haberle dicho que yo nacería. Que se iba a convertir en padre. Que la vida les iba a cambiar.

Lleva esa culpa en silencio hasta el día de hoy.

Hannah

Abro las ventanas del comedor, corro las cortinas y dejo entrar la luz de la mañana. En ese instante respiro profundo. No hay olor a humo, ni a metal, ni a pólvora. Cierro los ojos y puedo sentir la esencia del jazmín. Los abro y el té está servido en la mesa del comedor sobre un delicado mantel de encaje, en la esquina más cercana a la ventana, para que nos dé un poco de sol. Ahí están las galletas de vainilla que tanto nos gustan a mi amiga Gretel y a mí. Necesito un sombrero. Ah, y una bufanda. Sí, una bufanda de seda rosa para recibir a Gretel y a Don, su perro. Cuando terminemos, nos iremos a correr escaleras abajo.

Gretel abre la puerta, atraviesa el salón principal y el primero que entra es Don, que corre alrededor de la mesa como un loco. Trato de acariciarlo, lo sujeto por la cola para intentar calmarlo, pero nada lo detiene. Es libre.

Gretel no deja de parlotear: Don ha dicho "hola", está aprendiendo a cantar, la saca de la cama por las mañanas. Don es un terrier completamente blanco, sin una mancha, sin una herida, sin un error, con las proporciones perfectas de un perro de su raza. Es un privilegiado. Incluso estuvo en la Villa Viola, donde enseñan a comportarse a los perros puros.

A Gretel le gusta tomar agua helada en copas de champaña y cierra los ojos con coquetería: finge que las burbujas la marean. Me divierto mucho con ella. Dos veces a la semana viene a casa, a tomar té y champaña sin burbujas.

—¿Qué haces sentada en la oscuridad? —llega a casa mamá e interrumpe mi ensueño, mis recuerdos de las tardes de té con Gretel.

La sigo a su cuarto y me invade el olor a 10.600 flores de jazmín y 336 rosas búlgaras. Así me explicaba que estaba compuesta aquella esencia, de la que sutilmente dejaba caer una gota en la nuca y las muñecas.

Cuando era pequeña, pasaba horas en esa habitación, la más grande y olorosa de la casa. La lámpara de brazos largos como los de una araña me asustaba y yo terminaba encerrada en el armario descomunal de mamá. Me ponía sus collares de perlas, paseaba con sus voluminosos sombreros y zapatos de tacón. Era la época en que ella reía al verme jugar, me embadurnaba la cara de carmín rojo y me llamaba "mi payasita".

Los tiempos han cambiado, aunque en los tapices que ya nadie cuida, en las sábanas de batista que nadie plancha, en las cortinas de seda llenas de polvo, continúa impregnada la esencia de jazmín, que se mezcla ahora con la nauseabunda naftalina. Mamá insiste en preservar un pasado que se evapora delante de nosotras, sin que podamos evitarlo.

Me acuesto sobre el cubrecama de encaje blanco, a mirar la araña del techo que ya no me atemoriza y la siento entrar al cuarto. Va directamente al baño sin dirigirme la palabra. Está extenuada.

Aquella mujer frágil, con las poses lánguidas de la Divina, ha recuperado, en el rostro y los movimientos, la fuerza de los Strauss, salida de un lugar remoto que quizás ni ella misma recordaba. La desaparición de papá le ha dado una entereza que llega incluso a sorprenderla. Ahora soy yo quien no sale del encierro. Si hoy tampoco voy a mi cita con Leo en el café de Frau Falkenhorst, será capaz de aparecerse en mi casa sin avisar, aunque corra el riesgo de encontrarse con la temible Frau Hofmeister y la tonta de su hija Gretel.

Con el pelo mojado, sin maquillaje y con las mejillas encendidas por el agua caliente, mamá se ve aún más joven de lo que es. Camina y se envuelve la cabeza en una pequeña toalla blanca. Cierra las cortinas y evita que entre el más mínimo rayo de sol en la habitación.

Aún no ha pronunciado una sola palabra. No sé si ha sabido de papá, qué gestiones hace. Nada.

Sentada ante su tocador, comienza su ritual de belleza y observa desde el espejo que me he sentado en su butaca *bergère à la reine*, que tiene casi doscientos años, sin preguntarme si me había lavado las manos. Ya no le importa que pueda mancharse su pieza de colección firmada por un tal Avisse. Respira profundo y, mientras observa alguna arruga incipiente, me comunica con voz grave:

—Nos vamos, Hannah.

Evita mirarme. Su hablar es tan apagado que me cuesta trabajo entenderla, aunque siento su energía: se trata de una orden. Yo no cuento, ni papá tampoco, ni Leo. Nos vamos, y eso es todo.

—Tenemos los permisos, los visados. Solo falta que compremos nuestro pasaje en el barco.

¿Y papá? No regresará, ella lo sabe; pero cómo podemos abandonarlo.

—¿Cuándo nos vamos? —es lo único que me atrevo a preguntar. Su respuesta no es de mucha ayuda.

—Pronto.

Al menos no será hoy, ni mañana. Tengo tiempo de buscar una estrategia con Leo, que ya debe estar esperándome.

—Mañana comenzamos a empacar. Habrá que decidir qué nos vamos a llevar —habla tan despacio que me inquieta.

Necesito salir a encontrarme con Leo, pero ella continúa.

—Aquí no volveremos más. Pero sobreviviremos, Hannah. De eso estoy segura —me aclara mientras se cepilla con rabia contenida.

Apaga la lámpara de la habitación y solo deja encendida la del tocador. Nos quedamos en penumbras. No tiene nada más que decirme.

Me deslizo fuera del cuarto y corro escaleras abajo sin pensar en los vecinos que ansían el momento de nuestra partida. Si solo supieran que somos nosotros los primeros en querer salir de una vez de este absurdo calabozo.

Llego sin aliento a la estación de Hackescher Markt y corro hasta el café. Leo saborea lo que queda de su chocolate.

—Es C-U-B-A —pronuncia cada letra a toda voz—. ¡Nos vamos a América!

Se incorpora y lo sigo. Aún no he podido recuperar el aire. Estoy sofocada por haber corrido tanto. Pero ha dicho "nos vamos". Eso es lo único que me interesa. No el destino, sino el plural. Nosotros. Le pregunto de nuevo, para asegurarme, porque no quiero malentendidos.

—Nos vamos a América. Tu mamá ha pagado una fortuna por los permisos.

A estas alturas debemos estar ya sin dinero en efectivo. Estábamos convencidos de que papá había ayudado a costear los pasajes y permisos de Leo y de su padre. Se había abierto esa posibilidad para muchos en Berlín, y quienes pudieran hacerlo estarían a salvo. Ambas familias, ellos y nosotros, estábamos entre los bienaventurados.

La mejor noticia es que papá está vivo:

—Lo van a dejar salir —Leo tiene una seguridad que me hace enmudecer.

Papá es un hombre de suerte, no como Herr Schemuel, que jamás regresó. Somos indeseables, pero los Rosenthal también somos afortunados. Han puesto como condiciones que entreguemos el edificio, todas nuestras propiedades y abandonemos el país en menos de seis meses. Tan pronto como mamá garantice el traspaso, dejarán libre a papá y podremos obtener su visa y los pasajes para los tres. Por eso aún no los hemos comprado. Ahora entiendo.

Será necesario ir a escuchar la radio al pasillo hediondo del Ogro; tenemos que estar al tanto de todas las nuevas regulaciones. Cada día se inventan algo para hacernos la vida imposible. No solo no nos quieren aquí, sino que están haciendo lo posible porque nadie en el mundo nos acepte. Si nos rechazan en cada continente, ¿por qué serían ellos los únicos que tendrían que cargar con nosotros? Es la jugada perfecta: el triunfo de la raza superior.

Solo que ya alguien nos aceptó. Una isla en medio de las Américas va a recibirnos, permitirá que nos asentemos y que formemos allí nuestras familias. Trabajaremos, nos convertiremos en cubanos y allí nacerán nuestros hijos, nuestros nietos, nuestros bisnietos.

Nadie necesita vivir en este país invadido por esas irritantes banderas tricolores.

—Nos vamos el trece de mayo —explica Leo sin detenerse. Yo camino detrás de él sin hacer preguntas—. Saldremos del puerto de Hamburgo hacia La Habana.

El 13 de mayo será sábado. Por suerte no nos iremos un martes.

❦

Una piedra sucia. Un cristal roto y ahumado. Una hoja seca. Serán esas las únicas reliquias de Berlín que esconderé en mi maleta el 13 de mayo. Por las mañanas doy vueltas sin sentido por la casa, con la piedra en mi mano. A veces paso horas esperando a mamá. Al salir siempre promete que regresará antes del mediodía, pero nunca lo cumple. Si algo le sucediera, tendría que irme con Leo. O quizás Eva pueda decir que soy su pariente lejana y me acoja. Nadie descubrirá que soy impura, me harán nuevos papeles de identidad, me quedaré junto a la mujer que me vio nacer y terminaré ayudándola a hacer quehaceres en casas ajenas.

El silencio y la calma de este lugar me hacen pensar esas estupideces. Tenemos que irnos.

Los documentos ya están listos para que lo nuestro pase a manos de quienes no nos quieren. El edificio, el apartamento donde nací, los muebles, los adornos, mis libros, mis muñecas.

Mamá ha conseguido sacar de Berlín sus joyas más valiosas a través de una amiga, que trabaja en la embajada de un país exótico. Lo único que se niega a entregar es la propiedad de la tumba familiar, que a los Ogros no les interesará porque está en nuestro cementerio, en Weissensee. Allí descansan mis abuelos, mis bisabuelos, y hubiéramos debido terminar también nosotros, pero estoy segura de que borrarán ese lugar como han conseguido borrar tantas otras cosas vivas.

Hoy día proliferan los documentos falsos para irse a Palestina o a Inglaterra: cualquiera se aprovecha de nuestra desesperación para robar y estafar. A veces son Ogros, pero otras, son impuros informantes sin piedad. No se puede confiar en nadie.

Por eso mamá se aseguró de que nuestros permisos para entrar a Cuba como refugiadas fueran válidos.

—Además de los ciento cincuenta dólares por los permisos, pagué un depósito de otros quinientos. Es una garantía de que no buscaremos trabajo en la isla, que no seremos una carga para el país —explica y me da la espalda.

Nos vamos a una isla minúscula que se vanagloria de ser la más grande del Caribe. Un escupitajo de tierra entre el norte y el sur. Pero ese escupitajo es el único lugar que nos está abriendo las puertas.

—Por leyes geográficas, pertenece al mundo occidental —aclara con cierta satisfacción.

Partiremos de Hamburgo y tendremos que atravesar el océano Atlántico en un barco alemán. Por mucho que queramos, al final, no nos podemos sentir completamente a salvo en una embarcación tripulada por Ogros.

—Los pasajes de primera clase van a costarnos unos ochocientos reichsmarks —mamá seguía con explicaciones sin sentido para mí— y la compañía exige que sean de ida y vuelta, aunque sepan que no vamos a regresar.

Todos se aprovechan.

Hoy ha regresado temprano porque papá debe estar al llegar. Lleva un vestido negro, una especie de luto anticipado, y un cinturón blanco, que no deja de arreglarse. Su rostro está limpio, con muy poco maquillaje.

No se ha puesto más sus pestañas postizas, no se ha marcado las cejas, no hay profundidad en sus párpados. Es otra.

Sentada en el borde de la silla, con las manos sobre las rodillas, parece estar de penitencia en la escuela a la que ya no me envía porque no me aceptan.

—Tranquilízate —me advierte, al verme caminar de un lado al otro por el enorme salón lleno de polvo.

Papá está subiendo las escaleras. Lo oímos. *Ya está ahí. ¡Nos vamos! ¡Lo logramos! Iremos a vivir a un escupitajo de tierra, papá, donde no hay estaciones, solo verano. Lluvia y seca. Lo leí en el atlas.*

Al entrar, papá luce más alto que nunca. Sus lentes están torcidos. Lo han rapado al cero. El cuello de su camisa está tan sucio que no es posible identificar el color. Pero esa delgadez lo hace aún más aristocrático: no ha perdido su porte, a pesar del hambre, del dolor, del hedor. Corro hacia él, lo abrazo y rompe a llorar. *No llores papá. Tú eres mi fortaleza. Ya estás aquí con nosotras, a salvo.*

Permanezco abrazada a él y me traspasa su olor a sudor y cloaca. Siento su respiración entrecortada, su pecho conmovido. Levanta la cabeza y dirige su mirada a mamá.

Me besa en la frente, como a una bebé, mientras ella comienza a ponerlo al día. Quisiera saber de dónde ha sacado esa fuerza la mujer que antes no salía de la casa y pasaba el día llorando. No me acostumbro a esta nueva Alma. Oírla hablar me sorprende aún más.

—Solo tenemos dos permisos de salida firmados por el Departamento de Estado del gobierno de Cuba, porque acaban de emitir un nuevo decreto para limitar la entrada de refugiados alemanes a la isla —mamá no se detiene ni para recuperar el aliento—. Pero no hay que preocuparse: las oficinas del Hamburg-Amerika Linie van a vender visas de turistas para estancia ilimitada, firmadas por el director general de inmigración, un tal Manuel Benítez.

Se esfuerza en pronunciar el nombre en perfecto español y marca exageradamente la zeta.

—Necesitamos tan solo una. Si obtenemos una Benítez —ya ha

bautizado las visas salvadoras— avalada por el consulado cubano, podrás partir con nosotras. Pero hay que evitar comprarla a través de intermediarios. Será mejor que compremos tres, para viajar todos con los mismos documentos.

—¿Y cuál sería la otra opción si no conseguimos la Benítez? —comencé a bombardear con mis preguntas—. ¿Nos vamos y dejamos a papá en Berlín?

No me responde. Sigue adelante con su explicación desesperada:

—Al menos tenemos reservados dos camarotes en primera clase. Son una garantía. El problema es que solo nos autorizan a llevar diez reichsmarks por cada uno.

Un billete de veinte reichsmarks para mis padres, otro de diez para mí. Ese será el monto de nuestra fortuna. Podríamos llevar dinero escondido. Pero no, sería demasiado arriesgado: nos podrían quitar los permisos de desembarque. O quizás el reloj de papá, alguna otra joya. Sería una gran ayuda. Por lo visto, nos iremos sin dinero.

—Hasta llegar a La Habana, no tendremos acceso a la cuenta de Canadá. Será un viaje de dos semanas, no mucho más —continúa sin emoción—. Nos hospedaremos en el Hotel Nacional los primeros días, hasta que tengan lista nuestra casa de tránsito. Estaremos un mes, un año tal vez. Quién sabe.

Termina de poner al tanto a papá y se encierra en su cuarto. No lo abrazó. Solo dos besos fríos en la mejilla. No tenemos más familia, estamos solos. En los últimos meses hemos perdido a todas las amistades. Cada quien intenta sobrevivir como puede.

¿Y Leo? Tienen que haber ayudado a Leo y su papá con los pasajes.

La llegada de papá me impidió salir a encontrarme con mi amigo. Él viene a buscarme y, al bajar, descubro que Frau Hofmeister lo está insultando.

—¡Sal de aquí, perro sucio! —le grita—. ¡Esto no es un basurero!

Corremos hacia el parque Tiergarten. No nos queda mucho tiempo, él lo sabe. Aún no han conseguido los visados.

—Se acaban —me dice—. Falta el de papá.

Falta el de ellos.

Y por si fuera poco, tenemos un nuevo problema: nuestros padres planean deshacerse de nosotros si no logramos salir de Berlín. Leo está seguro.

Los escuchó hablar sobre un veneno mortal. Lo sabe todo.

— En esta época el cianuro tiene precio de oro —me explica, en tono de traficante. Es un exagerado. No le creo. Nadie quiere morir. Todos queremos huir; eso es lo que buscamos.

—Tu padre dijo que prefiere desaparecer antes que regresar a una celda —se ha puesto serio; deja de correr—. Le pidió a mi papá que comprara en el mercado negro tres cápsulas para ustedes. ¿No me crees?

—Por supuesto que no lo creo, Leo —siento que me falta el aire—. Menos aún, de papá.

—Las cápsulas de cianuro se pusieron de moda durante la Gran Guerra… —ahora adopta un tono de experto de circo itinerante a punto de presentar algún fenómeno de la naturaleza.

Su papá tendría que haberse dado cuenta de que este chico está siempre al tanto de sus conversaciones. Leo es un peligro.

—Era mejor morir antes que caer prisionero. Te quitaban las armas, pero una pequeña cápsula podías esconderla hasta debajo de la lengua, o en una muela —Leo dramatiza cada oración. Habla del cianuro con grandes gestos y se detiene para observar mi reacción, si estoy furiosa o siento miedo.

—Las cápsulas no se disuelven con facilidad. Tienen una fina cobertura de cristal para evitar que se rompan por accidente. Cuando llega el momento preciso, muerdes la pequeña ampolla y tragas el cianuro de potasio —hace una cómica pantomima: cae al piso, se estremece, tiembla, deja de respirar, abre bien los ojos, tose. Luego resucita y vuelve a la carga.

—La solución tiene una concentración tan alta que, al entrar en el sistema digestivo, provoca una muerte cerebral inmediata —respira profundo y se queda inmóvil, como una estatua.

—¿No duele? —sigo su juego.

—Es la muerte perfecta, Hannah —susurra y comienza otra vez con gestos grandilocuentes—. Te aniquila la mente para que no sientas nada, y después tu corazón deja de latir.

Al menos, ese es un consuelo: una muerte sin sangre ni dolor. Me desmayaría de ver sangre, tampoco resisto el dolor.

Si nos separan, sería ideal para nosotros, Leo. Nos quedamos dormidos y punto.

Me recuesto en un muro lleno de carteles. "Millones de hombres sin trabajo. Millones de niños sin un futuro. Salva al pueblo alemán". *¡Yo también soy alemana! Vamos a ver quién me va a salvar a mí.*

—Tienes que encontrarlas —me ordena Leo—. Registra toda la casa. No puedes irte sin ellas. Tenemos que tirarlas.

—¿Deshacernos de algo que vale tanto como el oro, Leo? ¿No es mejor quedarnos con ellas y revenderlas?

Un problema más: ahora tendré que revisar bien lo que me den de comer, aunque no me parece probable que vayan a mezclar el contenido de la cápsula con la comida, enseguida lo notaría. Quiero saber cuál es el olor del cianuro. Debe tener una textura peculiar, un sabor que lo distinga, pero Leo no habló de eso. Tendrá que averiguar un poco más. Cada segundo cuenta.

Podrían llegar a mi cama después que me haya dormido, abrirme la boca y dejar caer el polvo de la cápsula rota. No gritaré, no lloraré. Solo los miraré fijamente a los ojos para que vean cómo me apago, cómo se detiene mi corazón. Así, no olvidarán nunca su crimen.

Mis padres están desesperados y en una situación límite actúan sin pensar. Cualquier cosa es posible. No espero nada bueno de ellos. Pero no pueden decidir por mí. Voy a cumplir doce años.

No los necesito. Puedo escaparme con Leo; ya creceremos. El tiempo vuela.

Leo, ayúdame a salir de aquí.

Regreso a casa a dormir e intentar olvidar lo del cianuro, al menos por unas horas. Mañana, tan pronto como papá y mamá salgan, comenzaré a buscar.

Me despierto más tarde de lo habitual. Leo me ha dejado extenuada. Aprovecho la soledad para empezar mi exploración por la caja fuerte escondida detrás del cuadro del abuelo, en la oficina de papá. La combinación es aún mi fecha de nacimiento; pero al abrir la pequeña puerta, solo encuentro documentos: sobres y más sobres.

Continúo en el joyero. Nada. Abro después el intocable portafolio de papá. Registro cada gaveta de la casa, hasta aquellas a las que nunca he tenido acceso. Rebusco entre los libros, detrás de los adornos. Me acerco con cuidado al gramófono y reviso la bocina. Nada. Busco y busco. Las cápsulas no están aquí.

Probablemente las llevan con ellos. Creo que es la única posibilidad. Quizás papá las tenga en su gruesa billetera. O, quién sabe, tal vez en la boca, convencido de que la ampolla de cristal lo protege. Esta tarea que me ha dado Leo de encontrar el maldito polvo me tiene exhausta.

No puedo más. No queda un solo rincón que no haya rastreado y es hora de irme.

Llego a la Rosenthaler Strasse al mediodía y no veo a Leo en el café de Frau Falkenhorst. Casi siempre es él quien espera por mí. Es su venganza.

Entro y salgo del café, muchas mesas están llenas de fumadores. Leo no ha venido, y supongo que ya no aparecerá. Me voy a la Alexanderplatz, doy vueltas dentro de la estación y me entretengo deslizando las manos por las frías baldosas verde gris. Mis dedos terminan negros de un hollín que no sé cómo limpiar.

Tomo el S-Bahn y me aventuro a ir hasta el pasillo maloliente del Ogro. Leo puede estar ahí, a la caza de nuevas noticias en la radio. No sé qué hago sola por aquí. Me acerco a la ventana del hombre más pestilente de Berlín, con su radio estridente. *¿No ha visto por casualidad a Leo?*, siento deseos de preguntarle. En la radio anuncian que hay una reunión de Ogros en el Hotel Adlon para decidir qué hacer con los impuros. Pudieron haberse ido al Hotel Kaiserhof, pero no: han tenido que hacerlo en el Adlon, para que el dolor sea más intenso.

Con el Adlon, Berlín era una ciudad majestuosa. Todos querían vivir aquí. Ahora huyen. Las banderas cuelgan de cada ventana del hotel y de las farolas de las avenidas aledañas, que antes transitábamos felices.

Pero nosotros nos vamos. Eso es lo más importante. Por suerte, no siento apego a nada. Ni a la casa, ni al parque, ni a mis recorridos con Leo por los barrios de los impuros.

No soy alemana. No soy pura. No soy nadie.

Tengo que encontrarlo y voy a arriesgarme: tomaré nuevamente el S-Bahn y apareceré en su casa, en el 40 de la *Grosse Hamburger Strasse*. Lo repito para no olvidarlo. Es el barrio en el que mamá se niega a vivir, adonde han ido a parar todos los impuros de Berlín. Leo pudo haberme esperado en los bajos de mi edificio. Él no le tiene miedo a nada, y menos a Frau Hofmeister.

❦

Me bajo en la estación de la Oranienburger Strasse. Al llegar a la intersección con la Grosse Hamburger Strasse y sin hacer contacto visual con nadie, tropiezo con una mujer que lleva una bolsa con espárragos blancos. Pido disculpas y escucho a mis espaldas que la mujer se queja:

—¿Qué puede estar haciendo sola una niña pura en este barrio?

Al llegar a la calle de Leo debo orientarme. A la derecha está el cementerio de los impuros, y la escuela gratuita para los hijos de los impuros donde se sentían libres. Es a la izquierda, en dirección a Koppenplatz. Ya estoy ubicada.

Los edificios en esta calle se amontonan sin gracia alguna en bloques de tres a cuatro pisos con fachadas idénticas, sin balcones, sin un solo contraste. El tono mostaza de las paredes comienza a desvanecerse por falta de pintura.

Aquí la gente camina como si le sobrara el tiempo. Andan perdidos, desorientados. Dos ancianos vestidos de negro están de pie a la entrada de uno de los edificios. Puedo respirar un aire de abandono y capas de sudor sobre chaquetas que van de mano en mano, sin dueño fijo.

Al menos no hay olor a humo, aunque aún quedan cristales rotos en las aceras. Pero a nadie le importa: caminan sobre ellos y los resquebrajan. El chasquido me provoca escalofríos.

En una tienda han colocado enormes láminas de madera para sustituir las vidrieras desaparecidas en noviembre. Con tinta negra, han pintado sobre las tablas estrellas de seis puntas y frases que me niego a descifrar.

Yo solo busco el número 40. No me interesa nada más. No quiero saber por qué no se mueven los viejos de la entrada, o por qué un niño que no llega a los cuatro años le da rabiosos mordiscos a una papa cruda y luego la escupe.

El 40 es un edificio de tres pisos con el color mostaza ennegrecido por la humedad. Las ventanas están desencajadas, como si hubieran perdido las bisagras. La puerta, a un costado, tiene la cerradura rota. Subo la escalera estrecha y oscura, y adentro el aire es más frío aún. Es como entrar a una nevera mugrienta, con olor a comida descompuesta. Solo una débil bombilla ilumina el pasillo. Unos niños bajan corriendo la escalera, me empujan. Me sujeto de la baranda para no caerme y algo pegajoso se adhiere a la palma de mi mano.

Entro despacio por el pasillo sin saber cómo limpiarme. Hay varios cuartos con las puertas abiertas. Me imagino que en una época fue el gran apartamento de una única familia. Ahora está lleno de impuros hacinados que han perdido sus casas.

No hay rastros de Leo ni de su papá. La puerta del fondo se abre y sale un hombre descalzo y con una camiseta manchada. Camino con cautela. El hombre tiene la misma cara del hongo venenoso con la estrella de seis puntas en su pecho de la portada de *Der Giftpilz*, el libro que nos obligaban a leer en la escuela. Se detiene un momento al verme y se rasca detrás de la oreja. No dice nada y yo continúo, porque no le temo. Ni a él, ni a nadie.

Miro hacia dentro de uno de los cuartos, donde deben estar hirviendo papas, cebollas y carne con tomate. Una anciana se balancea en un sillón. Una mujer desgreñada prepara té caliente. Un niño me mira mientras se escarba la nariz.

Ahora comprendo por qué Leo no ha querido que yo vea dónde pasa las noches. No tenía nada que ver con que Frau Dubiecki, la encargada del edificio, fuese una despreciable urraca. Tiene que ver con esta tristeza: Leo me ha protegido del horror.

Podías haber pedido ayuda. Haber venido a vivir con nosotros. Era peligroso, lo sé, pero debimos abrirte las puertas y no lo hicimos. Perdóname, Leo.

Subo al segundo piso y alguien me detiene por el brazo.

—Aquí no puedes estar —la mujer, baja y con una barriga enorme, piensa que no soy como ellos. Que soy pura.

—Busco el cuarto de la familia Martin —le respondo en un hilo de voz, tratando de ocultar que realmente estoy muy asustada.

—¿A quién? —me pregunta con aire despectivo.

—Necesito hablar con Leo. Es urgente. Un asunto familiar muy grave. Soy su prima.

—No eres su prima —responde la pequeña arpía y me da la espalda. Ahora soy yo quien la detiene por el brazo.

—¡Suéltame! —chilla—. No los vas a encontrar. Anoche se largaron con sus maletas, como ratas, sin decirme nada.

No sabía si llorar o darle las gracias. Me detengo por unos segundos, la miro directamente a los ojos y no puedo evitar sentir pena por ella. Bajo corriendo las escaleras y salgo a buscar la estación del S-Bahn, sin saber hacia dónde dirigirme.

En la acera, la luz me ciega y el ruido de la calle me paraliza. La campanilla de la entrada de la panadería resuena en mi cabeza como un golpe de metal que no deja de vibrar. Los diálogos se mezclan. Una mujer le grita a su hijo. Percibo la respiración de los viejos de nariz tupida como ampliada por los altavoces, su aliento con restos de aguardiente, sus frases en una lengua incoherente.

Estoy perdida. No quiero caminar en dirección al antiguo cementerio de lápidas llenas de pequeñas piedras. A quién se le ocurre vivir tan cerca de los muertos. No tengo a Leo para que me guíe. Debo encontrar la estación.

Al fin la veo. Estoy a salvo. Tengo que salir huyendo de aquí. No soy de ninguna parte. *Tendrás mucho que explicarme, Leo, porque tengo muchas preguntas que no puedo hacerles a mis padres.*

De regreso en el tranvía, cada chasquido entre la antena y el cable me hace temblar. Hay una calma extraña entre los pasajeros, que van cabizbajos, vestidos de gris. Ni un solo color en esta masa uniforme. Me arden las mejillas, tengo los ojos llenos de lágrimas retenidas a la fuerza, pero no puedo llorar aquí. Nadie se quiere sentar a mi lado, me evitan. Ya sé que parezco pura, pero soy tan gris como ustedes. Vivo en un apartamento de lujo, pero a mí también me han expulsado.

Regreso sola. Ya nadie va a acompañarme nunca más.

Todavía no puedo creer que Leo no haya tenido oportunidad de correr a mi casa, arriesgarse y tocar a la puerta para hacerme saber que su padre se lo llevaba a Inglaterra o adonde fuera, que me escribiría, que nunca íbamos a distanciarnos, aunque nos separara un continente, o un océano.

Solo acierto a pensar en prepararme para un viaje sin futuro a la pequeña isla que él ideó en sus mapas de agua.

Hoy es martes, lo sabía. Debí haberme quedado en mi habitación, con la mirada en el techo. Ha sido solo un sueño, o más bien una terrible pesadilla. Mañana, al despertar, Leo estará ahí, como siempre, con sus enormes pestañas y el pelo enmarañado, esperándome al mediodía en el café de Frau Falkenhorst.

❦

Al abrir la puerta de casa, veo a papá en la ventana, contemplando los tulipanes.

Ahora es él quien permanece más tiempo sin salir. Se refugia en el despacho de madera oscura, a sus espaldas la foto del abuelo, el de los grandes bigotes con mirada de general. Vacía las gavetas, tira a la basura cientos de papeles: sus estudios, sus escritos.

Me acerco, me rodea los hombros, me da un beso en la cabeza y se va a la ventana a contemplar el jardín. Él tiene que saber a dónde se han llevado a Leo, si él y su padre consiguieron o no los permisos para desembarcar en La Habana.

—¿Y Leo y su papá? —me arriesgo a preguntar.

Silencio. Papá no reacciona. *Deja los tulipanes, papá: ¡esto es importante para mí!*

—Todo está bien, Hannah —responde sin mirarme.

No hay buenas noticias, lo sé.

Me voy al cuarto de mamá. Necesito que alguien me diga qué está pasando. Si nos vamos o no, si el viaje sigue en pie. Ahora es ella la que sale cada mañana a hacer gestiones.

—Ya todo está arreglado, Hannah —ratifica—. No hay por qué preocuparse. Tenemos los pasajes y se consiguió el permiso de desembarque, una Benítez, para papá.

—¿Qué más hace falta? —insisto.

—Debemos salir al amanecer del sábado. Iremos en nuestro auto, un exalumno de tu padre nos llevará. El auto será su pago.

—Es de confianza —papá se asoma a la puerta del cuarto para calmarme.

Pero yo no puedo dejar de pensar en Leo.

El cuarto de mamá es un caos: trajes en cada rincón; ropa interior, zapatos. Se mueve agitada y la escucho tararear una canción. No la entiendo bien. Parece haberse transformado en lo que era, o en la ilusión de lo que fue. Cada día tengo una madre diferente. Podría ser divertido, pero no hoy. Leo se fue sin decirme adiós.

Tiene cuatro enormes maletas llenas de ropa. Ha enloquecido, sin dudas.

—¿Qué te parece, Hannah? —se coloca un traje y comienza a bailar por la habitación. Un vals. Tararea un vals.

—Si nos vamos a América, debo llevarme un Mainbocher —continúa hablando de sus trajes de gala, como si nos fuéramos de vacaciones a una isla exótica.

A nadie en Cuba le van a interesar los trajes de marca que use. Llama a sus vestidos por el nombre del diseñador. Un Madame Grès, un Molyneux, un Patou, un Piguet.

—Me los llevo todos —ríe, nerviosa.

Son tantos, que no tendrá que repetir ni un modelo mientras dure la travesía.

Ella sabe que cada vez que se refugia en esa euforia, yo me distancio. Claro que sé que sufre: no nos vamos de vacaciones. Es consciente de nuestra tragedia, pero intenta que la sobrellevemos lo mejor posible.

¡Oh, mamá! ¡Si hubieras visto lo que vi hoy! Y tú, papá, no debiste haber abandonado a Leo y a su padre en esa pesadilla.

Ya han hecho el inventario de todas nuestras posesiones, el *Vermögens-Erklärung* que le exigen a las familias antes de que se vayan. Mamá podrá llevarse sus vestidos y las joyas que lleve puestas, pero el resto de nuestra vida se queda aquí. No podemos perder ni romper nada que haya sido inventariado. Un simple error y nuestra salida sería pospuesta indefinidamente.

Y nos enviarían para siempre a una prisión.

Anna

Nueva York, 2014

El señor Levin nos ha puesto en contacto con una sobreviviente del *Saint Louis*, el trasatlántico en el que la tía Hannah llegó a Cuba. Hoy vamos a visitarla. Quizás haya conocido a la familia de papá, a mi familia. Llevamos copias de las postales y las fotos, quién sabe si incluso reconozca a los suyos en alguna imagen, o ella misma, jovencita. Es nuestra esperanza.

Dice el señor Levin que quedan pocos sobrevivientes. Claro: han pasado tantos años.

La señora Berenson vive en el Bronx. Nos recibirá su hijo, que le advirtió a mamá que encontraremos a una anciana amable pero muy poco conversadora, que recuerda muy vívidamente el pasado. El presente, lo olvida cada día. Ha convivido con el dolor por más de setenta años, resume su hijo. Para ella no existe el perdón. Aunque quiera olvidar, no puede.

Muchas veces, el hijo le ha pedido que cuente cómo sobrevivió, la persecución que sufrió, su odisea en el barco, la de sus padres. Que lo deje plasmado en blanco y negro, pero se ha negado. Aceptó nuestra visita solo porque tenemos las fotos.

La señora Berenson tiene su mezuzá en el marco de la puerta. Al abrirnos, un vaho caliente nos sorprende. Su hijo es también un anciano. El corredor está lleno de viejos retratos, montados sin orden alguno. Bodas recientes, cumpleaños, niños recién nacidos. La historia de los Berenson después de la guerra. De su vida en Alemania, nada.

En la sala, sentada en un sillón cercano a la única ventana, la señora Berenson descansa sin voltearse. Los muebles son de caoba oscura y pesada. Todo lo que hay en la casa debe haber costado una pequeña fortuna en su época. Quedan solo mínimos espacios para moverse entre vitrinas, mesas, sofás, sillones y adornos. Creo que si estornudo podría romper algo. Y manteles de encaje sobre cada mueble. Qué obsesión por cubrir las superficies. Hasta las paredes están empapeladas de un triste color mostaza.

En esta casa, estoy segura, nunca ha entrado el sol.

—La van a ver un poco nerviosa —aclara su hijo, quizás para que la madre lo oiga y reaccione. Ella continúa inmóvil.

Mamá le toma la mano y responde con una sonrisa.

—Es lo mejor que puedo hacer a mi edad, sonreír —dice y rompe el hielo. No entiendo bien sus palabras. Ha vivido casi toda su vida en Nueva York, pero su acento alemán es aún muy fuerte.

Me presentan e inclino la cabeza desde una esquina. La señora Berenson levanta con esfuerzo su mano derecha llena de aros de oro y hace un leve movimiento para saludarme.

—La tía abuela de mi hija nos envió los negativos. Ella iba en el barco con usted. Hannah Rosenthal.

Creo que no le interesa para nada saber de nuestra familia. Al sonreír, sus ojos se alargan y cobra un aire de niña traviesa que oculta a la vieja cascarrabias que sobrevivió la guerra y que ahora solo puede moverse con ayuda.

—Eran un nombre y un apellido muy comunes en aquella época. ¿Trajo las fotos?

No está interesada en conversar. Vayamos al grano. A lo que vinieron, y después pueden retirarse. Quiere estar tranquila. Ha llegado a una edad en la que no necesita hacer concesiones. Sonreír es más que suficiente.

En una esquina, la maqueta de un edificio reposa sobre una mesa alta. Parece un teatro antiguo, con la fachada completamente simétrica, lleno de puertas y ventanas, con una gran entrada en el centro. Parece un museo.

—No te acerques demasiado, niña.

No puedo creer que me haya regañado. Nerviosa, me retiro con rapidez hacia una esquina de la sala. La señora Berenson, quizás apenada, explica:

—Me lo regaló mi nieto. Es la réplica de nuestro edificio en Berlín, que ya no existe. Fue bombardeado por los soviéticos al final de la guerra. ¿Vemos las fotos?

Mamá despliega las fotografías sobre el tapete de la mesa que está a su lado y la anciana las comienza a tomar, una a una.

Se acomoda mejor en el asiento. Levanta la cabeza y se concentra. Se olvida de nosotros. Se ríe a carcajadas, señalando con el dedo a los niños que jugaban. Dice varias frases en alemán. Se regodea en las imágenes: la piscina del barco, el salón de baile, el gimnasio, las mujeres elegantes. Unos tomaban el sol, otros posaban como galanes de cine.

Las revisa de nuevo y reacciona como si las viera por primera vez. El hijo se sorprende al verla: su madre está feliz.

—Nunca antes había visto el mar —fue su primer comentario.

Saca un segundo sobre de fotos y la señora continúa, ansiosa.

—Nunca había estado en un baile de disfraces.

Espera un tercer sobre, ahora con cierta desesperación.

—La comida era exquisita. Nos atendieron como reyes.

Hasta que se detiene en una foto.

Estaba tomada desde el puerto ¿de La Habana? Podría ser. Había pasajeros amontonados a estribor. Decían adiós. Algunos cargaban a sus hijos. Otros mostraban la desesperación en sus rostros.

La mujer se lleva la fotografía al pecho, cierra los ojos y comienza sollozar. En pocos segundos, los gemidos suaves se van convirtiendo en aullidos desesperados. No sé si llora o solamente grita. Su hijo se acerca para consolarla. La abraza y la anciana no deja de temblar.

—Es mejor que nos vayamos —ordena mamá y me toma por el brazo.

Dejamos las fotografías sobre la mesa de centro. No podemos despedirnos de ella. Aún tiene los ojos cerrados y la imagen apretada contra el pecho. Se calma por un instante y comienzan de nuevo sus aullidos.

Su hijo nos pide disculpas. Yo no entiendo nada.

Quisiera saber qué le pasó a la señora Berenson. Quién sabe si reconoció a su familia en el barco. ¿Nunca desembarcaron en La Habana? Quizás naufragaron. A fin de cuentas, se había salvado: debía sentirse feliz de haber tenido esa suerte, ¿no?

Mientras esperamos por el elevador, aún se escuchan sus alaridos de angustia.

Bajamos en silencio.

Los gritos continúan.

❧

No puedo fallarle a papá como le fallé a mamá. No puedo cargar con la misma culpa. ¡Solo voy a cumplir doce años! A los doce años todavía uno quiere a sus padres a su lado. Que nos griten, que nos regañen, que nos castiguen, que no nos dejen jugar cuando queremos, que nos den órdenes y sermones si nos portamos mal.

A mamá le deseé que no se despertara, que se quedara para siempre entre sus sábanas blancas, en la oscuridad de su cuarto. Pero reaccioné a tiempo, corrí, pedí ayuda y la salvé. A papá, que se despertara, que saliera de la penumbra, que viniera a buscarme y me llevara con él, bien lejos, tan lejos como pudiera, en un barco de velas que desafiara los vientos. Ahora iré a encontrarme con su pasado.

Le pregunto sobre el calor en La Habana, la ciudad donde nació y creció. *Despierta papá, cuéntame algo.* Muevo la foto más cerca de la luz, que le da un tono rojizo a su rostro, y siento que ahora sí me escucha. *Te aturdo con mis preguntas, ¿verdad, papá?*

Nos han dicho que el calor en La Habana es insoportable, y eso tiene a mamá preocupada. El sol te agrede, te abofetea, te debilita a cualquier hora del día. Hay que llevar mucho protector solar, nos advierten.

—Pero no vamos al desierto de Sahara, mamá. Es una isla donde el aire corre, y el mar está por todas partes —le explico, y ella me mira como preguntándose: *¿Qué sabrá esta chiquilla, que nunca ha estado en el Caribe?* Y sigue empecinada en que no estamos preparadas para lo que nos espera.

Ella hubiera preferido que nos quedáramos en un hotel, en una habitación con vista al mar, pero la tía abuela le ha insistido en que la casa donde tú naciste, papá, era también nuestra casa, que nos pertenece. No podemos hacerle un desaire, y la he convencido de que se olvide de los hoteles con nombre de ciudades españolas, islas italianas o playas francesas que encontró disponibles en La Habana.

Me da mucha curiosidad ver cómo vive una alemana de voz suave y melodiosa, que construye sus frases en español con tanto cuidado, en una isla donde la gente habla a gritos y mueve rítmicamente las caderas al caminar. Así dice el señor Levin.

Tal vez la tía nos tenga una gran sorpresa. Llegaremos al aeropuerto de La Habana, al atardecer, cuando el sol y el calor hayan cedido. Nos bajaremos del avión y al abrirse las puertas automáticas de cristal que separan la Terminal de la ciudad, ahí estarás tú, con tus lentes montados al aire y tu sonrisa a medias, esperándonos. O mejor, saldremos del aeropuerto y, al llegar a la casa majestuosa donde naciste, la tía abrirá una enorme puerta de madera, nos invitará a pasar y en la amplia sala iluminada te encontraremos. No hay una sorpresa mejor.

No me hagas caso, son mis fantasías de niña. Lo que sí quiero es recorrer tu cuarto, papá, donde diste tus primeros pasos, donde jugabas. Seguro que la tía conservará algunos de tus juguetes.

Ya está hecha mi maleta. Es mejor tenerla lista con tiempo, para que nada se me olvide.

No le cuento nada a papá sobre la visita a la señora Berenson. Sus gritos aún me provocan pesadillas. No me gusta preocuparlo. Sé que debe estar contento porque nos vamos a Cuba. Pienso que le hubiera encantado hacer ese viaje con nosotras.

A la hora de acostarme, comienzo a hojear el álbum donde mamá ha colocado las fotos del barco. Busco a la niña que se parece a mí y la observo por largo tiempo. Al cerrar los ojos sigue ahí, frente a mí, sonriendo. Me levanto y corro por la cubierta del barco gigantesco y vacío. Encuentro a la niña de los ojos grandes y el pelo rubio. La niña soy yo. Ella me abraza y me veo.

Despierto sobresaltada en mi cuarto, al lado de papá. Lo beso y le doy la noticia: nos vamos el fin de semana. Haremos una breve escala en Miami y saldremos en un vuelo que dura solo unos cuarenta y cinco minutos.

Qué cerca estamos de la isla. Llegaremos al atardecer a casa de la tía. ¡A La Habana!

Hannah

Es sábado. Hoy nos vamos.

Llevo un aburrido vestido azul marino, de textura un poco gruesa para esta época del año, diría mamá, a quien esperamos pacientemente papá y yo en el salón. No me interesa provocar ninguna impresión cuando lleguemos a Hamburgo, aunque en mi mente escucho una de sus frases preferidas:

—La primera impresión es la más importante.

Tampoco me duele demasiado dejar atrás el único lugar donde he vivido y borrar de un golpe doce años de mi vida. Lo que me entristece es que Leo, mi único amigo, me haya abandonado; no saber a dónde escapó, qué mundos exóticos irá a descubrir sin mí. Solo me consuela pensar que él sabe que puede encontrarme en la isla donde un día soñamos crear una familia. Y no duda, lo sé, que hasta el último día esperaré allí por él.

Lo único bueno desde que Leo desapareció es que me he olvidado de las cápsulas de cianuro. Me importa poco la decisión que tomen mis padres. Por fin vamos a escapar; no las necesitaremos. Si fuese papá, nunca las dejaría al alcance de mamá: un día en cama y otro de fiesta.

Le pregunto otra vez a papá sobre los Martin. Él *tiene* que saber algo.

—Están a salvo —es lo único que me dice, pero eso no es suficiente para mí, porque no quiero separarme de Leo—. Todo está bien.

Ahora sus frases favoritas son: "No pasa nada", "no te preocupes", "todo está bien".

Nunca pierde la compostura, incluso en las situaciones más difíciles. Está sentado en el sofá, con la mirada perdida. Supongo que, a este punto, ya no siente nada. A sus pies, el sagrado portafolio de piel curtida. Le pregunto si quiere que prepare un té antes de irnos, pero no me responde, distraído. Prefiere pensar que somos afortunados. Se niega a ser un perdedor.

Hay siete maletas muy pesadas en la puerta. El antiguo estudiante de papá, que ahora pertenece al partido de los Ogros, llega y comienza a llevarlas a nuestro auto, que al final del día será suyo, no sin antes pasar revista al salón. Pensará que algunas de las piezas más valiosas que han pertenecido a los Rosenthal y a los Strauss por varias generaciones podrían pasar a sus manos. Y quién sabe si después de dejarnos en el puerto y regresar a Berlín, invada nuestra casa y se lleve el jarrón de Sèvres de la abuela, los cubiertos de plata, la vajilla de Meissen.

—Los vecinos están abajo —le comunica a papá —. Han formado dos filas a la salida del edificio. ¿No podríamos salir por detrás?

—Nos vamos por el frente y con la cabeza bien alta —declara mamá saliendo de su habitación, radiante—. No somos prófugos. Les dejamos nuestro edificio: que hagan con él lo que les venga en gana.

A su paso, deja una leve estela de jazmín y rosas búlgaras. Solo a ella se le ocurre viajar por carretera hasta Hamburgo, aproximadamente a unas 180 millas al noroeste, para montarse en un trasatlántico con un vestido de cola. Una redecilla le cubre la mitad del rostro perfectamente maquillado: las cejas en arco hasta las sienes, el rostro blanquísimo y los labios de un rojo encendido. Los complementos perfectos para su traje Lucien Lelong en blanco y negro, rematado por un broche de platino y diamantes en la cintura.

El vestido marca su esbelta figura y la obliga a dar pasos lo suficientemente cortos como para que todos puedan disfrutar de esta visión espléndida. Esta sí que es una primera impresión.

—¿Nos vamos? —insiste sin mirar atrás. Sin despedirse de cuanto fue suyo. Sin una última ojeada a los retratos de familia. Incluso sin advertir cómo íbamos papá y yo. No necesitaba aprobar nuestro atuendo: su brillo opacaría cualquier cosa en derredor.

Es la primera en salir. El chofer cierra la puerta —¿ha pasado el pestillo?—, y carga las dos últimas maletas.

Lo primero que llega a la calle es la esencia de mamá. Las arpías que nos esperan para gritarnos insultos, quedan embriagadas —¡embrujadas!— por el perfume de la Divina. La primera impresión es la que cuenta.

Quizás inclinan la cabeza mientras abordamos el auto que pronto dejará de ser nuestro. Prefiero imaginarlos arrepentidos de su bajeza, mostrando al menos un ápice de humanidad. No sé si está Gretel con ellos. Qué importa. Frau Hofmeister estará feliz. A partir de ahora, podrá ocupar el elevador a sus anchas, sin que una niña sucia le fastidie el día.

Salimos del barrio como esas estrellas fugaces que papá y yo descubríamos en las noches de verano en la casa del lago, en Wannsee, en las afueras de Berlín. Las calles elegantes de Mitte se difuminan a nuestras espaldas. Atravesamos el bulevar que fue el más hermoso de Berlín, y me despido de nuestro puente sobre el Spree, el que tantas veces crucé con Leo a toda marcha.

Mamá mira al frente, sentada entre papá y yo, atenta al tráfico de la ciudad, que una vez fue la más vibrante de Europa. Evitamos cruzar nuestras miradas o dirigirnos la palabra. Nadie derrama una lágrima.

Cuando Berlín se convierte en un punto lejano y la cercanía de

Hamburgo es inevitable comienzo a temblar. No puedo controlar mi ansiedad, pero no quiero que nadie en el auto la perciba. Debo actuar aún como una niña malcriada de once años a quien nunca le ha faltado nada. Esa puede ser mi salida. Una pataleta más antes de llegar al barco que nos sacará del infierno. Sé que voy a llorar y me aguanto.

Hasta que reviento.

—Vamos a estar bien, mi niña —me consuela mamá, y siento en la mejilla su vestido, que no quiero manchar con mis estúpidas lágrimas—. No hay que llorar por lo que queda atrás. Ya verás qué hermosa es La Habana.

Quiero decirle que no lloro por lo que me quitaron, que lloro porque he perdido a mi mejor amigo. Por eso tiemblo, no por un viejo apartamento; no por esa ciudad que ya no significa nada para mí.

—Tómate tu tiempo —al fin alguien le dirige la palabra al chofer.

Mamá saca un espejo del bolso y comprueba que su maquillaje no se haya dañado.

—De hecho, será mejor si esperamos la hora apropiada —dice La Divina con resignación. Su voz ahora es grave—. Quiero ser la última en subir al barco.

Nos detenemos en un callejón a esperar el momento perfecto para que ella haga su entrada triunfal. El chofer enciende la radio y se escucha uno de los interminables discursos de los últimos días: "Hemos dejado que se vaya el veneno del pueblo, la basura, los ladrones, los gusanos, los delincuentes". Nosotros, esos somos nosotros. "Ningún país los quiere. ¿Por qué tendríamos que cargar con ellos? Limpiamos las calles y seguiremos limpiándolas hasta que el último rincón del imperio quede libre de sanguijuelas".

—Creo que debemos acercarnos al puerto —es la primera frase de papá desde que salimos de Berlín—. Es suficiente —le hace un gesto al Ogro para que nos movamos, para que apague su condenada radio.

Al doblar la esquina, nuestra isla de salvación comienza lentamente a aparecer. Una imponente masa de hierro negra y blanca, como el vestido de mamá, flota y se alza hasta las nubes. Toda una ciudad sobre el mar. Espero que estemos seguros ahí. Será nuestra cárcel por las próximas dos semanas. Después, la libertad.

La bandera de los Ogros ondea en un extremo. Abajo, en letras blancas, un nombre que nos acompañará para siempre: *Saint Louis*.

⬿⬿

Los pocos pasos desde el auto hasta la pequeña caseta 76, de aduanas, que divide el aquí y el allá, pueden parecer una eternidad. Quieres llegar y no puedes, aunque corras. El breve cruce consume las pocas energías que me quedan. Mis padres hacen lo posible por mantenerse erguidos. Pronto llegará la hora de quitarse la máscara y poder descansar, ser quienes son.

El viaje en auto ha sido el más largo, intenso y agotador de mi vida. Estoy segura de que las dos semanas que durará nuestra travesía trasatlántica se irán en un abrir y cerrar de ojos; mucho más rápidamente que el viaje de Berlín, la gran capital, a Hamburgo, el principal puerto de la gran Alemania.

Al acercarnos al punto de embarque una pequeña banda, con todos sus músicos vestidos de blanco, que había dejado de tocar, comenzó con desgano a entonar "Frei Weg!" Salté del susto con el primer acorde. Nunca he sido entusiasta de las marchas, su aire triunfalista me pone los pelos de punta. Es inevitable sentir una marcha titulada "¡Allá vamos!" como una grosera patada. No sé qué pretende la agencia naviera: elevarnos el ánimo o hacernos olvidar que, desde el momento en que pongamos un pie en el *Saint Louis*, nunca más volveremos a Alemania, el país al que tuvimos la estúpida ilusión de pertenecer.

El barco es más alto que nuestro edificio en Berlín. Una, dos, tres… puedo contar hasta seis cubiertas. Las pequeñas ventanillas redondas, ahora cerradas, deben ser los camarotes. Hay mucha gente en cada cubierta. Ya todos deben haber embarcado. Somos los últimos. Mamá, por supuesto, se sale con la suya.

Dos Ogros sentados a una mesa improvisada al pie del tobogán nos miran con desagravio. Papá abre el portafolio y entrega, primero, los tres documentos firmados por funcionarios cubanos de inmigración que nos autorizan a viajar y permanecer en La Habana por tiempo indefinido. Los hombres revisan minuciosamente unos papeles que no pueden entender porque están en español, y le piden a papá nuestros pasaportes y los pasajes de ida y vuelta en el *Saint Louis*.

Mamá observa la rampa tambaleante que la separará del país donde nació. Creo advertir que se sobrecoge. Sabe que en pocos minutos dejará de ser alemana. Será una mujer sin país, sin estado, sin clase. Dejará de ser una Strauss, una Rosenthal. Al menos seguirá siendo Alma. Su nombre no lo perderá. Rehúsa dialogar con los Ogros, unos militares de clase baja que osan tener la indignidad de cuestionarla a ella, la hija de un veterano de la Gran Guerra galardonado con la Cruz de Hierro.

Al terminar de detallar página por página nuestros documentos, el Ogro humedece en una almohadilla de tinta roja el sello con el que estampa nuestra partida. Lo presiona con fuerza sobre nuestras fotografías, y con cada golpe mamá se estremece sin bajar la mirada. Quedamos marcados con una infame "J" roja en el único documento de identidad que nos acompañará en nuestra aventura cubana. Una cicatriz indeleble. Perteneceremos por siempre a los desterrados, a los que nadie quiere, a los que expulsaron de sus hogares desde épocas remotas.

Intenta reprimir el llanto, pero un par de lágrimas amenazan su maquillaje impecable, con el que planea entrar a ese espacio en el que espera ser feliz durante los próximos quince días. Quizás para evitar seguir llorando, me abraza por detrás y siento sus labios en mi oído.

—Te tengo una sorpresa.

Espero que no haga una locura: *¡Mamá, no olvides que en este minuto se deciden nuestras vidas!*

—En el camarote te lo diré.

Creo que solo trata de calmarme, de calmarse. Me hace prometerle que no le diré nada a papá. Nos dará la noticia cuando estemos a salvo en el barco y las costas de Alemania hayan desaparecido.

La veo sonreír. Debe ser, en realidad, una buena noticia.

Uno de los Ogros no deja de observar a mamá; sin dudas, la pasajera más elegante del barco. Quizás trata de contar los diamantes que lleva en la cintura. Ahí hay dinero, debe haber pensado. Debimos habernos presentado más sencillamente, sin ostentar que somos diferentes, o que nos creemos mejores que nadie. Pero ella es así. No tiene por qué avergonzarse de lo que ha heredado de tantas generaciones de Strauss, dice. Ahora, un Ogro indigno se cree con algún derecho a tomar posesión de esa fortuna, que lleva y llevará siempre su marca. Pero en las manos de este Ogro está que ella pueda sacar sus joyas, que podamos partir. En un abrir y cerrar de ojos pueden rechazar nuestros documentos y detener a papá. Nos quedaríamos sin futuro.

En todas las cubiertas del barco, se amontonan cientos de pasajeros, diminutos a lo lejos. Algunos nos observan, otros buscan a sus familiares en el puerto. De repente, nos ciega la luz de un flash. Un hombre ha comenzado a tomarnos fotos. Me escondo detrás de papá. Debe ser algún enviado de *Das Deutsche Mädel.* *¡No soy pura!,* siento deseos de gritarle.

Mamá inclina la espalda hacia atrás, los hombros ligeramente hacia delante, y alarga aún más el cuello mientras, con lentitud, adelanta la barbilla. No puedo creer que aún cuando en cualquier momento pueden registrarnos y quitarnos nuestras posesiones, cancelar nuestra salida y detenernos, ella encuentre tiempo para cuidar el ángulo en que la van a fotografiar.

El Ogro vuelve a revisar todos los documentos y se detiene en uno. Es el de papá. Pienso en salir corriendo. Irme del puerto. Perderme en las calles oscuras de Hamburgo.

—Gusanos —gruñe con menosprecio el Ogro, con la vista fija en los documentos de papá, sin atreverse a mirarlo.

Mamá se estremece de ira. *No te vuelvas mamá, no le hagas caso, no te dejes herir.* Para ellos somos gusanos, sanguijuelas, parásitos indeseables, ratas, cerdos; seres avariciosos, mentirosos, astutos, inescrupulosos, repulsivos y ladinos. Ahí tienen la lista completa. *Que nos llamen como quieran.* Ya nada me ofende.

Cuatro marineros descienden hacia nosotros desde el barco y observan atentos nuestros movimientos. Papá dirige una mirada a los Ogros, luego a los marineros, se vuelve para comprobar si ya su auto se marchó.

Los marineros nos rodean. Uno de ellos toma una de nuestras maletas, los demás lo siguen. Se reparten el equipaje y comienzan a subir por el tobogán, que no deja de moverse. Al menos las maletas suben al barco.

Una ola rompe contra el casco del *Saint Louis*.

Los Ogros observan a papá. A nosotras nos ignoran. Si detienen a papá, nos quedamos en tierra. *¡No podemos irnos sin él!* Pero ahora mamá ha perdido el miedo, la mente fija en su entrada. La ensaya.

—Herr Rosenthal, espero que no tengamos que volver a vernos —declara el Ogro.

Quizás aguarda una respuesta. Pero papá recibe en silencio los documentos, los revisa con cuidado y los devuelve a su portafolio.

Se inclina hacia mí y me susurra:

—Este es el equipaje más importante que llevamos. Podemos perder la ropa, nuestras pertenencias, incluso el dinero, pero estos papeles son nuestra salvación.

Me besa y afirma en voz alta, con la mirada hacia el punto más alto del *Saint Louis*:

—Cuba es el único país que nos quiere. Nunca lo olvides, Hannah.

La banda deja de tocar. Las primeras maletas ya deben estar en nuestros camarotes. Faltan dos por subir. Y nosotros. Aún estamos en territorio alemán.

La rampa de entrada está vacía. Mamá observa con detenimiento la proa del barco.

—Nuestros camarotes están en el piso más alto —se acomoda el cabello y me toma de la mano—. Es más pequeño que nuestras habitaciones en casa, pero te va a encantar, Hannah. Ya verás.

Un marinero carga las maletas restantes. Papá intenta seguirlo y de inmediato ella lo detiene por el brazo. Me doy cuenta enseguida de que mamá nunca entraría al *Saint Louis* junto al equipaje, aunque fuese el suyo. En el momento que ve desaparecer al marinero en la entrada principal del barco, y comprueba que el tobogán está completamente vacío, le da un beso en la mejilla a papá, la señal que él necesita para echar a andar.

Es el primero y yo, detrás, me sujeto con fuerza para no caer al agua. *¡Cómo se mueve el tobogán!* La sirena del barco me hace saltar asustada. Me vuelvo y veo a mamá, que avanza con lentitud detrás de mí con ese modo especial de moverse con la nariz hacia lo alto, ignorando cuanto pueda estar a su alrededor.

Mas allá de los hombros de mamá, veo que los Ogros permanecen ahí abajo. Si somos los últimos en subir, no comprendo por qué no acaban de irse. Puedo divisar, también, nuestro auto.

Allá, al final del tobogán, nos espera un hombre pequeño, uniformado, con un ridículo bigotito. Parece un militar. No sonríe. Muy erguido, con las manos detrás de la espalda, se estira lo más que puede, como para comunicar que él es quien lleva las riendas del barco más grande que había en el puerto.

—No tengas miedo, Hannah, es Gustav Schröder, el Capitán —me tranquiliza papá.

Oprimo con fuerza la baranda para sostenerme. El aire es frío, lo sé, pero no es lo que me hace temblar. *Tengo miedo, papá*, quiero decirle, y lo miro para que entienda que lo necesito, que no puedo moverme, dar un simple paso sin protección. Estamos llegando a cubierta y abro bien los oídos para escuchar si alguien lanza una exclamación para detenernos, pero no siento nada.

Estamos a salvo, trato de repetir, para creérmelo. *¡Estamos a salvo!*

Éramos realmente los últimos.

Comienzo a sentir los "te quiero" y los "nunca te olvidaré" de aquellos rostros desesperados, las despedidas desde cubierta, el llanto que se confunde con las sirenas de los barcos que están por llegar o partir.

Ya no estamos en tierra firme. Abajo, los que se quedan parecen minúsculas e indefensas hormigas que corren de un lado a otro para poder divisar a los que se van.

Con cada paso que doy, me siento más alta y segura. El puerto y los Ogros van quedando atrás, cada vez más pequeños. Yo, en cambio, soy ahora del tamaño del barco, me he convertido en un gigante todopoderoso de hierro y, al mirar hacia atrás, el puerto comienza a ser imperceptible.

Soy invencible. Hemos escalado la montaña: *¡papá y yo llegamos a la cima!* El miedo desaparece como por encanto al pisar la mole de hierro que es ahora nuestro escudo. Ha comenzado la aventura.

El ruido es ensordecedor. Abajo nadie puede oírlos, pero muchos continúan gritando mensajes a los condenados que no han podido conseguir una visa de salvación, un pasaje en el barco que los liberaría.

Aquí está el Capitán. Es tan bajito que debe levantar la cabeza para mirar a papá. Con una cortesía a la que ya no estábamos acostumbrados, le extiende la mano a mis padres, que responden con una sonrisa distante.

—Herr Rosenthal, Frau Rosenthal —su voz es grave, como la de un cantante de ópera.

Toma con delicadeza mi mano derecha y la besa sin hacer contacto con mi piel.

—Bienvenida, Hannah.

Casi le respondo con una reverencia, si no hubiera estado tan confundida.

Al fin, aquí estamos. En la cubierta no hay espacio para caminar. Los pasajeros se agrupan en las barandas que miran al puerto, como buscando alguna cercanía a lo que ya nunca más podrán ver, a una imagen condenada a desaparecer de la memoria.

Apenas entramos, mamá se detiene, asustada. No quiere dar un paso más y mezclarse con los otros, los desesperados. De golpe, se da cuenta de que tanto papá, como yo, e incluso ella, somos tan miserables como todos los desterrados que estamos en este barco. Todos en el mismo saco, quiéralo o no.

Míralos bien, mamá: no existe la más mínima distancia entre esa muchedumbre de impuros y nosotros. Somos una masa desdichada que huye, expulsada a patadas. En pocos segundos nos hemos convertido en inmigrantes, algo que nunca has querido aceptar. Es hora de que veas la realidad.

De pronto, un brazo menudo intenta abrirse paso entre el gentío y llegar hasta donde está el Capitán, que permanece junto a nosotros. Empuja bruscamente a un señor que dice adiós y escucho una voz de un niño que me ordena:

—Ven conmigo, apúrate.

Tras el brazo aparece el pelo negro, más enmarañado que nunca, la camisa cerrada hasta el último botón, los pantalones cortos. Y sus enormes ojos, con aquellas pestañas que siempre llegaban antes que él.

—¡Leo! ¡Eres tú! ¡No lo puedo creer! —grito para que pueda escucharme entre el alboroto.

—¿Qué, te quedaste muda? Vamos, corre conmigo.

Claro que correré contigo. ¡Estás aquí, mi querido Leo!

Se escucha la sirena: nos vamos —¡juntos!— adonde nadie nos medirá la cabeza, ni la nariz, ni compararán la textura de nuestros cabellos, ni clasificarán el color de nuestros ojos. Nos vamos a la isla que dibujaste en los charcos de agua sucia de una ciudad a la que nunca volveremos.

A La Habana, Leo. Llegaremos, en dos eternas semanas, a La Habana.

¿Sembraremos tulipanes? No lo sé: habrá que ver si florecen los tulipanes en Cuba.

SEGUNDA
PARTE

Hannah

Saint Louis, 1939

Sábado, 13 de mayo

*H*e escuchado que, al morir, tu vida pasa frente a ti como las hojas de un libro antes de que el cerebro se despida, sin causarte dolor o nostalgia. Ahora mismo únicamente puedo reproducir tres recuerdos. Eso significa que aún me queda tiempo de vida.

El primer recuerdo que tengo de mi infancia es en los brazos de Eva, recostada en sus enormes pechos blandos y cálidos, en la cama de la diminuta habitación que daba a la cocina. Dice papá que yo era demasiado pequeña para tener una imagen tan vívida como esa, pero conservo con claridad el aroma de la colonia de limón, bergamota y cedro, mezclada con sudor y condimentos, de la mujer que me vio nacer y me cuidó mientras mamá se reponía de un parto que la dejó en el hospital por varias semanas.

Todavía puedo oír la ternura con que mamá me comunica que es hora de ir a mi habitación, y mi llanto desconsolado porque no quiero salir del cuarto de Eva, el único espacio donde me sentía segura en la mansión adonde me llevaron a vivir al abandonar el pabellón blanco de los recién nacidos.

También recuerdo que, a los cinco años, fui con papá a la Universidad y me escondí debajo de su escritorio en el anfiteatro donde dictaba una conferencia para un centenar de estudiantes. Los chicos escuchaban absortos las explicaciones del hombre más inteligente del universo, que descifraba el cuerpo humano con palabras que parecían sacadas de un ritual religioso. La voz de papá sonaba como si recitara de memoria la Torá. Repetía la palabra "fémur" al tiempo que señalaba en el pizarrón las extremidades de un gigante. Siempre pensé que el día que me permitieran tener un perro lo nombraría Fémur.

Otro recuerdo: el día que cumplí cinco años, mis padres me prometieron que algún día nos iríamos en un lujoso barco a recorrer el mundo, y comencé por las noches a marcar en mi mapa de cabecera nuestra ruta por los países lejanos que visitaríamos. Me sentía la niña más afortunada del mundo.

Tristemente, solo tres recuerdos vienen a mi memoria. Uno de ellos tiene que ver con Eva, a quien nunca más volveré a ver. Así comenzará mi proceso de borrado. Mi nuevo libro de memorias tiene las páginas en blanco.

Leo y yo nos alejamos de la multitud que se despide a estribor de sus familiares. Los que se quedan en tierra, a su vez, nos miran menos como los que se salvaron que como los que sabe Dios a dónde se irán.

Nos detenemos a contemplar el cauce del río Elba, en busca del estuario, hacia el mar del Norte, que nos alejará definitivamente del país de los Ogros. Ya es hora de abandonar el puerto hediondo a grasa y pescado, y no quiero que mis ojos graben ni un fragmento más de este día. Los cierro, bien apretados, y me sostengo de Leo para no sentir el vaivén de esta enorme masa de hierro que se mueve ahora más que nunca. Creo que voy a marearme. *No, Hannah. Aún no hemos entrado en el mar abierto y las olas nos atacan, luego no sentirás nada. Ya verás. Sé fuerte.*

El Capitán, que camina con las manos cruzadas a la espalda, y que a pesar de su ridículo bigote y su baja estatura tiene una presencia imponente, nos observa desde lo alto. Con una seña nos invita a subir. Leo es el que más se emociona, y tira de mi mano para que corramos. Comienza la aventura.

Desde la cabina de control el puerto parece minúsculo. El olor a hierro oxidado y el vaivén desde lo alto me revuelven el estómago. El Capitán se da cuenta —para eso está al mando, ¿no?—, y me distrae con esa voz grave que no se corresponde con su cuerpo diminuto. Siempre pensé que los marinos eran grandes y fornidos.

—En unos minutos nos estabilizaremos, y no verás moverse ni el agua dentro de un vaso. ¿Me presentas a tu amigo, Hannah?

Leo rebosa de alegría; antes quería ser piloto de avión, creo que ahora querrá ser capitán de barco. Se acerca a los comandos con ansiedad cuando el Capitán le advierte:

—Aquí son bienvenidos, pero no pueden tocar nada. Pondrían en peligro a los 231 tripulantes y los 900 pasajeros que llevamos a bordo. Y yo soy responsable por la vida de cada uno de ellos.

Leo quiere saber con exactitud cuándo llegaremos, qué velocidad alcanzará el barco que tiene más de 16.000 toneladas y 575 pies de eslora.

—¿Qué pasaría si alguien cae al océano? —pregunta Leo sin respirar—. ¿Cuál será el primer puerto que divisaremos? ¿Qué otros países recorreremos? ¿Y si alguien se enferma?

—La primera parada será en Cherburgo, en la costa francesa, para recoger a otros 37 pasajeros.

Demasiadas preguntas en tan poco tiempo. El Capitán no sonreía, pero Leo y yo tuvimos la misma sensación: este hombre pequeño es poderoso y sabe mucho. Y algo más: nos gustaría que fuera nuestro amigo.

—Ahora bajen al salón —nos ordenó—. Ya han comenzado a servir la última comida del día.

Tomo la delantera y Leo me sigue hasta el comedor de la primera clase. Vacila a la entrada y soy yo quien tira de su brazo.

—Me van a echar de aquí, Hannah…

Al abrir la enorme puerta de espejos, hojas y flores en perfecta simetría, nos ciega la luz del salón: madera pulida y enormes candelabros de lágrimas de cristal, claros como diamantes. Leo no lo puede creer. Estamos en un palacio flotante en medio del mar.

Un amable camarero uniformado de blanco, al estilo de los oficiales de marina, nos indica nuestros asientos y diviso a mamá, que agitaba una mano desde la mesa principal del salón como si saludara a sus admiradores.

Papá se levanta ceremoniosamente, como un perfecto caballero, y le extiende la mano a Leo, que la toma con reserva y le hace una pequeña reverencia a mamá.

—Deben alimentarse bien. Será una travesía larga —es la Divina de regreso, con su voz suave, sus vocales redondas y bien articuladas.

No sé en qué tiempo se cambió y retocó su maquillaje. El sencillo vestido rosa, de algodón grueso y sin mangas, la hacía parecer una colegiala. Ha cambiado los aretes de perlas por unos brillantes que despiden destellos cada vez que mueve la cabeza. Papá lleva aún su traje gris de franela y su corbatín.

En un extremo del salón, una gran mesa rebosa con diversos tipos de pan, salmón, caviar negro, finos cortes de carne, verduras de todos los colores. Es el "ligero buffet" con que nos recibe el *Saint Louis* al salir de Hamburgo.

El camarero le sirve a mamá su bebida burbujeante preferida, y a nosotros leche tibia, para ayudarnos a dormir.

El pecho de papá se yergue de nuevo, su rostro comienza a recobrar el control de cuanto lo rodea. Vuelve a inspirar el respeto que merece. Ante nosotros desfilan cuatro hombres que, acompañados de sus familias, abandonan sus mesas para saludarlo. Lo llaman "profesor Rosenthal". Él se levanta y les estrecha la mano con cortesía. Solo abraza al último. Con una palmada en la espalda, le dice algo que nadie más puede escuchar. Saludan también a mamá, sin hacer contacto físico con ella, que sonríe desde su silla vienesa, con una copa llena de burbujas en la mano derecha.

Hace un poco de calor. Mamá saca un pañuelo y detiene algunas gotas de sudor que atentan contra su maquillaje. Un par de tripulantes corren las cortinas de terciopelo rojo del salón y comienzan a abrir las ventanas. La brisa de la cubierta es suficiente para hacer más confortable la noche. El aire de mar suaviza el olor a pescado ahumado y carne sazonada que ya empezaba a molestarme.

El camarero se acerca a Leo y le pregunta si necesita algo más. Lo llama "señor". No sé qué lo asusta más: ser llamado "señor" o sentir que alguien se le acerca más de lo que para él puede ser una distancia confiable. Leo no le contesta, y el camarero continúa por la mesa con su ronda de preguntas. Por lo visto, Leo no está acostumbrado al buen trato, menos aún si viene de un puro.

—¿Puedes creerlo? —me murmura al oído, tan cerca que parecía a punto de besarme—. ¡Son Ogros los que nos sirven!

Y comienza a reírse, levantando su vaso de leche tibia para brindar conmigo.

—Arriba, marquesa Hannah. ¡Este será un viaje largo y maravilloso!

Respondí con una carcajada que hizo sonreír a mamá.

—Sí, Leo, tómate la leche tibia, te hará bien —replico con tono de vieja marquesa regañona.

En la mesa de al lado, cuatro hombres jóvenes brindan con sus copas en alto. Papá les sonríe e inclina ligeramente la cabeza, participando desde lejos en un brindis que Leo y yo observamos conteniendo la risa.

—¡Como nos vamos a divertir mañana! —exclama en voz baja, y bebe de un tirón su vaso de leche.

13 DE MAYO DE 1939

OTROS DOS BARCOS ESTÁN CAMINO A LA
HABANA, EL ORDUÑA, DE GRAN BRETAÑA Y
EL FLANDRE, DE FRANCIA, CON EL MISMO TIPO
DE PASAJEROS. IMPERATIVO QUE SE PONGAN
EN MARCHA A TODA VELOCIDAD. TENEMOS
CONFIRMACIÓN DE QUE, SIN IMPORTAR
LO QUE PASE, SUS PASAJEROS DESEMBARCARÁN.
NO HAY RAZÓN PARA ALARMARSE.

Cable del Hamburg-Amerika Linie

Lunes, 15 de mayo

Me siento desorientada. Al despertar escucho los acordes de violín del *intermezzo* de una de las óperas que papá escuchaba en casa al atardecer. Estoy en medio de un sueño. Hemos regresado a Berlín. Los Ogros no son más que una pesadilla creada por mi cerebro trastornado.

Me veo a los pies de papá, junto al gramófono. Me acaricia, me despeina y me cuenta sobre la heroína de una ópera francesa: Thaïs, la cortesana y sacerdotisa de la poderosa Alejandría, en Egipto, a quien querían despojar de todas sus pertenencias y obligar a negar a los dioses que siempre veneró. La fuerzan a cruzar el desierto para pagar por sus pecados.

Abro los ojos y estoy en mi camarote. Las puertas por las que se comunica con el de papá están abiertas, y veo el gramófono. En la cama, lee mientras escucha "Méditation", de la ópera *Thaïs* como en los buenos tiempos. La orquesta lo aísla.

Nos devolverán a Berlín por habernos llevado el gramófono. Estaba registrado entre nuestras posesiones el día que hicieron el inventario, de eso estoy segura. A quién se le ocurre hacer un disparate así. *Mamá no te lo perdonará. Comenzará a llorar y a recriminarme, a pedir que desaparez-camos todos, a intentar envenenarme con la maldita cápsula que le obligaste comprar al papá de Leo.*

Pero mamá entra en mi camarote con más vida y más radiante que nunca. Si a ella el gramófono no le preocupa, si no cree que puedan devolvernos por la irresponsable veneración a la música de papá, eso quiere decir que estamos a salvo.

Luce más estilizada. Haber salido de la modorra de los últimos cuatro meses a la caza de nuestros permisos de salida, y recorrer las polvorientas calles de un Berlín atiborrado de Ogros marchando en enfermiza sincronización, le ha hecho bien. Lleva pantalones largos y anchos de gabardina marfil, blusa de algodón azul y un turbante del mismo tono. Un pañuelo anudado al cuello, los labios rojísimos y gafas oscuras de carey para protegerse del sol de la cubierta. Un ancho brazalete de oro brilla en su brazo izquierdo, y el deslumbrante anillo de bodas ha regresado a la mano derecha.

Es la Divina, en todo su esplendor.

—Puedes ir adonde quieras, menos al cuarto de máquinas —me aclara con insistencia—. Es peligroso. Ve y diviértete, Hannah. Tu papá se quedará leyendo. Hace un día precioso.

Sale del camarote como si fuera la dueña del barco, a respirar aire puro por primera vez en muchos meses.

Aún estamos en Europa. El bullicio del puerto llega de golpe. Ya quiero estar por fin en alta mar. Me molestan las gaviotas que merodean, el olor a pescado y sangre seca mezclado con el óxido y los lubricantes de las máquinas, la sirena de los barcos que llegan y se van. No veo la hora de que estemos en medio del océano.

En la cubierta, la veo recostada en la baranda. Le sirven té mientras contempla el puerto de Cherburgo. Mira subir a cada uno de los 37 pasajeros. Al parecer, no reconoce a ninguno, y se dirige hacia una de las sillas reclinables de estribor.

No me parece que vaya a hacer amistad con alguna de las mujeres de primera clase. Las ve pasar y las saluda con amabilidad, pero luego se coloca los lentes oscuros, finge dormir e ignora a todas esas damas elegantes que añorarían sentarse a su lado. Disfruta estar sola. Tantos meses confinada, con las ventanas cerradas y sin socializar con las que fueron sus amigas, la han vuelto un poco huraña.

Sé que el aire de mar le sentará bien a mamá. Ahora es libre. Puede vestir sus mejores galas, usar joyas, tener alrededor a alguien que la sirva. Al salón de fiestas no quería volver a entrar. Ayer, al abrir la puerta, encontró en la pared del fondo una bandera blanca, roja y negra, hizo una mueca de asco que yo solo percibí y en silencio se retiró. Fue directamente a hablar con el Capitán. Nadie sabe qué le habrá dicho, lo cierto es que esta mañana, la bandera había desaparecido. Lo primero que hizo al levantarse, antes de ir a desayunar, fue visitar el salón para comprobar que el Capitán había cumplido con su palabra.

—Mientras dure la travesía, él velará por nosotros —dijo—. Es todo un caballero.

El barco no deja de moverse. La sirena se escucha otra vez. Ahora sí nos vamos.

Detrás de sus lentes oscuros, mamá sonríe con una paz que nunca antes le había visto.

Leo viene por detrás de mí y me cubre los ojos. Tiene las manos húmedas. Me presto a su juego y le pregunto si es papá.

Suelta una carcajada y me tira del brazo con toda su fuerza. Se ha adueñado de la primera clase. Entra y sale de nuestra cubierta como señor absoluto. Ha perdido el temor de que alguien lo mande de vuelta al camarote de su padre, en la clase turista. Su lugar está aquí, conmigo. Lo sabe el Capitán, lo saben los camareros. Él lo sabe.

Me encanta verlo ponerse su mejor atuendo. La chaqueta marrón de botones grandes y bolsillos en el pecho lo hacen lucir mayor, pero los pantalones cortos, las medias largas y los toscos zapatos delatan su edad.

Se aleja un poco para que pueda detallarlo, abre los brazos como para preguntar qué me parece su indumentaria trasatlántica y espera ansioso mi evaluación. Lo miro de arriba abajo sin decirle nada. Lo hago sufrir, y se desespera.

—¿No me vas a decir qué te parece?

—Todo un marqués —me burlo, y él se ríe.

—La única marquesa en este barco eres tú, Hannah —contesta, y se acerca a la baranda para recorrer la cubierta de primera clase.

Si hay alguien recostado, se excusa y espera que le cedan el paso: el recorrido que ha planeado para conocer en detalle el barco donde vamos a pasar las próximas dos semanas no puede ser modificado.

Yo, a su lado, lo sigo como si fuera su fiel escolta. Por primera vez lo veo feliz.

15 DE MAYO DE 1939

ACORTAR LA PARADA EN CHERBURGO. DEBEN
PARTIR LO ANTES POSIBLE A TODA VELOCIDAD.
SITUACIÓN TENSA EN LA HABANA.

Cable del Hamburg-Amerika Linie

Miércoles, 17 de mayo

—Llevo *horas* aquí —dice Leo, recostado en una de las columnas de hierro de la terraza. Quién le va a creer.

— Mira, te traigo una galleta. Voy a compartir algo que me regalaron y que debí guardar para antes de acostarme.

—¡Al cuarto de máquinas!

—¿Cómo? ¡Ese es el único lugar que me han prohibido visitar, Leo!

Por la cubierta de primera clase deambulan algunas parejas, reconociendo el lugar. Hay un salón de belleza, una pequeña tienda con souvenirs del barco, postales y pañuelos de seda. No creo que alguien vaya a gastar allí los diez reichsmarks que nos permitieron sacar de Alemania.

Bajamos seis pisos y recorremos un largo pasillo, hasta llegar a una pesada puerta de hierro. Al abrirla, el ruido nos aturde y el olor a grasa quemada me fatiga. Si me apoyo en la pared puedo arruinar mi vestido de listas blancas y azules. No quiero disgustar a mamá.

Leo observa con curiosidad la compleja maquinaria que hace mover este gigante en el que navegamos. Si fuera por él, pasaría horas mirando oscilar aquellos tubos a un compás preciso, inalterable. De golpe, abandona su puesto de observación.

—¡Volvamos arriba, con los demás! —me grita, y su voz se pierde en el salón de máquinas: mientras habla, se lanza a correr.

Ya tiene varios amigos en el *Saint Louis*. Parece que llevara varios meses a bordo. Subimos hasta el cuarto piso y, en una esquina de la cubierta, hay un grupo de niños que nos espera impaciente, aunque, en realidad, lo buscan a él.

Un chico alto con cara de tonto y gorra ladeada se incorpora cuando Leo se le acerca. Tiene los cachetes quemados por el aire frío.

—Edmund, te vas a resfriar —le grita su madre, envuelta en una gruesa colcha marrón, debajo de uno de los toldos de la cubierta.

Edmund no le presta atención y patea el piso, como un bebé a punto de la rabieta.

Los otros dos son muy pequeños, parecen tener unos cinco o seis años. Son hermanos, me dice Walter al referirse a Kurt, que es el mayor y que me ignora. Ambos llevan sombrero y chaqueta que les quedan enormes. Los zapatos también, y los calcetines les cuelgan desmadejados sobre los tobillos. Creo que sus padres les compraron la ropa para el viaje varias tallas más grandes para que les dure unos cuantos meses en Cuba, y probablemente también a donde vayan después.

—Así que tú eres la famosa Hannah, "la niña alemana" —comenta con sorna Walter, y me doy cuenta de que tiene mi edad, o tal vez sea apenas un poco mayor.

Me hago la desentendida. Leo trata de aliviar la tensión lanzándose a describir el barco: la chimenea, el cuarto de mando, el mástil, que es el punto más alto, la diferencia entre babor y estribor. Habla del Capitán como de un íntimo amigo que consultara con él sus decisiones cada noche, antes de ejecutarlas al amanecer.

"La niña alemana". Sabía que alguien lo mencionaría de un momento a otro. Es la mancha que llevo en el rostro. La maldita portada de *Das Deutsche Mädel* me va a perseguir toda la vida. *Sí, soy la niña alemana, y qué. Seré muy alemana, pero también tan indeseable como tú*, siento deseos de decirle.

—¿Saben que hay una piscina en el barco? —nos interrumpe Kurt, que no deja de acomodarse el sombrero para que no le cubra los ojos—. Cuando estemos en medio del Atlántico habrá menos frío y la abrirán. ¿Trajeron sus trajes de baño?

El niño con cara de tonto que sigue a Leo propone que vayamos a jugar a la cubierta principal, pero él no lo escucha, y nosotros solo somos la escolta del pasajero más popular del *Saint Louis*. El que tiene el control. El que manda. El que decide nuestros horarios de juego. Lo único que le falta es la gorra blanca con visera negra del Capitán. Así que también ignoramos la propuesta del niño.

En realidad, lo que hemos hecho es correr de un lado a otro, pero ha sido suficiente para que Leo ya domine el barco en su totalidad. Ha memorizado los laberintos que conducen a los camarotes, los salones de fiestas, el gimnasio, los predios de mando del Capitán, donde se reúne la tripulación a jugar cartas y fumar. Entra y sale a sus anchas por los lugares más inimaginables. Ya nadie le prohíbe la entrada.

Los niños se han dividido por edades. Los más pequeños permanecen bajo techo. A las niñas no se les ocurre mezclarse con los varones. A mí me verán diferente, supongo, porque pertenezco a la tropa de Leo. Walter, el más torpe de los hermanos —desde que nos encontramos se ha caído, ha perdido el sombrero y se ha quedado atrás tantas veces que estuvimos a punto de dejarlo— tropieza con una de las niñas de bien que juegan a ser adolescentes.

—Mira por donde caminas, si es que no quieres buscarte un problema —dice la más alta, que lleva un grotesco sombrero de marinera y lentes oscuros que se le escurren por la nariz—. ¿Y qué haces tú con esa tropa de maleantes? Deberías quedarte con nosotras. A Frau Rosenthal no le va a causar ninguna gracia saber que andas con esos chicos.

Me detengo un momento, no porque tenga interés alguno en socializar con estas niñas, educadas con un solo propósito en la vida —casarse—, sino porque estoy cansada de correr. Ya Leo me buscará.

La niña de los lentes oscuros es una Simons. Su familia era dueña de varios almacenes en Berlín. Para no perder la fortuna, tuvieron que pasar los títulos de sus negocios a un alemán puro que de alguna manera estaba emparentado con ellos. Al final, terminaron como nosotros, en una huida de última hora hacia Cuba.

Mamá conocía a Johanna Simons, la matriarca de la familia. Una vez fueron juntas de compras a París, y yo tuve luego que ser amable con su hija Inés por un par de horas eternas en el salón de té del Adlon, mientras nuestras madres hablaban de drapeados, diseños y colores de la temporada. Desde entonces, Inés había dado un sorprendente estirón. No la reconocí.

—Vamos al salón de té. Hay galletas y bizcochos —me dice ahora, y comienza a andar con la seguridad de que todas la seguiremos.

El salón de té parecía no haber sido usado nunca. ¿Cómo puede un barco tan grande, que transporta unos mil pasajeros en cada travesía y viaja durante varios meses al año, mantenerse en ese estado? Las alfombras, inmaculadas. Las cortinas de rojo borgoña recogidas en pliegues simétricos. Los galones dorados de las sillas, intactos; los manteles de encaje sin una mancha y las cucharitas de plata pulidas, con el emblema del Hamburg-Amerika Linie. La iluminación, tenue a esa hora del día, nos cubría con un tono rosa pálido. Mamá diría que, bajo una luz así, cualquiera se vería bello.

—Los alemanes —aclara Inés—. Así somos los alemanes.

Ay, Inés. ¿Alemanes?, quiero gritarle. *Ya es hora que dejes de incluirte en esa liga. Mejor olvida de dónde eres.* Estamos por comenzar una vida nueva, en un punto perdido del golfo de México, donde el resto del mundo es solo una esperanza que no nos toca.

—En La Habana, estaremos de tránsito con los Rosenthal —comienza Inés a balbucear—. Mi madre me dijo que primero iríamos al Hotel Nacional por unos días y que luego nos instalaremos en Nueva York.

Inés vive de las fantasías de la señora Simons. Siempre en las nubes, como dice mamá.

Al fondo del salón, hay una chica solitaria con expresión de profunda tristeza. Sostiene la taza de té sin llevársela a la boca, sin colocarla en la mesa. Lleva un vestido oscuro que la hace parecer un poco mayor. El pelo que le cubre la cara no me permite distinguirla muy bien. Debe tener unos veinte años, o menos, quién sabe.

—Será difícil que consiga marido —opina Inés, como una experta que tuviera una fila de pretendientes en la puerta de su casa—. Es Else. Mamá reconoce que tiene unas piernas muy bonitas. Pero una muchacha que nada más recibe cumplidos sobre sus piernas no debe tener nada de bonita.

Las otras dos le ríen la gracia mientras beben a sorbos su té. Quiero huir de aquí. Esto es peor que jugar a las muñecas. Por suerte, Leo aparece en la puerta, me busca, me hace señas de que salga y lo siga. ¡Mi salvador! No hay tiempo que perder: nos quedan menos de quince días en un lugar donde podemos hacer lo que nos venga en gana. Me rescata de convertirme en otra niña de bien.

Junto a las sillas reclinables han dejado copias del periódico *Der Stürmer*. Definitivamente, algunos tripulantes no nos quieren, o desean amedrentarnos. Por lo menos yo, me niego a leer los titulares, pero Leo posa la vista en uno y se torna serio.

—Nos están atacando en Berlín —adopta su tono clásico de conspirador y acelera el paso—. Los periódicos hablan de nosotros. Esto no puede terminar bien. A los que vamos en el *Saint Louis* nos acusan de haber robado dinero, de saquear obras de arte.

Que digan lo que quieran, Leo. Ya logramos irnos, no pueden hacernos regresar. Estamos en aguas internacionales y pronto llegaremos a una isla que nos ha otorgado permiso de residencia indefinida, aunque muchos solo viviremos brevemente en el trópico. Esperaremos el número mágico de una lista de espera para entrar con nuestras visas de inmigrantes a Nueva York, la verdadera isla.

En una esquina, el Capitán le da órdenes en voz baja a un grupo de camareros que, de prisa, comienzan a recoger todos los periódicos.

Leo se para en firme y le hace un saludo militar. El Capitán le sonríe y se lleva la mano a la frente.

Misión cumplida.

¡QUE SE VAYAN!

Titular del periódico alemán *Der Stürmer*
Mayo de 1939

Jueves, 18 de mayo

os únicos con quienes mamá se siente a gusto en el barco son los Adler, aunque quizás sean un poco mayores para compartir con ellos una larga velada. Su camarote está a dos puertas del nuestro, y siempre que salimos a cubierta debemos pasar a saludarlos. Desde que subió al barco, el señor Adler no ha querido levantarse de la cama. Le llevan sus comidas, pero rara vez prueba algo. La señora Adler está muy preocupada: nunca antes lo había visto así.

—Para él ha sido muy doloroso tener que enviar primero a América a su hijo y su nuera —nos comenta la señora Adler—. No se ha recuperado de esa separación. Pensó que en pocos meses las aguas tomarían su curso, pero la situación empeoró. Lo hemos perdido todo. ¡Una vida entera!

Mientras conversa con nosotras, la señora Adler le coloca compresas frías en la frente al pobre anciano de barba blanca, que no se digna a abrir los ojos mientras estamos ahí, atentas a la cadencia suave de la mujer que lo cuida. Ahora le aplica un aceite mentolado que hace que los ojos se me llenen de lágrimas.

—Aceptó subir al barco porque le insistí. Desde que salimos de casa, no deja de repetir que es un viaje sin sentido. Ya no tiene fuerzas para comenzar de nuevo.

La señora Adler parece salida de un libro antiguo. Se recoge el pelo en lo alto de la cabeza. Viste de largo, en varias capas, y lleva corsé, como las damas del siglo pasado. En cada visita me hace un regalo, y mamá me permite aceptarlo. Unas veces es un pañuelo de encaje; otras, un pequeño broche dorado, o deliciosas galletas de vainilla espolvoreadas de azúcar, mis preferidas. Quién sabe de dónde las habrá sacado, porque hace mucho que desaparecieron de los estantes del mercado.

La escuchamos y nos dejamos llevar por la historia de la señora Adler, que es la historia de todos. Una más. Nadie se compadece de ellos.

—Todos hemos perdido algo —hace una pausa, sonríe con una profunda tristeza—. O todo.

Ellos han vivido hasta los ochenta y siete años, no tienen de qué lamentarse. Ocho décadas y siete años. El dolor es para nosotros, que aún tenemos una vida por delante.

Con cada hora que pasa, el deterioro se hace más evidente en los Adler. El anciano, inmóvil en una cama; ella, sola, contemplando cómo el amor de su vida, su sostén, se deja ir aún más despacio que este barco que navega hacia la isla de la salvación, el único camino que pudieron encontrar a una edad en la que solo se espera paz para poder decir adiós.

—Vivíamos de ilusiones, y despertamos muy tarde —le dice mamá sin esperar un comentario de la señora Adler, que solo se escucha a sí misma—. Debimos haber aceptado lo que se nos venía encima y habernos marchado hace tiempo.

No quiero que mamá se entristezca. En el *Saint Louis* ha vuelto a ser ella, mientras papá se refugia en la música, el verdadero escape que lo mantiene en su sano juicio. La dama antigua debería guardar su tristeza para sí.

—¿Adónde, Alma? —le responde la señora Adler con firmeza—. No podemos pasar la vida comenzando de nuevo. Pasa una generación, nos aniquilan, comenzamos de nuevo, y nos vuelven a aniquilar. ¿Es esa nuestra fortuna?

Ambas me miran. Advierten que estoy ahí y que las escucho atenta. *No se preocupen, no me asusta el pesimismo con que ustedes se maltratan. Ya vivieron. Yo comienzo, y tengo a Leo. Estamos aquí para divertirnos. La pesadilla quedó atrás.*

El señor Adler comienza a temblar y una tos seca hace que su cuerpo pesado, pero débil, se estremezca. Se va a morir. Parece que no pudiera respirar. Debemos llamar a un médico. Todos se ponen nerviosos.

—Son crisis —la señora Adler ya está acostumbrada—. Vayan ustedes a contemplar el mar.

Se abrazan sin besarse. Se contagian la lástima y comparten la compasión. Las llevan consigo.

Corro hacia el pasillo y mamá grita mi nombre, como si fuera otra vez una niña pequeña. ¡Y no lo soy! Sabe muy bien que en unos días cumpliré doce años.

—¿No te vas a despedir?

Le sonrío de lejos —con eso basta— a la pobre señora Adler, que no ha podido disfrutar ni un solo día de nuestro viaje en barco.

Cada día el sol se siente con más fuerza en la cubierta y entra con rabia por las portillas de nuestros camarotes. Debemos estar ya cerca del trópico. Qué pena que los Adler vivan a oscuras. Han convertido su camarote de lujo en una funeraria: las cortinas cerradas, la luz opaca, el aire enrarecido por el aceite mentolado y el alcohol para bajar la fiebre, el denso aliento del viejo regordete que abordó un barco para dejarse morir.

Una banda de niños corre detrás de un hombre en patines. Parece estar por caer a cada segundo, da vueltas como quien patina sobre una pista de hielo, y no sobre la resbaladiza cubierta principal. Se desliza a gran velocidad, y nos hace temer que termine estrellándose contra la baranda. En el último momento, frena con la punta de los pies y se paraliza, como a la espera de los aplausos. Levanta los brazos y hace una exagerada reverencia.

Los niños se apresuran para intentar derribarlo. Leo ríe. El hombre baila, feliz como una estrella de circo. La manada lo sigue a todas partes, y él se muestra orgulloso de su gran hazaña en este lugar donde no pasa nada.

—¡Tenemos que aprender a montar patines! —anuncia Leo. Reconozco su tono: debo tomar nota de este nuevo proyecto habanero.

—El señor Rosenthal y mi papá están reunidos con el Capitán. ¿Tendrá problemas el barco? ¿Se hundirá como el *Titanic*? —pregunta ahora, como si contara una historia de terror que ni él mismo se cree.

—Leo, estamos en mayo, en medio del Atlántico, muy lejos de los glaciares. Dudo que vayamos a oír gritar: "¡Iceberg a la vista!".

Me lleva a un rincón de la cubierta, lejos de la terraza de los pasajeros, y nos sentamos detrás de los escasos botes salvavidas que llevan la insignia de HAPAG, la compañía dueña del *Saint Louis*. Estoy segura de que no hay suficientes para más de mil viajeros en caso de naufragio. Todo cuanto toco en este barco está pegajoso de salitre.

—Voy a conseguir algo para ti —lanza Leo sin prevenirme.

Cambia de tema constantemente y no puedo dejar de mirarlo mientras me habla. Me detengo en sus ojos, tratando de descifrar lo que piensa. Me siento afortunada porque se dedica solo a mí, como en nuestros días de Berlín. No puedo descifrar en qué proyecto anda, qué busca. Algún plan tendrá.

—Papá me prometió que me dará el anillo de bodas de mamá. Con lo que vale, podríamos sobrevivir en Cuba. Pero yo quiero el anillo para ti, Hannah. Tengo que convencerlo de que me lo entregue enseguida. Si algo nos pasa, debes tenerlo contigo. Ya lo ajustaremos a tu medida.

Ha dicho todo eso sin mirarme. Siente un poco de vergüenza. Baja la cabeza y juega con sus manos: se aprieta los dedos y tira de ellos como si quisiera arrancárselos.

¿Somos novios? No me atrevo a preguntarle, y al mismo tiempo no puedo ocultarle mi alegría. Él debe notar cómo brillan mis ojos, con una lágrima indiscreta que no dejaré rodar.

—*Danke* —le digo, mientras me pone las manos sobre los hombros.

—A partir de ahora, olvídate del "*danke*". Es "gracias", ¿de acuerdo?

—Leo insiste en hablarme a veces como un padre que aconseja a su niña pequeña.

—Gracias. ¿Comenzarás a hablar español? —le pregunto en castellano, a sabiendas de que no entenderá nada si uso mi acento pulido por horas de práctica.

Repite "gracias" con consonantes de sobra al inicio y al final, una variación muy cómica. Me echo a reír: es el único en el barco que consigue hacerme olvidar el pasado, porque él es mi presente.

De los altavoces llega una suave melodía. Al inicio se escuchan solo unos acordes, muy bajos, que no puedo definir.

Tras ese breve paréntesis de felicidad, Leo muestra cierta alarma. Su padre y el mío están en la sala de control del Capitán y no le permiten entrar. Evitan incluso hablar delante de él. Ya deben haberse dado cuenta de que está atento al menor incidente, siempre a la escucha, para luego venir a mí con teorías y medias verdades. Al final, su padre sabe que Leo no es más que un niño: para qué preocuparlo.

Mientras descansa, puedo observarlo sin que se moleste. Leo es ahora más alto, su mandíbula más pronunciada, sus ojos más grandes. El volumen de la música sube: es "Moonlight Serenade", de Glenn Miller y su orquesta, de moda en Berlín.

—¡Es música de América, Leo! —exclamo, y lo sacudo por los hombros, porque lo veo triste.

Tal vez tenga añoranza por lo que hemos dejado atrás. O quién sabe si extraña a su madre.

—¡Nos están dando la bienvenida, Leo! ¡América nos recibe con los brazos abiertos!

Ahí están los trombones, ya entran los instrumentos de cuerda. Me incorporo y comienzo a tararear.

—Pongámosle letra a esa música —le digo, pero sigue sin reaccionar.

Una serenata bajo la luz plateada de la luna que, en la cubierta, es solo nuestra. *Inventémosla.* Giro con los ojos cerrados y me dejo llevar por los acordes que se pierden en el océano.

Leo me toma de la mano. Abro los ojos y lo descubro sonriente, girando conmigo, muy despacio. Nuestros movimientos coinciden con el vaivén del barco. Me dejo llevar por la música. La brisa me despeina y no me importa. ¡Estamos bailando! Yo sigo el compás. No sé quién guía a quién, pero bailamos. Va a terminar la canción. Se alargan las notas. Sí, es el final.

Se escucha la sirena del barco.

Es hora de ir a cenar.

Se limita el ingreso a Cuba de todos los extranjeros. Para entrar al país se requiere una fianza de quinientos pesos y una visa emitida por los consulados de Cuba en el mundo, aprobada por la Secretaría de Estado y de Trabajo, no solo por la Dirección General de Inmigración. Se invalidan los documentos emitidos anteriormente.

En vigor el Decreto 937, firmado el 5 de mayo, por el presidente de la República de Cuba,

Federico Laredo Brú.

Gaceta de Cuba
Mayo de 1939

Viernes, 19 de mayo

$\mathcal{A}$yer pasamos una noche difícil. Estuvimos a punto de perder a mamá. Lo sé, debo estar preparada. En cualquier momento me convierto en huérfana de madre. Así, tan pronto, antes de cumplir doce años. No puede ser, mamá, no puedes hacerme algo así. Mucho menos el día de mi cumpleaños, porque siempre que lo celebre te recordaré, y me inundará una profunda tristeza.

Papá estuvo hasta tarde encerrado en la cabina del Capitán, y esas reuniones misteriosas la tienen preocupada: regresa encorvado, los hombros caídos; una joroba de cansancio acompaña ahora al hombre que fuera una vez el más elegante de Berlín.

Ella vomitó toda la noche. Tuve que dejarla sola en el baño. No soporto ver cómo se desintegra.

—No pasa nada. Acuéstate a dormir. Mañana te explico.

Evidentemente, sabe algo que no se atreve a contarme. Que perdimos todo el dinero. Que los Ogros están listos para dominar América y falta poco para que crucen el Atlántico. Que no tenemos escapatoria, que en el puerto de La Habana nos estarán esperando.

Aún a través de la puerta cerrada se escuchaban los sonidos de su estómago al despedir vómito en ráfagas. Inclinada frente al inodoro, sacudida por movimientos espasmódicos, la veía tan frágil que me asusté.

Un hedor insoportable comenzó a salir del baño, atravesó su camarote y llegó al mío. Me coloqué la almohada sobre la cabeza para aislarme de los quejidos y de una fetidez que ya se había impregnado en mi memoria. Después me quedé dormida.

Hoy por la mañana, la encuentro como si nada hubiera pasado. Pálida, como de costumbre, el maquillaje quizás muy elaborado para esa hora, el cabello recién lavado y una sutil fragancia, que no reconozco. El nuevo aroma, mezclado ahora con el salitre, y su recuperación vertiginosa me desconciertan. Mamá se da cuenta y nos pide que nos sentemos a su alrededor. Ni el perfume, ni los olores del jabón, las cremas, el maquillaje o los productos para el cabello consiguen borrar de mi memoria la fetidez de la noche anterior.

—Tengo una noticia que darles —su voz se hace más grave.

Es buena. Tiene que ser buena. Y en ese momento recuerdo que, antes de subir al barco, me había prometido una sorpresa. Reencontrar a Leo me había hecho olvidar lo que me prometió contarme al pie del tobogán.

Mira a papá, fija la vista en mí. Sonríe. *¡Acaba de decirnos la noticia, mamá!*

—Esperé hasta hoy porque quería estar bien segura.

Otra pausa, y fija en nosotros la mirada con picardía. Nos anima a que adivinemos.

—Hannah —me mira e ignora a papá— ¡vas a dejar de ser hija única! Demoro algunos segundos en entender lo que me quiere decir.

Está embarazada: ¡por eso eran los vómitos! No está preocupada porque papá se reúna con el Capitán, esas son cosas de hombres. ¡Voy a tener un hermanito… o una hermanita!

—¿Dónde va a nacer? —es lo que se me ocurre preguntar.

Qué torpe soy. La situación requería más bien alguna salida clásica de niña de aún once años. Debí emocionarme, saltar hacia ella, abrazarla. Gritar a los cuatro vientos: *¡No seré hija única! ¡Qué maravilla!*

Se ha roto el hechizo de los hijos únicos de los Strauss. Un nuevo Rosenthal llega a la comunidad de los impuros. Papá se inclina a besarla con gentileza, pero sin emoción.

—Aún no sabemos cuánto tiempo nos quedaremos en La Habana. Nacerá a finales del otoño.

A ella la hace feliz que su hijo no vaya a nacer alemán. Se quitará de encima el peso agónico que su familia ha cargado por varias generaciones y que ahora se borra de golpe.

—En la noche nos acercaremos a unas islas del Atlántico. Veremos la costa —les digo, para romper el silencio provocado por esa noticia inesperada. Ambos me miran como si no me comprendieran. O como si pensaran: *¿será hija nuestra?*

Papá se acerca por la espalda a mamá, la atrae hacia él en un abrazo a medias e ignoran mis ocurrencias. Ya me conocen. Saben que soy una niña tonta. Pero no hay que angustiarse, es posible que venga en camino un Rosenthal que estará a la altura de lo que han soñado. A veces pienso que *yo* he sido un error.

No me necesitan. El nuevo problema que ella acaba de poner sobre la mesa es algo que los dos tienen que resolver, así que será mejor que los deje solos con su nuevo bebé.

Tomo mi cámara y me voy a cubierta.

—El señor Adler sigue mal —me recuerda mamá, aunque no espere que pase sola a saludarlos, así que me marcho para que puedan comenzar a construir el nido.

Intento fotografiar a los pasajeros de la clase turista, pero veo que les molesta. Reaccionan asustados. Algunos, por el contrario, posan para mí al verme enfocar, y dañan el efecto que busco. En primera clase es todavía peor: las familias tienden a arreglarse los trajes, e incluso algunas mujeres me piden unos segundos para retocarse el maquillaje. El único que no posa es Leo. Si ve que me interesa una imagen, se detiene para no salir borroso.

He tomado una foto suya con su padre. El señor Martin se ve cansado, sentado en un sillón, con una manta gris sobre las piernas. Ha envejecido desde la última vez que lo vi. A su lado, Leo sonríe y se lleva una mano a la cintura.

—El anillo será tuyo. Papá me lo prometió. En La Habana, me lo dará —Leo habla sin pausas. Mezcla las frases. La única que lo entiende soy yo.

—Voy a tener un hermano. Mi mamá tiene tres meses —Es mi pretexto para no tener que agradecerle el anillo y escapar del momento embarazoso.

—Una boca más que alimentar —es su respuesta.

Ahora soy yo quien queda a la espera de una felicitación, un "qué bueno, vas a tener un hermanito". Práctico y sin pelos en la lengua, así es Leo.

Somos los primeros en llegar a la cubierta principal cuando los altavoces anuncian que nos acercamos a las islas Azores.

Leo y yo nos unimos a mis padres en la baranda de babor, y contemplamos unas islas que empiezan a aparecer a lo lejos. Ya nadie grita "¡Tierra a la vista!" como en los libros de aventuras. Todas las cubiertas se llenan de pasajeros que observan el horizonte en un silencio sobrecogedor.

El aire está helado: está anocheciendo. Aunque Leo asegura que pronto abrirán la piscina, no sé quién se arriesgaría a meterse en el agua con este aire frío. Todavía está lejos el trópico como para salir a tomar baños de sol.

Comienzo a sentir mareos, no sé si por haber fijado demasiado la vista en el horizonte o por la noticia del bebé que viene en camino. Lo cierto es que debo sostenerme de la baranda para mantener el equilibrio. A medida que el barco se acerca a las islas, se mece mucho más.

Mamá se recuesta en papá. Vuelve a sentirse protegida por el hombre más fuerte del mundo. Papá la estrecha contra él; en sus ojos hay ahora algo parecido al pánico. Trato de descifrar sus sentimientos, qué estará pensando, qué le preocupa, si se siente mal, si está agotado, si se arrepintió de dar la batalla y se rindió. No sé a qué podría tener miedo, si estamos juntos. *Nos salvamos, papá. Logramos huir. Alemania está cada vez más lejana.*

Las islas Azores pasan de largo a gran velocidad. Las vemos desaparecer a babor pensando en una oportunidad perdida, como quien deja escapar un salvoconducto a la libertad. Quién sabe cómo sería vivir ahí, lejos de los Ogros. Debimos haber comprado visas a las Azores.

Podríamos ser los primeros pobladores. Les cambiaríamos el nombre, por supuesto. Yo, en lugar de Azores, las llamaría Impuras. Podríamos irnos a vivir a las islas Impuras. Nuestros hijos hablarían impuro, una lengua que inventaremos y que será distinta de nuestra lengua materna. El primer estado de los impuros.

Aquí nacería mi hermano, o mi hermana, sin la desgracia de ser alemán, sin tener que hablar alemán. ¡Felices de ser impuros! Sin tener que escondernos de nadie, porque no habrá un solo puro alrededor. *Imagínate, Leo, qué maravilla.*

Al ver que las islas desaparecen, Leo me aferra la mano. Mis padres no se dan cuenta, porque están ensimismados, uno apoyado en el otro, con la vista perdida en el horizonte, donde comienzan a borrarse las islas en medio del desconsolado Atlántico.

Mi mano está helada, pero la de Leo tiene la tibieza que necesito.

—Conseguí un par de patines para mañana —Leo tiene el poder de borrar cualquier pensamiento oscuro. Ya puedo imaginar lo que me espera al levantarme.

—¿Serás capaz de aprender en una hora? —le pregunto. Me mira como diciendo *Claro que voy a aprender, y mucho más rápido de lo que te imaginas.* Sus carcajadas son contagiosas. Reír es lo mejor que podemos hacer.

Descubro entonces que papá me observa con cierta angustia —¡y yo pensando en Leo y sus patines!—. *Creo que es hora de romper tu silencio, papá, de hacernos sentir que estás aquí con nosotras, que nos tomas en cuenta. Que si algo pasa nos lo dirás, porque sabes que soy fuerte. Contigo siempre nos sentimos a salvo.*

Su voz es solemne cuando anuncia secamente:

—Estamos a la mitad del camino.

19 DE MAYO DE 1939

EMPEORA LA SITUACIÓN EN LA HABANA.
VARIAS PROTESTAS CONTRA LOS INMIGRANTES
EUROPEOS. SIGA SU CURSO.

Cable del Hamburg-Amerika Linie

Martes, 23 de mayo

Martes tenía que ser. Desde que llegamos al barco nadie tiene en cuenta los días de la semana. Lo que les interesa es el número, los días que faltan para desembarcar. A mí, no. Yo vivo pendiente de la llegada del sábado y, por supuesto, evito los martes.

Para colmo, hoy es mi cumpleaños y ha caído martes, el peor día. En fin, que me da lo mismo. Porque estamos flotando en el Atlántico, y así estaremos por una semana más hasta llegar a nuestro destino. Y a estas alturas, ya no creo ni en mi mala suerte.

Estoy despierta desde temprano, porque alguien vino a buscar a papá de parte del Capitán. No se lo pienso mencionar a Leo, que comenzaría con sus interminables elucubraciones, sus teorías conspirativas.

Mamá lleva días intranquila. Pensé que revelar su secreto le habría aligerado la existencia, pero no ha sido así. Ahora la abruman sus presentimientos, muchas veces sin fundamento, y los analiza al pie de la letra. Se queda en cama, entre sábanas blancas y almohadas de pluma. Comienzan a entrar los rayos de sol por las escotillas y ella los rehúye como si le doliera cada contacto con su blancura transparente.

Todos saben que no deseo una fiesta de cumpleaños. No hay nada que celebrar, pero hasta el Capitán se ha enterado. Dice Leo que mi regalo será muy especial, que debo tener paciencia. Me imagino que continúa a la caza del famoso anillo de su madre, pero sería una locura que su padre se deshiciera de lo único valioso que les queda.

Al levantarse, mamá ha venido directamente a mi cama y se ha tendido a mi lado. De su cuerpo se desprende un frío que me hace temblar.

—Mi Hannah —me llama, y me acaricia el cabello.

No quisiera que el tiempo pasara. *Hablemos con papá y compremos un barco para irnos a vivir en alta mar, en aguas de nadie.* De hecho, creo que es una gran idea. Sería una solución perfecta. Si nuestros padres compran una flotilla de barcos podríamos crear una zona en medio del mar para nosotros. El mar de los impuros. De allí nadie podría expulsarnos.

En medio del silencio siento que quiere decirme algo. Me vuelvo hacia ella y la miro con atención, para ayudarla a comenzar.

—Es hora de que recibas la Lágrima, Hannah.

Sus manos muy frías llegan a mi cuello con lentitud. Comienza a colocarme la perla imperfecta que su padre había encargado para que mi abuela la llevara en la inauguración del Hotel Adlon, y que ella recibió a la edad que cumplo hoy. Los eslabones de oro blanco de la cadena son tan delicados como la misma perla en forma de pera, engarzada en un cono también de oro blanco y con un diminuto brillante en la punta.

El cuarto se hace pequeño. La lámpara de bronce, con tres gradas de cristales nevados, parece un pastel de boda que cuelga invertido del techo, y compite con los rayos del sol que se filtran a través de la escotilla. En el centro de esa caja de luz, estamos las dos. La perla que ahora descansa en mi pecho me intimida, con ella contraigo el compromiso de preservar una joya que ha estado en la familia por generaciones. Corro al espejo a contemplar mi Lágrima y decido ponerme un suéter rosa de lana muy suave que sea un marco apropiado para mi regalo.

Al contemplar mi emoción, mamá decide levantarse y viene a mi encuentro. Improviso para ella poses familiares, le hago creer que hoy también yo me siento Divina. Ríe. Jugamos por unos instantes a ser felices.

Se pone un vestido azul y blanco, y salimos juntas a celebrar mi cumpleaños.

Al acercarnos al camarote de los Adler, percibimos un movimiento inusual de tripulantes que entran y salen. Tocamos a la puerta, pero nadie responde. Al insistir, nos damos cuenta de que la han dejado abierta. Mamá entra, yo la sigo y nos encontramos en el salón con papá, el Capitán, dos marinos y el médico oficial del barco, todos con caras apesadumbradas. Papá nos abraza. Trae consigo el aire mentolado del camarote de los Adler.

—Anoche comenzó a respirar con mucha dificultad. El señor Adler se nos fue.

Se fue, partió, se retiró, nos dejó, está en otro lugar, se marchó, nos abandonó. Sería más fácil decir "se murió", pero no. Todos le temen a la palabra. La señora Adler se acerca con una sonrisa triste, sin derramar una lágrima, y toma la mano de mamá.

—Quería darle sepultura en La Habana, pero el Capitán ha recibido un cable donde le comunican que es imposible. Tendremos que hacer el servicio fúnebre de noche, en la cubierta, y luego lanzarlo al mar. ¿Te imaginas, Alma, qué final?

El Capitán habla con los dos tripulantes, que le muestran los cables más recientes. En un momento, levanta la vista y me dice en voz baja, tan baja que solo puedo entenderlo porque leo el movimiento de sus labios:

—*Alles Gute zum Geburtstag Hannah.*

Ya todos saben que es mi cumpleaños. Le había advertido a mamá que no quería otra celebración colectiva como las de noches anteriores para otros niños del barco. Confío en que, con el fallecimiento del señor Adler, nadie tenga el ánimo para fiestas.

Me escabullo y salgo a buscar a Leo que, por supuesto, ya estaba enterado de todo. Y me cuenta además que hubo otra muerte durante la noche.

—¿Un pasajero?

—No, un tripulante. Al parecer se suicidó lanzándose al mar. No pudieron rescatarlo. Una tragedia detrás de la otra.

Vaya noticias para comenzar un día de cumpleaños. Martes, claro.

—Lo del señor Adler era de esperar —le comento—. No se levantó de la cama desde que subió al barco. Se dejó morir. Estaba cansado.

No siento pesar por él, que al final se rindió, sino compasión por la señora Adler que es la que tiene que darle sepultura y seguir en esta batalla incierta. Leo percibe mi melancolía. Me pone las manos sobre los hombros y me dice:

—Hannah, prométeme algo. Viviremos juntos hasta los ochenta y siete años. Después de esa edad no vale la pena vivir. ¿Quién quiere estar postrado en una cama como el señor Adler?

Te lo prometo, Leo, claro que te lo prometo, digo para mí, pues él ya ha comenzado a moverse sin esperar mi respuesta.

La noticia de ambas muertes corre entre los pasajeros. Walter ha ideado otra teoría conspirativa. Que el señor Adler se había suicidado. Que al tripulante lo mataron. Que podría haber otros intentos de suicidio.

—Nuestras visas no tienen valor. Dicen que el gobierno cubano exige ahora un bono por cada uno de nosotros, una fortuna que ni el más rico podría pagar —murmura. Mira a ambos lados, intenta que nadie más escuche su secreto.

—No lo creo. Mi madre recibió nuestras visas en el consulado cubano en Berlín, y la de papá la compró en las oficinas de HAPAG, en Hamburgo —le hablo con firmeza.

Estoy harta de las especulaciones, de las teorías sin sentido. Todo va a estar bien. Estoy convencida.

—Sí, como las nuestras. Esas son las que ahora no tienen validez —Walter habla con una seguridad que intimida.

—Si no nos dejan entrar a Cuba, ¿tenemos otras opciones? —reacciono, comenzando a preocuparme.

—Aún están en negociaciones para ver si nos acepta otra isla del Caribe —Leo vuelve a tomar el control. No quiere sentirse detrás de la noticia. Es él quien se encarga de las novedades, y no Walter, que se cree un sabelotodo.

Al menos, nadie menciona que nos devuelvan a Alemania. Esa no puede ser una posibilidad. Ya entregamos nuestras propiedades: no tendríamos a dónde ir. Nadie sobreviviría. Ahora entiendo las razones para especular sobre los suicidios.

—¿Crees que debería confrontar a mis padres para que me digan la verdad? —le pregunto a Leo sin que los otros me escuchen.

—No. Lo que tienes que hacer es encontrar las cápsulas lo antes posible. Si les niegan la entrada a ustedes en Cuba, los Rosenthal ya tienen un plan —me explica, convencido—. Y eso no lo podemos permitir, Hannah. Pase lo que pase, tenemos que estar juntos.

Y yo lo obedezco. A él, a un niño que es solo un par de meses mayor que yo.

Estamos en una nueva pesadilla. No sé si es real. No sé si es un sueño.

Llego al camarote de mis padres y los encuentro en silencio, inmóviles, absortos. Voy a encerrarme en mi cuarto y descubro que sobre mi mesita de noche descansa un sobre con la insignia del *Saint Louis*: "Para Hannah".

Dentro, hay una postal del barco más grande y lujoso que haya cruzado los mares. *"Alles Gute zum Geburtstag Hannah"*. La firma *Der Kapitän*. Es cierto lo que dice mamá: este hombre es un caballero. Debo ir al cuarto de mando y darle las gracias.

Detrás de la puerta, siento llorar a mamá. Me llevo la postal al pecho y cierro los ojos. Quiero tener la ilusión de que estamos a salvo en esta isla de hierro. Entrecortada por el llanto, su voz se hace más aguda y apenas puedo entender lo que dice:

—No hay discusión. Si no podemos bajar los tres, no baja ninguno. Pero ni Hannah, ni mi hijo por nacer, ni yo regresaremos a Alemania, Max. De eso puedes estar seguro.

23 DE MAYO DE 1939

LA MAYORÍA DE SUS PASAJEROS VIOLAN EL
NUEVO DECRETO 937 DEL GOBIERNO CUBANO
Y NO LES PERMITIRÁN DESEMBARCAR. LA
SITUACIÓN NO ES COMPLETAMENTE CLARA,
PERO ES CRÍTICA, SI ES QUE NO SE RESUELVE
ANTES DE SU LLEGADA A LA HABANA.

Cable del Hamburg-Amerika Linie

Jueves, 25 de mayo

No le tengo miedo a la muerte. A que llegue la hora final, que todo se apague y me quede en penumbras. A verme entre las nubes, contemplando a quienes aún caminan con libertad por la ciudad. Morirse es como si la luz se apagara y, con ella, todas tus ilusiones.

Pero no estoy dispuesta a aceptar que mis padres decidan *cuándo* debo irme. Todavía no es hora de convertirme en polvo. No se atrevan, porque me defenderé. No me importa que nuestras visas no tengan valor, o que no nos dejen entrar en esa isla anodina.

En la noche, dormida —¿o, quizás, despierta?—, oigo voces que me ordenan que me levante, salga del cuarto, vaya a cubierta y me lance al océano. La corriente me llevará adonde único puedo llegar y ser aceptada, a otra isla minúscula que no aparece en los mapas. Me veo sola: sin mis padres, sin Leo. Desde lo alto, apenas alcanzo a distinguirme como un punto minúsculo, y me pierdo en la orilla. Siempre sola. Así debe ser la muerte.

Desde que nacemos, los impuros estamos preparados para una muerte prematura. Desde hace años, incluso en la época en que éramos felices, la esquivábamos a cada paso, tropezábamos con ella y seguíamos adelante. A veces me pregunto qué nos da derecho a creer que podemos sobrevivir mientras los demás caen como moscas.

Lo que me espanta de la muerte es no poder despedirme, irme sin decir adiós. De solo pensarlo me estremezco.

No debo permitir que otros decidan mi futuro. ¡Tengo doce años! No estoy lista, así que debo localizar esas malditas cápsulas. Si no las encuentro hoy, será Leo quien me mate. Me ha explicado que debo buscar un pequeño cilindro de bronce con tapa de rosca. Dentro están las tres ampolletas de fino vidrio con la sustancia letal, las que mamá sugirió ayer que la liberarían de su agonía en caso de que no nos permitan bajar en La Habana.

Tengo que escudriñar todos los rincones, cada una de las maletas, y borrar las huellas del caos, dejar todo de nuevo en su lugar para que nadie se dé cuenta.

Hoy por la noche será el baile de disfraces que se celebra en el *Saint Louis* poco antes de llegar al puerto. Es una tradición. Pero no sabemos aún si llegaremos, si el barco anclará, si nos permitirán bajar. Nosotros no tenemos destino.

La sirena anuncia que es hora de ir al salón. Ya Leo olvidó los patines, sus carreras por la cubierta, nuestro juego del marqués y la marquesa. Se acabó el recreo. El conspirador ha regresado.

Después de la discusión que han tenido mis padres en el camarote, dudo que tengan intenciones de asistir a una mascarada sin sentido. Atravieso el pasillo de la primera clase, que cada día se me hace más angosto: el techo casi cae sobre mí y esas luces amarillas en las paredes lo llenan todo de sombras. Busco las escaleras laterales y bajo con desgano, harta de las quejas de mamá, del silencio de papá, de las demandas de Leo. Llego hasta la puerta del mezzanine y, al abrirla, puedo sentir el descorchar de las botellas de champaña, el bullicio de los pasajeros a la espera de que comience a tocar la orquesta, las carcajadas de quienes todavía confían en bajar a tierra la mañana que lleguemos al puerto de La Habana.

Los niños no estamos autorizados a entrar, pero Leo nos tiene reservado un espacio en el balcón del mezanine, que han adornado con flores de papel, para ver cómo se divierte esa masa de ignorantes antes de recibir la bofetada de las autoridades cubanas al amanecer del sábado.

Aún reina la calma. De ello se han ocupado el Capitán y el comité de pasajeros, que se sienten responsables por esas 936 almas a la deriva. Ya uno quedó en el camino, sepultado en medio de las aguas.

Walter y Kurt no pueden contener su emoción. Señalan con el dedo cada vez que un disfraz los sorprende. Leo, con ojo de conspirador, analiza los gestos de los invitados.

Todos deambulan entre lustrosos candelabros, exageradamente decorados con guirnaldas a fin de crear una falsa impresión festiva en la que ya muy pocos creen.

Desde nuestro punto de observación, el salón, que antes me había impresionado por su majestuosidad, ahora me parece un mediocre escenario teatral. Puedo ver en el techo las molduras de yeso que simulan las de un palacio francés, las burdas copias de paisajes bucólicos en elaborados marcos dorados, el empanelado de maderas preciosas, los apliques de esfinges de bronce, los cristales esmerilados. Una fantasía en el mar. Lujo barato, diría mamá.

Los invitados son como espíritus. Flotan en un barco que avanza a toda velocidad, sueñan ser los primeros en llegar a un puerto donde nadie sabe aún si seremos bienvenidos.

Inés permanece triste, a la espera de un pretendiente que no llegará. Lleva un glamoroso vestido de tul y encaje blanco que parece hecho de algodón de feria y una diadema de diamantes falsos. Se ha disfrazado de princesa sin reino, y el aire altivo con que saluda a sus cortesanos completa su personaje. Hay tres chicas de azul celeste, cada una con una rosa blanca en el escote y pendientes de brillantes. A la más delgada, el vestido le queda un poco grande. Advierte que las observamos desde arriba y nos saluda con reserva.

Walter y Kurt están a punto de aplaudir al ver al hombre que irrumpe en el salón con la cara muy maquillada. Lleva colorete, las cejas marcadas en negro, sombra azul en los párpados y una corona dorada de hojas de laurel. Viste un traje blanco, cubierto por una dramática capa de terciopelo rojo.

Una señora alta que viaja sola lleva un traje negro de lentejuelas con anchas mangas de tul salpicadas de estrellas. En su pelo brilla una diadema de perlas, y una enorme pluma en el centro de la cabeza completa el atuendo. Los labios de rojo escarlata y unas profundas ojeras le dan un aire lúgubre. Se esconde a medias tras un enorme abanico de plumas de avestruz al atravesar el salón, donde ya es casi imposible dar un paso.

—¡Es la reina de la noche! —exclama Kurt.

—¡No! ¡Es una vampira! —lo corrige Walter, y todos nos reímos.

Los más comunes son los disfraces de pirata. Algunos se han puesto pañuelos en la cabeza, otros se han cubierto un ojo; otros, una cinta en la frente. Un par de chicos van de marineros. Hay también varias diosas griegas, con vestidos drapeados y un hombro descubierto.

En la algarabía que se incrementa podemos escuchar el choque de las copas llenas de embriagadoras burbujas. La orquesta, ubicada entre las escaleras que dan acceso al salón, comienza a tocar nostálgicas canciones alemanas que le oscurecen el ánimo a todos. No nos permiten olvidar.

La orquesta se detiene y hay un breve silencio. Entran dos trompetistas que se colocan al centro, y comienzan a tocar esa melodía que, al menos para mí, ya es nuestra. Leo me mira: él también la reconoce. Es la última celebración del *Saint Louis*, la bienvenida americana. Con las primeras notas de "Moonlight Serenade" veo entrar a papá, con su frac cortado a la medida, que le abre paso a la Divina, que lleva un vestido de encaje negro que se abre a media pierna y termina en una cola. Ambos llevan antifaces de terciopelo negro. El de mamá está decorado con plumas y brillantes.

Bajan lentamente, al compás de los acordes de una orquesta que se esfuerza en sonar a lo Glenn Miller. Todos se detienen a admirar la entrada triunfal de los Rosenthal: si ellos han venido al baile, no debe haber problemas. Desembarcaremos sin contratiempos en el anhelado puerto de La Habana. Ese era el mensaje que el Capitán necesitaba que los Rosenthal transmitieran a los desalentados viajeros. Pero a ese punto, ni la alegre música de la banda, ni el colorido de los disfraces, ni la distinción de mis padres hubieran podido conjurar el espíritu sombrío de la fiesta.

Detrás de su antifaz, papá parece el protagonista de un melodrama barato. Ella, con el rostro congelado, trata en vano de sonreír. Parece decirle a papá: "Me has obligado a venir y aquí estoy; no pretendas que también sea feliz".

Las parejas vuelven a unirse al compás de "Moonlight Serenade". Papá conduce a mamá al centro del salón. Ella deja caer la cabeza sobre el hombro de él, que da pasos cortos, como quien intenta bailar un vals fuera de compás: no conoce esa música nueva.

Mientras giran al ritmo de la banda, papá saluda a los hombres con una breve inclinación de cabeza. Ella los ignora y elude cualquier contacto visual.

Doce días, solo doce días ha durado nuestra felicidad.

Ahora tengo que irme. Ha llegado el momento de inspeccionar el camarote.

26 DE MAYO DE 1939

AL LLEGAR, MANTÉNGASE LEJOS DEL
EMBARCADERO. QUÉDENSE EN EL PUERTO,
PERO NO ACERQUE EL BARCO AL LITORAL.

Cable de la oficina en Cuba
del Hamburg-Amerika Linie

Sábado, 27 de mayo

*H*oy es el día. Desembarcaremos en el puerto, muchos se unirán con sus familias, otros irán a sus casas o se hospedarán en algún hotel. Se asentarán en la isla, aprenderán español, crearán negocios, tendrán hijos. Muchos vivirán allí solo unos meses, a la espera de llegar a Ellis Island, la puerta de entrada a Nueva York, el destino final.

Nos reproduciremos en La Habana, que se llenará poco a poco de impuros. Y aunque hayamos creado nuestros hogares y nuestros trabajos, siempre estaremos alerta, porque los Ogros tienen largos tentáculos y quién sabe si un día lleguen también al Caribe.

La fortuna de las 936 almas a bordo del *Saint Louis* está en las manos de un hombre. Quién sabe si, en dependencia de cómo se despierte, dirá sí o no. Así de sencillo. Tal vez el presidente de Cuba se haya levantado de mal humor y no quiera saber de nosotros, nos prohíba acercarnos al puerto y nos expulse de sus aguas como a ratas hediondas. Nos devolverán al país de los Ogros, seremos enviados a prisión y le daremos la bienvenida a nuestra muerte prematura, que no podremos eludir.

Ya estoy despierta cuando, a las cuatro de la madrugada, la sirena del barco avisa que estamos entrando al puerto. Llevo dos días buscando las cápsulas. Duermo apenas un par de horas cada noche. He puesto patas arriba el cuarto de mamá y he tenido que volver a ordenarlo con extremo cuidado: nada. Leo ha llegado a pensar que papá las lleva escondidas en las suelas de los zapatos.

Walter y Kurt están convencidos de que, al final, nos permitirán desembarcar, pero Leo tiene dudas. Yo no sé qué esperar.

Todos han sacado sus equipajes al pasillo; es imposible caminar sin dar un tropezón. Ante cada puerta hay una fila de maletas de varios tamaños. Frente a nuestra puerta no hay nada, y eso me preocupa. Las bocinas dejan escuchar la llamada al desayuno. La rutina parece indicar que los problemas se han solucionado. Al menos, eso es lo que se percibe en el barco, aunque en nuestro camarote continúa la incertidumbre. Mis padres no están preparados para salir de su cuarto. Parecen estar seguros de que no vamos a bajar.

El desayuno transcurre con rapidez. Hay una gran excitación en el ambiente y los niños corren de arriba abajo. Los pasajeros se han puesto sus mejores galas. Yo no. Estoy cómoda con mi blusa y mi pantalón: ¡el calor y la humedad son insoportables!

—Prepárate para los meses de verano. No los vas a resistir —así me anima Leo, es su estilo.

Sabe que puedo leer entre líneas: si el calor será insoportable en el futuro, eso quiere decir que bajaremos. Se sienta a mi lado. Walter y Kurt se unen también. No hay espacio en las mesas.

—Todo está solucionado —afirma Kurt—. Mi papá dice que los periódicos del mundo entero están al tanto de lo que nos pasa.

Eso a mí no me confirma nada. Los periódicos no ganan batallas.

Un médico cubano ha subido a bordo. Van a revisarnos. Dicen que debemos permanecer en el comedor. Quién sabe lo que buscan. Pensarán que venimos de África. Dejo a mis amigos en medio del desayuno y corro a avisarle a mamá.

Avanzo lo más rápido que puedo, esquivando maletas, y abro la puerta de nuestro camarote sin llamar. Ambos estaban vestidos, listos para el chequeo médico. Mamá, arrinconada, busca protección en la sombra. La palidez de su rostro me asusta. Papá se acerca a mí.

—Acompaña a tu madre. El Capitán me espera.

No me lo pide con su dulzura de costumbre. Es una orden. Ya no soy su niña.

Abrazo a mamá, que responde con un gesto de rechazo. Enseguida se disculpa, sonríe y comienza a acomodarme los mechones detrás de las orejas. No me mira. Nos quedamos, juntas, a la espera de las órdenes de papá.

El barco está anclado en medio del puerto, pero no deja de moverse. Si cierro los ojos, el camarote gira sin cesar, el mundo entero da vueltas.

—Voy a acostarme un rato —me empuja con delicadeza y se va a la cama.

Acaba de levantarse y ya está de nuevo entre sus almohadas.

Regreso al comedor, donde Leo me llama. Tiene en las manos algo amarillo que chorrea un líquido pegajoso. Es una fruta.

—Tienes que probar esto.

Han traído piñas cubanas. Comienzo a saborear un pequeño trozo y me parece delicioso, aunque me deja la boca ardiendo.

—Primero mastiquen para extraer el jugo y luego escupan —el experto Walter nos da instrucciones; a nosotros, los ignorantes.

Estamos en el trópico: el paladar descubre la sorpresa de las frutas cubanas.

—Un barco que salió hoy de Hamburgo con destino a La Habana fue desviado al recibir noticias de que el gobierno cubano no los dejaría entrar —asegura Leo, que se las ingenia para estar al día de lo que pasa.

No sé cómo podría afectarnos algo así. Tal vez desviaron el barco porque, con nosotros aquí, no pueden procesar a tantos pasajeros. Por fortuna, todos en el *Saint Louis* tenemos permisos de desembarque firmados y aprobados por Cuba, y muchos tenemos incluso visas para Canadá y los Estados Unidos. Estamos en la lista de espera y solo nos quedaremos un tiempo, en tránsito. Eso calmará a las autoridades. Todo va a estar bien.

Es mi esperanza: no tengo por qué creer otra cosa. Todo va a estar bien. Todo va a estar bien. Todo va a estar bien.

Salimos a cubierta, donde la brisa trae los olores de Cuba: una mezcla dulzona de salitre y gasolina.

—¡Mira los cocoteros, Hannah! —Leo es ahora un niño maravillado, hechizado por el descubrimiento de un sitio nuevo.

⦿⦿⦿

Los señoriales edificios habaneros comienzan a divisarse a la salida del sol. Vemos en tierra a un primer grupo de tres hombres, al que se unen otros cuatro. Hay cerca de diez personas que corren hacia la orilla del puerto. *¡Estamos aquí! ¡Ya no pueden hacernos regresar!* Mis amigos y yo comenzamos a saltar, a gritar. Leo baila una cómica danza.

Los familiares de muchos de los pasajeros del *Saint Louis* han recibido la noticia de la llegada y, en pocas horas, el puerto es un hervidero de gente.

Pequeñas embarcaciones repletas de familiares desesperados comienzan a aproximarse, aunque los obligan a mantener una distancia prudencial del barco maldito. La guardia costera nos rodea como a criminales.

Por los altavoces piden que tengamos lista nuestra documentación. Van a comprobar la validez de nuestros permisos de desembarque en combinación con otras visas.

Walter llega corriendo. Apenas recobra el aliento, explota:

—¡Están exigiendo un bono de garantía de quinientos pesos cubanos! —se lo ha escuchado decir a sus padres.

—¿Cuánto sería eso? —pregunto.

—Serían unos quinientos dólares americanos. Una cifra imposible —Las cuentas de Leo son siempre claras.

El poco dinero en efectivo que nos quedaba lo habíamos gastado en objetos valiosos que pudiéramos revender en Cuba.

—Este circo es un horror —se queja una señora de pamela blanca junto a nosotros—. Un horror —insiste, como para que alguien la escuche y reaccione.

Tiene que haber una solución. El Capitán no va a permitir que nos regresen porque él está de nuestra parte. No es un Ogro.

Miro la larga avenida habanera y, por mucho que lo intento, no consigo imaginarme allí con Leo y mi familia.

Espérase que hoy quede resuelto el problema
de los hebreos llegados de puertos europeos.

Diario de la Marina, **periódico habanero.**
28 de mayo de 1939

Martes, 30 de mayo

Hay momentos en los que es mejor aceptar que todo terminó, que no hay nada más que hacer. Renuncia y abandona tus esperanzas: ríndete. Así me siento hoy.

No creo en milagros. Esto nos ha sucedido porque nos hemos empecinado en cambiar un destino que ya estaba escrito. No tenemos derecho a nada. No podemos reinventar la historia. Estamos condenados al engaño desde que vinimos al mundo.

Si Leo se queda en el barco, yo también me quedo. Si papá se queda, mamá también se quedará.

Hasta ahora han dejado bajar a dos cubanos y cuatro españoles. Nunca los vimos, no hablaron con nadie. No se mezclaron.

Es posible que por la tarde continúe el proceso de documentación y dejen desembarcar a otros. Si continuamos a este ritmo y solo autorizan a salir en grupos de a seis, estaremos aquí más de tres meses. Y este vaivén acabará conmigo. Si vomitara, podría deshacerme de esta amargura y me sentiría mejor. Por un tiempo, al menos.

Desde la escotilla de mi camarote La Habana aparece borrosa, pequeña, inalcanzable, como una vieja postal abandonada por un turista de paso, pero mantengo el cristal cerrado porque no quiero escuchar los gritos de los familiares que rodean el *Saint Louis* en desvencijados botes de madera que una ola podría hacer naufragar. Apellidos y nombres viajan desde la cubierta del barco más grande atracado frente a La Habana hasta esos frágiles barquitos, entre dos aguas. Los gritos se mezclan: Koeppel, Karliner, Moser, Edelstein, Ball, Richter, Velmann, Muenz, Leyser, Jordan, Wachtel, Goldbaum, Siegel. Todos se buscan. Nadie se encuentra. No quiero escuchar un nombre más, pero regresan una y otra vez. Ni Leo ni yo tenemos a nadie gritando nuestros apellidos. Estamos solos. Nadie viene a salvarnos.

Puedo ver también la avenida que bordea el puerto, con autos que la recorren como si no pasara nada: para ellos no es más que otro barco lleno de gente extraña, que quién sabe por qué insiste en asentarse en una isla donde escasea el trabajo y el sol aniquila la voluntad.

Tocan a la puerta. Como siempre, me estremezco: quizás vengan a buscar a papá. Los Ogros están en todas partes, hasta en esta isla que no acaba de figurar en mi mente como parte del futuro.

El señor y la señora Moser han venido a vernos. Están en el salón. Los saludo y la señora Moser, bañada en sudor, me abraza. Veo que están a punto de echarse a llorar. El señor Moser tiene el rostro demacrado, debe llevar varios días sin dormir.

—Prefiere morirse —explica exaltada la señora Moser—, quiere lanzarse al mar. ¿Y nosotros? ¿Qué pasaría con mis tres hijos? Sin casa, sin dinero, sin país.

Mis padres la escuchan con calma. Mamá se levanta y guía al señor Moser, que toma asiento, se inclina sobre sí mismo y, avergonzado, esconde su rostro entre las manos. Mamá siente una profunda piedad por este hombre, pero no por lo que sufre, sino porque ve que él y su esposa creen que los poderosos Rosenthal pueden ayudarlos a salir de su tormento.

La señora Moser continúa:

—No puedo dejarlo solo. Quiere cortarse las venas, lanzarse al mar, ahorcarse en el camarote…

Al parecer, lo ha sorprendido en medio de cada una de esas tentativas de despedida prematura. Lo tiene escrito en la frente: puede ser hoy o mañana, pero será.

Pienso que, en realidad, el señor Moser no quiere suicidarse, sino jugar con su suerte. Quien desea matarse, se mata. Es fácil, si de veras te lo propones. Te lanzas al vacío. O te das una cuchillada en la muñeca mientras los demás duermen.

—Aunque tenemos las manos atadas —comienza a decir papá, intentando calmar a los angustiados señores Moser—, podemos encontrar una solución.

En un segundo es de nuevo el profesor, el que convence, el que tiene la verdad en sus manos. El señor Moser levanta la cabeza, se seca las lágrimas y le dedica su más esperanzada atención al hombre que todos consideran como el más poderoso del *Saint Louis*. Solo él puede cambiar el destino de los más de novencientos pasajeros. Él, y el Capitán.

—Debemos escribirle al presidente de Cuba, al de Estados Unidos, al de Canadá, a nombre de las mujeres y niños que están en el barco —continúa papá.

El señor y la señora Moser sonríen con cierto temor y, poco a poco, se iluminan: están frente a la salvación y, por primera vez en muchos días, sienten que puede haber una razón para seguir adelante.

Han enloquecido. Ya no queda nadie aquí en su sano juicio. Qué poder puede tener una carta. A los presidentes les importa un demonio a dónde iremos a parar. Nadie quiere cargar con nuestros problemas. Nadie quiere tener a Alemania de enemigo. Qué sentido puede tener traer impureza a sus países, paraísos de armonía y bienestar.

El primer gran error fue zarpar de Hamburgo. Durante estos días no hemos vivido más que de patéticas ilusiones. No creo en las fantasías. No creo en un mundo irreal. Por eso he detestado siempre mis macabras muñecas, impávidas y con la vista clavada en mí, preguntándome por qué las ignoro si son espléndidas, perfectas, rubias y altamente cotizadas.

Los ahorros de una vida se diluyeron en los permisos de desembarque en Cuba y los pasajes para su familia en el *Saint Louis*, pero el señor Moser ha recuperado la fe solo de oír hablar a papá. Y se lanza a describir su trauma como si fuera exclusivo, como si fuesen ellos los únicos desterrados del barco.

—Lo perdimos todo. Mi hermano nos espera en La Habana con una casa ya comprada. Si nos devuelven, no tendríamos a dónde ir. ¿Qué va a pasar con mis tres hijos? Si le escribimos al presidente de Cuba, estoy seguro de que su corazón se ablandará.

Su esposa, al escucharlo tan esperanzado, creerá que el peligro ha quedado atrás. Que el padre de sus hijos desistirá de quitarse una vida que fue preciada. La familia regresará a su camarote, ella les preparará las camas. Hoy podrá dormir tranquila; ha comenzado incluso a respirar con más serenidad. Pero el destino de esa familia ya estaba escrito: desde el momento en que vi salir de nuestro camarote al señor Moser cabizbajo y feliz, supe lo que sucedería.

Me voy a la cama, cierro los ojos y mi cabeza comienza a dar vueltas, sin detenerse, sin dejarme dormir en paz.

La señora Moser acostará primero a sus hijos, les cantará una canción de cuna, los arropará, les dará un beso de buenas noches, respirará enternecida el sutil aliento de los inocentes y se retirará a descansar junto al hombre en el que siempre ha confiado, con quien había decidido crear una familia. El hombre por quien se marchó de su pueblo y abandonó a padres y hermanos para asumir un apellido desconocido. Se quedará dormida junto a él, como en tiempos de prosperidad.

Cuando su familia duerma, el señor Moser se levantará de la cama con extremo cuidado. Irá al baño, buscará la navaja plateada en cuyo mango de piel brilla la insignia del *Saint Louis*, y de un tajo firme se cortará las arterias. Primero sentirá una sensación de ahogo, pero el pánico borrará el dolor. Caerá al suelo y su cuerpo, presa de convulsiones, se desangrará con lentitud, a una velocidad que le permitirá ver por última vez, desde el piso frío del baño, cómo duermen confiados los seres que más ha amado en su vida.

Sus movimientos espasmódicos harán que la sangre, aún caliente, salga a borbotones. Aunque permanezca alerta, su vista comenzará a nublarse y los latidos de su corazón se harán más distantes. Al final, quedará inmóvil. La sangre, aún tibia, comenzará a secarse. El rojo se tornará negro. El líquido se solidificará.

Al amanecer, la señora Moser se levantará. Se dará cuenta de que su marido no está a su lado. Tocará las sábanas frías, sin vestigios del calor del cuerpo amado. Verá la puerta del baño entreabierta. Caminará despacio, con horror de lo que pueda encontrar. Tiene una corazonada. Su respiración se acelera. Querrá gritar, pero no podrá. Al detenerse en la puerta ya podrá ver la imagen, algo confusa, de una escena en la que ha evitado pensar durante los últimos días, semanas, quién sabe si meses. Cierra los ojos, respira profundo y comienza a llorar en silencio.

Sobre el piso del baño, el cuerpo de su marido está en posición fetal. Su rostro es ahora tan blanco como las escasas losas que pueden distinguirse entre el rojo y el negro de la sangre, la combinación de los tres colores abominables que han sido su desgracia. Se arrodilla y lo abraza. Sabe que él no siente nada, que ya no está. Un grito brota rajado de su garganta, y ahora el llanto es desgarrador. La primera en llegar es su hija menor, de cuatro años, apretando un osito blanco de peluche. Luego, el niño de seis. La primogénita, de diez, trata de llevarse a sus hermanos, evitarles el trauma que marcará sus vidas. Observa con desprecio a sus padres, que los han puesto en una situación semejante. A quién se le ocurre. Sus hermanos no reaccionan. La niña tiene la mirada fija en su madre. Se niega a mirar el rostro del hombre que se rindió, que los dejó a la deriva. Los tres tienen los ojos bien abiertos. Graban la escena minuciosamente.

Al despertar, alguien viene a darle la noticia a papá. Nadie reacciona. Demasiadas preocupaciones: cada uno carga con su angustia.

Yo permanezco en la cama. No puedo dejar de pensar en la señora Moser frente al cadáver de su esposo. Espera que sus hijos no olviden ese día. No podrán olvidar. Deben recordar a los culpables.

Alguien tendrá que pagar.

Unos 900 pasajeros, 400 mujeres y niños, le piden que use su influencia y nos ayude a salir de esta terrible situación. El humanitarismo y el sentimiento de sus mujeres nos da la esperanza de que usted no rechazará nuestro pedido.

Comité de pasajeros del *Saint Louis* a la primera dama Leonor Montes de Laredo Brú, esposa del presidente de Cuba Federico Laredo Brú

30 de mayo de 1939

Miércoles, 31 de mayo

—*H*oy vamos a quemar el barco —me dice Leo al oído apenas salgo de mi camarote, y corre hacia la cubierta.

En menos de diez minutos hemos subido y bajado escaleras, ido al cuarto de máquinas, corrido de la primera clase a la última. No sé qué buscamos.

—Si no nos dejan bajar, lo quemaremos.

No será necesario, Leo. Ya el calor hace arder las barandas y el suelo de la cubierta. Es imposible permanecer afuera. El sol es otro enemigo.

Hasta ahora, Cuba ha aceptado a veintiocho pasajeros con permisos de desembarque emitidos por el Departamento de Estado, rechazando los de la Dirección General de Inmigración, firmados por el tal Benítez. Un tránsfuga que, junto a su mentor y aliado militar, se ha quedado con nuestro dinero. Las "Benítez" ya habían perdido su validez mientras cruzábamos el Atlántico. O tal vez mucho antes, quién sabe.

Ahora, ese jefe militar, el verdadero dueño del poder en la isla, convalece en una cama de su fastuosa residencia, rodeado de su familia y su escolta, y no se atreve a dar la cara.

—Su médico de cabecera le impide contestar el teléfono—me cuenta Leo—. No quiere que lo molesten con minucias —¡la vida de más de novecientos pasajeros!—. Debe cuidarse porque se ha resfriado.

Cuando mamá compró la Benítez para papá, adquirió dos más para nosotras, porque pensó que las que había conseguido antes serían las que podrían perder validez. Pero tenemos, además, las visas americanas, a la espera de nuestro turno de entrada. No sé qué más esperan de nosotros.

—Hay posibilidades de que *mañana* se resuelva todo —Leo pronuncia *mañana* en su sonoro y ridículo acento español—. *Mañana* —la única palabra que, además de *gracias*, puede decir en el idioma de la isla— será el último día de las negociaciones.

—*Mañana* —repite, como si esas tres sílabas tuvieran otro significado, pudieran transmitir una esperanza.

En el pasaporte de papá ya han estampado la R —de "retorno", de "rechazo", de "repudio". También lo han hecho en los pasaportes de Leo, el señor Martin, Walter, Kurt, su familia, Inés. Nadie se salva. No somos más que una horda de indeseables, listos para ser lanzados al mar, o enviados de vuelta al infierno de los Ogros.

A nadie le importa que hayamos comprado documentos con los ahorros de nuestras vidas. Ahora un presidente desalmado se atreve a firmar un decreto para invalidarlos.

Leo piensa que, si quemamos el barco, lograremos ser tomados en cuenta. Pero aquí nadie tiene compasión. El comité que papá preside perdió sus poderes de convencimiento o negociación, si es que alguna vez los tuvo. El Capitán no sabe cómo darle la cara a los pasajeros, que han depositado su confianza en él. Desde el primer día, el hombre más poderoso del barco nos ha hecho creer que desembarcaríamos, que no habría dificultades al llegar al maldito puerto de La Habana.

Dos semanas perdidas. Nosotros, los tontos esperanzados, creímos a los Ogros cuando nos autorizaron a salir a cambio de nuestros negocios, de nuestras casas, de nuestras fortunas. Cómo pudimos confiar tan estúpidamente. Todo estaba ya planeado, desde antes de que mamá comprara los documentos de desembarque para Cuba escritos en español.

Lo sabían desde que zarpamos de Hamburgo; la banda que nos despidió fue otra farsa. Ahora está muy claro por qué nos obligaron a comprar boletos de ida y vuelta: era necesario cubrir los gastos del regreso.

En Cuba nos desprecian, el mundo nos ignora. Todos bajan la mirada con turbación, como queriendo salir de esta situación embarazosa. Quieren lavarse las manos para evitar cargar con la culpa.

Los tres jóvenes que brindaban en el primer banquete, conspiran ahora con Leo —¡un niño de doce años!—, para incendiar un descomunal trasatlántico. *Basta de tonterías, por favor. Sería mejor que dejaran las aventuras para cuando pisen tierra firme, si es que al final lo conseguimos.*

Hay quienes no dudan en tomar el barco por asalto, desviarlo, destituir al Capitán del mando. Un secuestro en alta mar. O, más bien, en una bahía venida a menos.

—¿Qué hace ella aquí? —le pregunta a Leo el joven con porte de galán de cine.

—Ella es de confianza, nos puede ayudar —*¿ayudarlos a qué, Leo?* Si me detengo un segundo más a pensar en lo que intentan, es muy posible que salga corriendo y los deje con la organización de su descabellado ataque.

Pero tampoco este muchacho sin futuro está para melindres. En su desesperación —no quiere regresar, es demasiado joven y guapo para enfrentar una muerte prematura—, es capaz de lanzar al mar a quien se le oponga con tal de sobrevivir. *Solo a un grupo de tontos se les puede ocurrir incendiar un mastodonte de hierro de 16.000 toneladas*, me siento tentada a decirles, pero decido dejarlos con su conspiración y subir a la cubierta. Debo tomar fotos.

Que lo quemen, si pueden. Que lo destruyan. Que hundan el barco más grande que hay en la bahía. Y, con él, a nosotros. Es lo mejor que podría sucedernos.

Me voy al otro extremo de la cubierta, donde no hay nadie implorando desembarcar; ni gente que, desde ínfimos barcos, observe nuestra desesperación; desde donde no pueda verse el litoral de una ciudad que pagará bien cara su indiferencia —no hoy, ni mañana, pero pagará.

Me apoyo en la baranda y cierro los ojos, porque tampoco quiero ver el mar, ni ese faro a oscuras que llaman el Morro, cuando siento a alguien a mis espaldas. No tengo que voltearme. Reconozco su olor a salón de máquinas, a galleta de vainilla, a leche tibia. Se coloca a mi lado y toma mi mano; la aprieta con todas sus fuerzas, y yo sonrío.

Abro los ojos, porque sé que aún podré contemplar las largas pestañas de mi único amigo. *Mírame Leo, nos queda poco tiempo*, quiero decirle, pero permanezco callada. Si alguien lo sabe, es él. Leo lo sabe todo. Siempre.

De este lado no se escuchan los gritos. El silencio es nuestro. Un barco se acerca, lleno de pasajeros. Son puros, supongo, porque el barco entra al puerto, se dirige a su desembarcadero y hace sonar la sirena como es debido.

Y nosotros aquí, sin decirnos una palabra, tomados de la mano, lo vemos pasar y volvemos nuestra vista, una vez más, al infinito.

Arriba, Leo. Vamos a lanzarnos al mar y dejarnos llevar por la corriente. Alguien nos rescatará lejos de este puerto, y si nos pregunta nuestros nombres, inventaremos uno que no provoque asco, ni rechazo, ni odio.

Hubiera sido mejor quedarnos en Berlín. Tú y yo, sin nuestros padres. Estaríamos recorriendo calles llenas de cristales rotos, burlándonos de los Ogros, escuchando la radio en un pasillo oscuro. Allí, a nuestra manera, fuimos libres y felices.

Mis pensamientos van más rápido que mis palabras y no logro articularlos.

Mírame Leo, no me ignores. No me dejes sola aquí. Juguemos. Vayamos a patinar de cubierta en cubierta. ¿Por qué me aprietas tanto la mano? ¿Qué piensas hacer? Te aseguro que yo haré lo que tú digas. Decide tú. Eres el mayor.

Adelante: llegó la hora.

Junio de 1939

Su excelencia, Federico Laredo Brú
Presidente de la República de Cuba

Mi querido presidente:
De acuerdo a la conferencia otorgada por usted, tengo
el honor de presentarle a su excelencia la siguiente propuesta
del Comité Nacional de Coordinación de Ayuda a los
refugiados e inmigrantes que vienen de Alemania, para la
entrada en Cuba de los refugiados que están a bordo del SS
Saint Louis:
Un bono de la Maryland Casualty Company,
autorizada a hacer negocios en Cuba, será depositado
inmediatamente, con su aprobación a nombre de la
República de Cuba, por un valor de $50,000.

Lawrence Berenson, Consejero honorario del National
Coordinating Committee for Aid to Refugees and
Emigrants Coming from Germany

Jueves, 1 de junio

Mañana es el último día. *Mañana* —la palabra más popular entre los pasajeros, la que Leo no cesa de repetir con su fuerte acento—, se decidirá nuestra suerte.

Mis padres esperarán a que me duerma. Sacarán de su escondite el envase de bronce donde guardan el polvo salvador. Él me sujetará, ella me abrirá la boca y yo, sin oponer la menor resistencia, morderé la ampolleta de cristal para liberar el cianuro de potasio que me provocará una muerte cerebral inmediata. No habrá dolor. Gracias, mamá y papá, por no hacerme sufrir, por pensar en mí, por poner fin a mi agonía. Me despediré feliz, con una sonrisa. Ya era hora.

Me acuesto junto a papá en la cama y observamos a mamá mientras se prepara para la última cena a bordo. Va hasta la cómoda y toma su joyero, una antigua caja de música.

De pequeña, me hipnotizaba abrir ese cofre negro con incrustaciones de nácar y madreperla, y ver aparecer la bailarina mecánica que bailaba al compás de *Für Elise*, de Beethoven. Mamá me dejaba jugar con ella y podía pasar horas dándole cuerda a la cajita de música. Hasta la cama llega el perfume que asocio a sus joyas, el aroma delicado de las flores de lavanda, conservadas en una bolsita de seda dentro del cofre. En el compartimiento que esconde el mecanismo de cuerda de la bailarina, mamá abre un cajoncito imperceptible del que saca su anillo de bodas, la joya más valiosa que ha traído de Berlín.

Y en ese momento, como un relámpago, lo descubro. Poco ha faltado para que saltara, pero me contengo: ¡tantos días intentando encontrar el envase de bronce y aparece así, en mis narices! ¡Ese tenía que ser el escondite! Si las cápsulas son más cotizadas que el oro, qué mejor sitio para conservarlas que junto al gran diamante. La Fortuna protegida por la fortuna.

Se escucha otra vez la bocina del barco. Creo que nada me enerva más que ese estruendo. Sí, el golpe de desconocidos en la puerta. Es hora de volver al salón, donde servirán nuestra última cena en La Habana. Mis padres van de blanco, parecen congelados en el tiempo.

—Bajo pronto, aún no estoy lista —les digo, y me miran extrañados, pero deciden en silencio respetar mi rutina, que cada día se torna más absurda.

Sentada frente a la cómoda, tomo en mis manos el cofre. Podría lanzarlo al mar y hacerlo desaparecer con todo y joyas. Acciono la cuerda y observo girar a la frágil bailarina. Una vuelta, otra. Y otra más. No me atrevo a abrir el compartimento secreto. Si no están ahí, me rindo.

Apenas puedo controlar el temblor de mis dedos cuando logro abrir el cajoncito escondido y percibo el brillo del envase de bronce. Es tan pequeño, que casi me hace reír. Entonces comienzo a sentir palpitaciones. Tan fuertes, que temo que alguien, incluso fuera del camarote, pueda escucharlas. Tomo con mucho cuidado el recipiente del polvo letal y, al intentar desenroscar la tapa, tiemblo como una hoja.

Cálmate, Hannah. No pasa nada.

En una ocasión como esta, Leo debería estar a mi lado.

Al destaparlo, contengo la respiración. Veo que, efectivamente, contiene la cápsula cristalina y en un segundo vuelvo a cerrarlo. Temo que, al abrirlo, minúsculas partículas de cianuro se escapen, contaminen el ambiente y quedemos todos paralizados. El tintineo interior me hace notar que hay más de una. ¡Claro: tienen que ser tres!

No entiendo cómo algo tan pequeño puede sentirse tan poderoso. Inhalas, o te cae una molécula en la piel y te vas al otro mundo. Debería llevarme una a la boca, acostarme, cerrar los ojos, pensar en Leo y en lo que hubiera sido nuestra vida en la isla, y romper de un mordisco la fina capa de cristal que separa la vida de la muerte. Pondría fin a esta odisea. Les facilitaría el camino a mis padres. No tendrían que arrastrar la culpa de haberme matado.

Pero no puedo hacerle algo así a Leo. Es una decisión de los dos, y sería una traición que no me perdonaría nunca. *¡Tomemos la cápsula juntos, Leo!*

Y corro a buscarlo.

Tropiezo en mi carrera con los pasajeros de primera clase que bajan a la cena de despedida. Al entrar al salón, me aturde el ruido de los cubiertos contra la vajilla, el murmullo de los comensales, el olor a carne asada. Distingo a Leo asomado a una de las puertas laterales, flanqueado por su escolta habitual, Walter y Kurt.

Al verme, hace una discreta señal para indicarme que no debo moverme: él vendría hasta mí. Se acerca a grandes zancadas, baja la vista hacia mi mano derecha y de inmediato comprende que ya tengo el tesoro. No sonríe. De hecho, creo que está, por primera vez, muy asustado. Es un disparate lanzar al mar algo tan valioso.

Tengo una idea mejor, Leo. Usémoslas. Ahora son nuestras.

Me toma la mano, la abro y dejo caer en la suya el pequeño tubo de bronce con las tres cápsulas de cianuro de potasio. Leo se asegura de que nadie esté mirando, que nadie lo siga, y abandona el salón sin hablarme, como un auténtico conspirador.

Veo a mis padres conversar con uno de los camareros. La señora Moser, sin sus hijos, se sienta sola a una mesa, y mamá la invita a la suya. Ella accede, con timidez.

La última cena es un festín que comienza con caviar negro sobre tostadas *au gratin*, apio en aceite de oliva, espárragos en salsa holandesa, espinacas bañadas en crema de vino y minestrone. Continúa con cortes de solomillo y papas fritas de Saratoga, macarrones a la parmesana, patatas lionesas, duraznos de California y queso *brie* con frambuesas. Apenas pruebo los macarrones y los duraznos: solo quiero ver llegar a su fin el absurdo protocolo de la cena de despedida. Siento como si mañana nos fueran a decapitar.

Comienza el baile: chicos y chicas se acercan a la plataforma de los músicos. La orquesta abre con el vals "Flor de Loto", de Ohlse, continúa con el "Torna a Surriento", luego un popurrí de Schreiner y alguna pieza de Lehár. Han apagado las luces de las grandes lámparas y ahora la iluminación es mucho más suave: una luz ámbar cae sobre los bailadores, que parecen flotar sobre una capa de fría neblina.

De pronto, la orquesta hace una pausa.

Las parejas esperan la próxima pieza sin regresar a sus asientos y la algarabía crece entre las mesas. Los camareros hacen malabares para atravesar el salón, que cada vez está más concurrido.

Una mujer alta y delgada, con un vestido amarillo de hombros descubiertos y una enorme flor roja detrás de la oreja, sube desganada al escenario, como obligada a ser la protagonista del próximo acto. Se dirige a los músicos, que cierran sus partituras. Al parecer, no las van a necesitar. La mujer toma el micrófono con ambas manos, cierra los ojos y, en un tono muy bajo, comienza a cantar.

Al escuchar el primer verso en alemán de "In einem kühlen Grunde" se hace el silencio: *In einem kühlen Grunde, da geht ein Mühlenrad. Mein Liebchen ist verschwunden, das dort gewohnt hat.* "En un valle frío, un molino de viento gira su rueda. Mi amor me ha abandonado, el que vivía allí…"

Nadie se atreve a dar un paso. Las parejas se abrazan, y la orquesta acompaña con precisión a la mujer que, apenas termina de entonar la última frase, se retira en silencio. El ambiente se ha vuelto luctuoso. De hecho, papá y mamá, vestidos de blanco, eran una nota discordante en aquella marea de negro, gris y marrón.

Leo regresa sofocado, se me acerca por detrás.

—Misión cumplida —me susurra al oído, tratando de recobrar el aliento.

Me estremezco. Las ha lanzado al mar. ¡Acabamos de perder nuestra única oportunidad de salvarnos juntos! No se le ocurrió que esa podía ser nuestra vía de escape.

Se sienta a mi lado y observa encantado la profusión de manjares con nombres exóticos. Se le iluminan los ojos mientras se sirve todo cuanto quepa en el plato de porcelana con el emblema del barco. Ya ha olvidado las cápsulas, las posibilidades de lanzarnos al mar, de huir.

Tiene hambre, y esa bacanal que un camarero describe con nombres ininteligibles, para él no es más que ensalada, carne con papas, frutas y queso. Y la devora como si fuera, en efecto, la última cena. Su primer comentario parece sacado de uno de los cables que el Capitán recibe y le entrega a papá:

—Estás a salvo.

No tengo por qué tener miedo: llevo la perla y mi mejor amigo está a mi lado.

Por decreto presidencial se dispone la inmediata salida del vapor *San Luis*. Deberá abandonar el puerto con los inmigrantes que se hallan a bordo. Si no zarpa por sus máquinas, lo remolcará un crucero cubano varias millas mar afuera.

Diario de la Marina, periódico habanero.
2 de junio de 1939

Viernes, 2 de junio

*M*e despiertan los gritos de mamá.

Acaba de amanecer y las escotillas están abiertas. Un bullicio inter-mitente llega del puerto, y con él un vaho caliente que me sofoca. Mamá recorre desesperada el pequeño espacio donde ha permanecido toda la noche despierta. Los cojines de seda y la sobrecama yacen revueltos en una esquina de la cama.

De la cena vino directamente al camarote. Se negó incluso a ver La Habana en el horizonte. Era la ciudad que nunca iba a pertenecerle.

Parece haber pasado una tormenta. Maletas abiertas, gavetas desparramadas, ropas en el piso. Como si nos hubieran asaltado mientras dormíamos. Mis padres deben llevar horas despiertos. El cansancio los vuelve lentos. Cierro los ojos. No quiero ser incluida en esta batalla sin enemigos. Quiero seguir dormida, que crean que no los escucho, que no existo para ellos, ni para nadie.

Soy invisible, nadie me encontrará.

—No pueden haber desaparecido, Max. Alguien las tiene que haber robado. Esa era mi única esperanza, Max, entiéndeme. Yo no puedo volver, Max. Ni Hannah ni yo resistiríamos —repite el nombre de papá en cada frase, como un conjuro que pudiera salvarla.

Las cápsulas. No encuentran las cápsulas. Terminarán descubriendo que fui yo. Que Leo las lanzó al mar y se desintegraron en las aguas cálidas del Golfo. *Dios mío, qué he hecho. Perdóname, mamá.*

Llora, y siento que se desangra con cada lágrima. Papá, de espaldas al huracán que mamá ha provocado en nuestro camarote, contempla abstraído el litoral de La Habana. La ciudad es una sombra, una masa de aire sin vida. El puerto, una línea lejana e inalcanzable para todos a bordo. Yo sigo con los ojos cerrados, aprieto los párpados con todas mis fuerzas y quisiera hacer lo mismo con mis oídos, para no tener que escuchar los gritos de esta mujer desesperada.

Ha llegado el final, y será mucho peor por mi culpa. Los dos tendrán ahora que asfixiarme con una almohada en la cabeza. Estoy lista: no opondré resistencia. Aquí estoy, no habrá cápsulas. La sofocación será agónica, pero me lo merezco, porque soy la única culpable de que no tengamos la sustancia que nos hubiera evitado el dolor. He sido muy irresponsable.

Ya no hay vuelta atrás. Confesaré mi crimen. Me escupirán. Me desheredarán. Me golpearán. Me lanzarán al mar.

Finalmente, miro de reojo y la veo sentada sobre la cama, más tranquila. Lista, quizás, para convertirse en asesina. Que no la culpen. Yo no la culpo, nunca lo haré.

Se viste. Se pone muy despacio sus medias de seda y sus zapatos blancos hechos a la medida. Se cepilla la corta melena y se pinta los labios de un rosa suave. Ahora se aplica crema en los brazos, en el cuello, en la cara. Una coraza para protegerse del sol.

Hay tres maletas en la puerta. Una es la mía. La reconozco. Espero que haya empacado mi cámara.

Papá se desentiende. Tiene la mirada perdida. No hay solución. Es hora de despedirse.

—Hannah —la voz de mamá ha dejado de ser sutil —. Nos vamos —me comunica en español.

Finjo despertarme. Aún llevo puesto el vestido con el que me quedé dormida. Apenas me pongo los zapatos y no me da tiempo a nada más. No quiero ocasionarle más problemas.

Tocan a la puerta y me asusto, como siempre. Son los Ogros, que vienen por nosotros. Nos lanzarán a la bahía, al abismo.

Un tripulante uniformado nos notifica que ha llegado el momento de desembarcar. Nos llevarán en un bote al puerto de una ciudad que desde la cubierta parece un lugar imaginario, completamente irreal.

Mamá sale primero, yo la sigo, y siento a papá caminar detrás de mí. Acelera su paso, se coloca al lado de ella y deja caer su valioso reloj en el bolso de mamá.

En cubierta solo se escuchan gritos, llantos, familias que repiten sus apellidos con la esperanza de que alguien los reconozca en el litoral que se difumina, alguien que los ponga a salvo de su miseria.

El Capitán nos espera. Es una figura minúscula al lado de papá. ¿Y Leo? ¿Dónde está Leo? Necesito verlo, que me dejen despedirme de él.

Con dificultad, nos abrimos paso entre el gentío. Los oficiales cubanos, de cara grasienta y uniformes sudados, nos miran con desprecio. Ya estamos acostumbrados.

Hay una conmoción en cubierta. Alguien se abre paso.

—Todos no podemos estar aquí. Espere su turno —grita un anciano que apenas puede sostenerse en pie al ver caer al piso su bastón de puño plateado.

Una mano recoge el bastón y se lo devuelve al viejo. ¡Es Leo! *¡Sabía que no me abandonarías, Leo! Saltemos juntos, huyamos. El mar es nuestro: nademos hasta un cayo, alguno que nos quiera… ¡Tenemos tiempo para salvarnos, Leo!*

Leo toma mi mano y me coloca en la palma algo, no sé qué, porque ahora solo quiero mirarlo a él. Me aterroriza la idea de olvidar su cara. Cierro con fuerza la mano, para no perder mi regalo. Entonces aparece su padre, que tira de su brazo, separándonos sin que pueda siquiera darle las gracias. Leo se resiste, se acerca de nuevo a mí:

—¡No abrirás el cofre hasta que nos encontremos, Hannah! ¡Te buscaré, te lo juro! ¡Será hoy, mañana o en otra vida, pero voy a encontrarte! ¿Me oyes, Hannah…?

Siento que mi cuerpo está a punto de convulsionar, que voy a caerme. Leo está aún delante de mí. Los labios le tiemblan. No entiendo qué me quiere decir. *Sigue junto a mí, Leo, no dejes que nos separen.*

—Si nunca más nos vemos, espera a cumplir ochenta y siete años para abrirlo.

Es la edad a la que nos prometimos llegar juntos.

—No, Leo. Tú vendrás a buscarme. No quiero llegar sola a los ochenta y siete años, ¿para qué? —le digo, y veo que está a punto de echarse a llorar.

Me va a besar. No podemos abrazarnos, el gentío nos separa.

—Leo, no llores —le suplico con un hilo de voz.

Pero tiene los ojos anegados en unas lágrimas que sus largas pestañas apenas consiguen detener. Se las seca. No quiere que lo vea llorar. Yo dejo de respirar y siento que el corazón me estalla en el pecho.

Leo desaparece con su padre entre la multitud.

—¡Leo! —grito sin saber si todavía me escucha. Mi voz se disuelve en el bullicio de los desesperados. Lo pierdo de vista—. ¡Leo! ¿Dónde estás…?

—¡Prométemelo, Hannah! —escucho su voz que se aleja, pero ya no puedo verlo.

No quiero que me vean llorar. Ya es imposible controlar mis lágrimas. El sol, el salitre, el calor, son los que hacen que mis lagrimales pierdan el control. Le respondí muy tarde a Leo. No supe qué decir.

—Claro que te lo prometo: no me iré de esta isla hasta que tú llegues, no abriré la caja hasta que te encuentre —murmuro desolada, porque sé que él ya no puede escucharme.

Me acerco la mano al pecho y abro los dedos para ver qué me ha dado, y encuentro un cofre minúsculo, azul añil. Lo aprieto con tanta fuerza que me deja marcas en la palma.

La caja no puede abrirse. Leo la selló: sé que es el anillo. Finalmente pudo conseguir lo que me prometió. El anillo nos mantendrá unidos hasta el último día, hasta los ochenta y siete años.

Mamá ya no llora. Tampoco quedan rastros de su maquillaje, solo un leve rosa en los labios cuarteados. Los oficiales cubanos revisan nuestros documentos, nuestras visas cubanas y americanas. Abajo, nos espera un barco, el *Argus*, minúsculo y destartalado, ocupado por militares y familiares de algunos de los pasajeros. Todos se amontonan en la proa, y parece estar por hundirse, deshecho por el vaivén de las olas y el tumulto de sus pasajeros.

Clava sus ojos en los de papá y, con una voz que nunca antes le había escuchado a la Divina, exclamó:

—¡Mi hijo no nacerá en esta isla! —acentuando con infinito desprecio la palabra *isla*—. Puedes estar seguro que lo pagarán, Max. A partir de hoy no soy alemana, no soy judía, no soy nada.

Fue lo último que dijo en alemán, el idioma que prometió no volver a hablar jamás.

—¡Alma! —alguien la llama.

No tiene energía para buscar de dónde ha salido esa voz desesperada. Reconoce en lo alto a la señora Moser con sus tres hijos, que la mira como suplicando: "Llévatelos, por favor, salva a mis hijos!". Como si fuera posible.

—¿Por qué ellos sí y nosotros no? —implora una mujer con un bebé en brazos, y evito mirarla a los ojos.

Mamá no le responde. No se despide. No besa a papá.

Yo me lanzo en brazos del hombre más fuerte del mundo y lo estrecho con todas mis fuerzas. Él se acerca a mi oído y con su voz grave, me dice algo en voz tan baja que no lo comprendo. Siento el calor de sus mejillas. *Abrázame fuerte, papá, no dejes que me lleven, no me abandones.* Papá repite lo que me ha dicho antes, pero sigue siendo un susurro indescifrable.

Aunque su pecho es una enorme coraza, puedo sentir los latidos de su corazón, puedo escuchar cómo su sangre circula a una aterradora velocidad. Una vez más me susurra al oído. No quiero que los segundos pasen, quiero que todo se paralice, que nos ignoren, que nos dejen en el tobogán, en tierra de nadie.

Un oficial cubano me separa bruscamente de él. Al tiempo que grito, alguien me arrastra por la escalerilla que se tambalea. Me sostengo con fuerza de la baranda mojada de salitre. Cierro los ojos para atrapar el olor de papá, pero solo percibo el vaho de sudor y brillantina del militar que me conduce. Mamá va delante, con paso firme. Lo que temo ahora es que, de un tirón, me hagan perder mi cofre azul añil, y lo aferro con todas mis fuerzas.

—¡Papá! ¡Papá! —comienzo a gritar, pero no me responde.

Lloro sin control, ya sin la menor intención de disimularlo. Mis propios gemidos me ahogan. Papá se niega a mirarme, a verme partir.

El llanto me corta la voz, me avergüenzo de mi suerte y llamo a gritos a mi padre. *¡Nos están separando! ¡Nos abandonan en una isla desconocida donde no podremos sobrevivir solas! ¡Papá...!* Los pasajeros me ven llorar y se desesperan. Alguien me llama. Oigo mi nombre.

—¡Hannah! —no puedo distinguir quién es.

Alguien se despide de mí. Quizás sea mejor que nunca sepa quién fue. Solo a unos treinta nos han permitido desembarcar. Los elegidos, los afortunados. Una suerte que, para mí, no es más que una condena, un terrible castigo.

En el barco se quedan los desgraciados, los que no tienen futuro. Nadie sabe qué va a pasar con ellos. El Capitán no podrá hacer nada, regresará a alta mar con 906 pasajeros, muy despacio, para evitar tocar tierra en Hamburgo. Allí estará mi padre. Allí estará Leo.

Mamá aborda el *Argus* sin mirar atrás, resbala con el agua que entra al barco y mancha sus zapatos blancos. Se sostiene de la baranda y le da la espalda al *Saint Louis* sin mirar a papá, que intenta imponer sobre las otras su voz quebrantada.

Pero yo lo escucho. Es él. Quiero que todos callen, que me dejen escucharlo. Me concentro; aíslo el clamor y me concentro. Al fin lo consigo. Me pide algo. *No te entiendo bien, papá...*

—¡Olvida tu nombre! —repite en voz alta, muy alta.

Ya no oigo los gritos desesperados de la multitud. Ahora solo existe mi padre.

Pero no me llama "Hannah".

—¡Olvida tu nombre! — grita con todas sus fuerzas.

El *Argus* arranca con estrépito, cubre de humo negro la bahía y comienza a alejarse del barco más grande que hubiera visto jamás el puerto de La Habana. Aquí no nos esperaba una banda con marchas triunfales. Nuestra música eran los gritos de quienes permanecían en un barco a la deriva, sin destino.

Los Ogros me arrebataron a papá. Los Ogros cubanos. No pude despedirme de él, ni de Leo, ni del Capitán.

Quisiera lanzarme al mar. A esas aguas oscuras que hacen oscilar al *Argus*. Es mi última oportunidad. No quiero oír nada más, solo espero que se detenga el motor.

De golpe, todos callan: llegamos al atracadero. Desde la orilla lanzan una cuerda.

Silencio. Ahora sí. Silencio total. En medio de la calma, escucho por última vez la voz de papá, que se pierde en el aire, que resuena en un espacio donde soñábamos ser felices.

—¡Hannah, olvida tu nombre!

TERCERA
PARTE

Hannah y Anna

La Habana, 1939-2014

Anna

2014

Hoy voy a descubrir quién soy. Aquí estoy papá, en la tierra donde naciste.

La oscuridad me agobia: tanto sol afuera y, en cambio, al llegar al aeropuerto pasamos por inmigración y aduanas casi a ciegas.

A mamá le registran el equipaje y la oficial cubana celebra su ropa interior.

—Nunca he tenido algo así. ¿Cuántos días va a estar? Ahí tiene para cambiarse varias veces —alargaba las vocales sin dejar de mover los músculos de la cara. Solo de mirarla me siento agotada.

Hoy voy a conocer a la tía Hannah, me repito para calmarme.

El hombre que nos ayuda a cerrar el equipaje le pregunta a mamá si le sobra un frasco de analgésicos.

—Aquí son difíciles de conseguir.

No sabemos si se trata de una prueba o si realmente el hombre mal rasurado y vestido de militar quiere quedarse con el frasco de aspirinas porque padece de un dolor de cabeza crónico. Ella se lo entrega, y nos indican la salida.

—Es la primera vez que me pongo nerviosa al pasar aduanas —me dice en voz baja—. Me siento como si hubiera cometido un delito.

Avanzamos entre el tumulto que se agolpa a la salida del aeropuerto a la espera de otros pasajeros, y subimos a un auto enviado por la tía Hannah.

El olor a gasolina me ha mareado: nos recibe al bajarnos del avión, al subir al auto, al entrar en la ciudad. Intento ponerme el cinturón, pero no funciona. Mamá me mira de reojo. Trata de ser amable con el chofer, que parece asustado.

—¿Quieren oír música? —nos pregunta.

—¡No! —contestamos al unísono.

Nos reímos y bajamos las ventanillas para evitar el olor a tabaco impregnado en el forro deshecho de los asientos.

Los baches de las calles y la pésima amortiguación del auto me hacen temer que en cualquier momento salgamos volando por la ventanilla. Mamá no deja de sonreírle, y el chofer se lanza en un largo discurso sobre las dificultades del país y la carencia de recursos para reparar las calles de La Habana.

—Las hay mejores —dice como disculpándose, pero nosotras lo ignoramos.

A medida que nos alejamos del aeropuerto el aire se hace más denso. Me pregunto si toda La Habana será así.

Un joven sin camisa en una bicicleta oxidada se detiene a nuestro lado, debajo del semáforo.

—¡Qué tal! ¿Turistas? ¿De dónde vienen?

A una mirada de nuestro conductor, el chico baja la cabeza y se aleja, sin esperar respuesta.

—¡Un vago! —comenta el chofer, mientras se dirige al Vedado, donde vive la tía Hannah desde que llegó de Berlín. El vecindario donde nació papá.

—Es uno de los mejores barrios de la ciudad —nos aclara el hombre—. Está en el centro, se puede caminar a cualquier lugar.

Dejamos atrás la avenida del aeropuerto y atravesamos una gran plaza, con un obelisco gris al pie de la escultura de uno de los próceres de la isla, rodeada de enormes vallas propagandísticas y modernos edificios donde, nos explica nuestro guía, está la sede del gobierno.

La plaza se abre a una amplia avenida, con un paseo arbolado en el centro y mansiones destartaladas a ambos lados. En varias esquinas, grupos de gente hacen filas delante de casonas despintadas que parecen ser mercados.

—¿Ya estamos en el Vedado? —rompo el silencio, en español, y el chofer asiente con una sonrisa.

Desde una escuela, varios jóvenes en uniforme nos saludan. Parece que tuviéramos una señal de *turistas* estampada en la frente. ¡Ya nos acostumbraremos!

Por alguna razón, presiento que estamos llegando. El chofer disminuye la marcha, se aproxima a la acera y estaciona detrás de un auto del siglo pasado. Mamá me toma de la mano al tiempo que observa una casa despintada con plantas marchitas en el jardín. El portal está vacío y tiene el techo agrietado. Una maltrecha verja de hierro la separa de la acera, levantada en varios puntos por las raíces de un frondoso árbol que parecía estar puesto allí a propósito, para protegerla del duro sol tropical.

Un niño sentado al pie del árbol me saluda y le respondo con una sonrisa. Mamá se aproxima a la casa con las maletas. El niño se me acerca.

—Qué, ¿tú eres familia de la alemana? —me pregunta sin saber si yo hablo español—. ¿Eres alemana? ¿Vienes a vivir aquí o estás de visita?

La andanada de preguntas no me permite pensar qué contestar.

—Yo vivo en la esquina —insiste—, si quieres, te puedo enseñar La Habana. Soy un buen guía, y no tienes que pagarme.

Me echo a reír, y él también.

Trato de entrar al jardín sin tocar la pesada verja de hierro, pero el chico se me adelanta.

—Soy Diego. Entonces, ¿alquilaron un cuarto en la casa de la alemana? Aquí todos comentan que ella es nazi. Que huyó a Cuba al finalizar la guerra.

—Es la tía de mi papá —le respondo—. Lo crió desde que tenía mi edad, cuando se quedó huérfano. Sí, es alemana. Huyó con sus padres antes de que comenzara la guerra. Y no es nazi, de eso puedes estar seguro. ¿Qué más quieres saber? —le pregunto, en un tono áspero.

—¡Bueno, bueno, no te pongas brava! La oferta de llevarte a conocer La Habana sigue en pie. Sales aquí afuera, gritas mi nombre y aparezco en un pestañazo. Si también eres nazi, no me importa.

Su insolencia me hace reír otra vez. Le doy la espalda y entro al portal en el momento en que alguien abre la puerta. Me refugio detrás de mamá, tomándole una mano que ella me aprieta con fuerza.

Al abrirse la puerta de madera carcomida, sentimos olor a agua de violetas.

—Bienvenidas a La Habana —se escucha una voz débil, casi imperceptible, en inglés.

Es la niña del barco.

Aún no puedo ver su rostro. Es difícil determinar si es la voz de una joven o de una anciana. La tía Hannah se mantiene en el umbral, esquivando la luz, como si quisiera evitar ser vista. No se adelanta a saludarnos, sino que abre los brazos para recibirnos dentro.

—Gracias, Ida —le dice a media voz, y enseguida baja la mirada hacia mí, sonriendo:

—¡Qué bonita eres, Anna!

Entro y la abrazo con reserva, un poco sobrecogida. Aún, para mí, es una sombra. El pelo es blanco, con destellos amarillos, con el mismo corte de sus fotos de niña, solo que ya no es rubia ni tiene flequillo. Ahora lleva las puntas hacia dentro, una raya al lado y la melena detrás de las orejas. Comienzo a detallarla con curiosidad. Mamá me coloca una mano en el hombro, como queriendo decir: "¡Basta!".

En la penumbra de la sala, la tía parece tan joven como mamá. Tiene la mandíbula bien marcada y el cuello largo. Es pálida, alta y delgada. Al moverse un poco más hacia la luz, aparecen las arrugas sobre un rostro que comunica placidez. Tengo la sensación de conocer desde hace años a esta mujer que aún me sostiene la mano.

Su blusa es de algodón beige con botones de perlas; la falda gris, estrecha y larga; las medias de seda y los zapatos negros, de tacón bajo.

La tía Hannah habla con suavidad. Entona las vocales y marca las consonantes al final de cada palabra con extremo cuidado.

—Anna, ven. Esta es la casa de tu padre, y también la tuya.

Percibo que su voz clara se quiebra, de manera casi imperceptible. Al mirarla de cerca puedo ver surcos en su rostro, manchas en las manos atravesadas de venas. Sus ojos azules brillan contra una tez tan blanca que parece no haber sido expuesta jamás al sol del trópico.

—Tu padre hubiera sido muy feliz a tu lado —suspiró.

Enseguida nos conduce al fondo de la casa por un pasillo de losas ajedrezadas. Las ventanas cerradas están cubiertas por gruesas cortinas grises.

En el comedor hay un fuerte olor a café recién hecho. Nos sentamos a la mesa, cuya superficie es un espejo cuarteado y lleno de manchas.

La tía Hannah se disculpa, va a la cocina y regresa acompañada de una anciana negra que camina con dificultad. Sirven café para ellas y a mí me ofrecen una limonada. La mujer se acerca y lleva con suavidad mi cabeza a su vientre, que huele a canela y limón.

Nos dice que su nombre es Catalina, y es difícil saber quién ayuda a quién, porque ambas parecen tener la misma edad. Hannah se mantiene erguida, pero Catalina, de estatura mediana, se inclina hacia delante, quizás por el peso de sus enormes pechos. Y arrastra los pies al caminar, no sé si por costumbre o por cansancio.

—¡Niña, eres igualita a tu tía! —exclama, desordenándome el pelo y con una confianza que nos sorprende.

Las dos conversan acerca del viaje, y yo recorro con la vista los techos manchados de humedad, las vigas oxidadas, las paredes deschonchadas, los muebles desvencijados de una familia que parece haber vivido espléndidamente en una época muy lejana.

Mientras mamá hace el recuento de nuestra vida en Nueva York, la tía no deja de observarme. Me pregunta si estoy aburrida, si tal vez no sería buena idea dejarme salir a la calle, para que el niño que habla rápido me lleve a conocer la ciudad.

—Puedes salir a jugar un rato, si quieres —reitera.

No creo que haya nada con qué jugar por aquí, pienso en silencio.

—Mejor quédate y descansa —sugiere mamá. Y saca de su bolso el sobre con las fotos.

Me parece que no es el momento oportuno. Acabamos de llegar. Obligarla a viajar a una época tan lejana quizás sea pedirle demasiado a la tía, pero a mamá parecen habérsele agotado los temas de conversación. Después de todo, acabamos de conocerla.

Me gustaría recorrer el segundo piso, donde deben están las habitaciones. Quisiera que me dejaran sola, descubrir la casa por mi cuenta, ver dónde dormía papá, dónde estaban sus juguetes y sus libros.

Mamá despliega las fotografías de Berlín sobre el espejo roto de la mesa del comedor. Hannah sonríe, aunque creo que preferiría seguir estudiándome en lugar de regresar al pasado.

—Esos fueron los días más felices de mi vida —afirmó.

El azul de sus ojos se hace más profundo al recordar. Siento que cobra vida, aunque es evidente que no le interesa mucho, al menos por ahora, hablar de aquella travesía frustrada. Me sorprende oírle decir que fueron días felices.

—Tenía tu edad, y corría con libertad por la cubierta del barco, a veces hasta altas horas de la noche —me explica, y no sé qué decir.

Hace largos silencios entre una frase y otra.

—¡Mi madre era tan hermosa! Y papá era el hombre más distinguido y respetado del *Saint Louis*.

Toma la foto de un hombre uniformado y nos la muestra.

—Ah, y el Capitán… ¡Lo adorábamos!

Mamá señala la instantánea de un niño, que aparece tanto en las imágenes de Berlín como en las del barco:

—Este chico, ¿quién es?

—¡Oh, es Leo! —y hace una pausa—. Éramos muy niños —otro largo silencio, antes de volver a mirarnos—. Me traicionó, y lo borré de mi vida. Pero creo que ya es hora de perdonar —tercera pausa—. ¿Estaremos algún día preparados para el perdón?

No sabemos qué responder. Esperábamos que contara la historia de la única persona que posaba con gracia, aquel que era, obviamente, el protagonista de la colección de fotos. Me quedé intrigada. Quería saber más sobre Leo: si había llegado a Cuba más tarde, en qué había consistido su traición. Si le pregunto, mamá me mata. Continúa el silencio. La tía toma entonces una postal del barco en medio del océano.

—El *Saint Louis* era el trasatlántico más lujoso que había llegado al puerto de La Habana en aquellos años —rememora, exhalando un suspiro—. Fue nuestra única esperanza, nuestra salvación, o eso pensábamos, querida Anna, hasta que nos dimos cuenta de que nos engañaban. Uno murió durante la travesía y fue lanzado al mar. Solo unos veintiocho pudimos bajar. A los demás los mandaron de vuelta a Europa, y en menos de tres meses comenzó la guerra. Nadie nos quería. Éramos indeseables. Pero yo tenía tu edad, Anna, y no podía entender por qué.

Mamá se incorpora, se acerca a ella y la abraza. Yo lo que deseo es dar por terminada la conversación y acabar con el suplicio al que hemos sometido a la pobre anciana: ¡acabamos de llegar! Y está muy claro que piensa que la única cura para su mal es el olvido. Más bien parece interesada en conocer nuestro presente, pues somos lo único que queda del niño que se hizo hombre a su lado y que desapareció bajo los escombros de dos altos edificios, en una ciudad lejana y desconocida.

—¡Todos los días me pregunto por qué aún sigo viva! —susurra, y de repente empieza a llorar.

Hannah
1939

El auto bordeó la costa y dejó atrás el puerto. Sentimos la lejana sirena del *Saint Louis*, pero mi madre ni siquiera reaccionó. Me volví a mirar por la ventanilla trasera, y vi como nos alejábamos. El barco dejaba atrás la bahía y nosotros nos dirigíamos al centro de la ciudad. Entonces dejé de llorar. Mi padre era apenas un punto en el infinito, otra voz perdida en el enorme trasatlántico donde habíamos sido una familia por última vez.

La señora que viajaba junto al chofer decidió dirigirnos la palabra en el momento en que dejé de llorar.

—Soy la señora Samuels —explicó—. Nos dirigimos al Hotel Nacional. Espero que sea solo por un par de semanas, hasta que la casa del Vedado esté amueblada y lista. El señor Rosenthal dejó todo organizado.

Al oír su nombre me estremecí. Quería borrar el pasado, olvidar, dejar de sufrir. Estábamos en tierra y había perdido a mi padre y a Leo.

—¿Y este sería el equivalente del Hotel Adlon? —preguntó la Divina al entrar al Hotel Nacional, alzando una ceja con ironía.

Por suerte, nuestra habitación no miraba al mar, sino a la ciudad, evitándonos ver la entrada y salida de los barcos en el puerto. De cualquier manera, la vista era lo menos importante: ella mantuvo las cortinas cerradas durante las dos semanas que permanecimos allí.

—Hay que protegerse del sol y del polvo —insistía.

Cuando llegaban a hacer la habitación, profería un tajante "¡No!" si la mucama intentaba correr las cortinas. Cada día venía una empleada diferente, y no salíamos hasta que llegaba al cuarto, solo para que ella pudiera advertirle que no quería ni un rayo de luz allí dentro.

En esas semanas, no mencionó el nombre de papá. Se reunía a diario con la señora Samuels en una de las terrazas del patio interior, la única donde estábamos a salvo de una orquesta que, en su opinión, nada más sabía interpretar guarachas.

—Música de islas —declaraba, con desdén.

En ocasiones le ordenaba al camarero que, por favor, bajaran el volumen de la música o que, directamente, dejaran de tocar.

—Por supuesto, señora Alma —y la respuesta la irritaba aún más, porque el empleado la llamaba por su primer nombre, quizás porque no era capaz de pronunciar su apellido alemán, mientras que ella, una extranjera, podía expresarse en perfecto español.

Mientras tanto, la guaracha continuaba.

Mi madre decidió usar el mismo traje azul índigo en cada uno de los encuentros con la señora Samuels. Al subir a la habitación lo mandaba a lavar y planchar. Esa era nuestra rutina habanera en un hotel al que juró no volver jamás.

Por las mañanas se reunía con nuestro abogado, el señor Dannón, que tramitaba los documentos de estadía en Cuba; por las tardes con el representante del banco canadiense al que papá había transferido gran parte del dinero, y que manejaba nuestra cuenta de fideicomiso; luego con el administrador del hotel, para el que siempre tenía quejas, principalmente de la orquesta y del ruido que entraba en la habitación, aún con las ventanas cerradas.

El día que llegaron las cartas de identidad cubanas, la vi satisfecha. No porque se hubiera resuelto el trámite legal de estadía, que nos permitiría asentarnos en la casa que hasta ese momento se había resistido a visitar, sino porque podría, de una vez y por todas, deshacerse de su apellido ancestral gracias a la burocracia, o a la ignorancia de funcionarios ineptos, incapaces de deletrear Rosenthal. Ahora que habían castellanizado nuestros nombres, sería conocida como "la señora Rosen". A mí me cambiaron el "Hannah" por "Ana", aunque yo decidí que le iba a aclarar a todo el mundo que mi nombre se pronunciaba "Jana", con jota.

No lo mandó a enmendar, aunque sí le insistió al abogado, que llevaba el pelo embadurnado de grasa y fumaba puros, que sería necesario actualizar de inmediato su visado americano, pues debía estar en Nueva York en unos cuatro meses. El hombre nos agobiaba con decretos y resoluciones legales de un gobierno cuya división de poderes se tambaleaba entre lo civil y lo militar. De regreso a la habitación, me repitió, como si yo no lo hubiera escuchado en el barco, que mi hermano nacería en Nueva York.

Al principio me dirigía a ella en alemán, solo para comprobar si aún se mantenía firme en la promesa que le había hecho a mi padre, pero me respondía en español. Decidí que ese sería el idioma en que nos comunicaríamos durante nuestra breve estancia en la isla.

Protestaba de la mañana a la noche, ya fuera por el calor o las arrugas que nos causaría el sol, o por la ausencia de modales de los isleños. Hablaban a gritos, eran impuntuales, abusaban del comino, ponían demasiada azúcar en los postres, las carnes estaban muy cocidas y el agua de beber tenía sabor a cañería oxidada. Comprendí que, mientras más detestaba lo que la rodeaba, más entretenida estaba y con más rapidez olvidaba lo ocurrido a los 906 que habían quedado varados en el *Saint Louis*, evitando así hablar de papá. A esas alturas, no sabíamos que pasaría con ellos, si encontrarían alguna otra isla que los recibiera, si serían devueltos a Alemania.

El día que por fin bajamos al lobby del hotel a encontrarnos con el chofer que nos llevaría a nuestra casa en el barrio del Vedado, el señor Dannón nos comunicó que el *Saint Louis* había desembarcado en Amberes, y que se había logrado que los pasajeros fueran aceptados en Gran Bretaña, Francia, Holanda y Bélgica.

—El señor Rosenthal ya salió en un tren con destino a París.

Ella no reaccionó. Se negó a expresar sentimiento alguno ante un desconocido que sin dudas le cobraba más de lo debido por sus servicios. Se fijó en unos hombres que entraban al hotel con sombreros ligeros de fibra vegetal y camisas con pliegues y botones de nácar. *El uniforme de los cubanos*, pensó, y lo consideró vulgar.

La señora Samuels nos presentó a un chofer vestido con traje negro de abotonadura dorada, y una gorra que más bien parecía de policía. Tenía los ojos desorbitados, y no me fue posible precisar su edad: a veces parecía muy joven, y otras, mayor que papá.

—Buenos días, señora. Soy Eulogio.

Se quitó el sombrero con la mano izquierda y descubrió su oscura cabeza afeitada. Extendió la mano derecha, enorme y callosa, primero a mi madre y luego a mí. Nunca había sentido una mano tan caliente. Era el mismo hombre que nos había recogido unos días antes en el puerto, y al que no habíamos prestado demasiada atención. Me resultó difícil identificar su acento, no sabía si era un cubano típico —hablar incompleto, con "eses" aspiradas— o un extranjero venido de otras islas, o tal vez de África. Ahora el chofer tenía nombre, aunque aún no supiéramos su apellido, y nos acompañaría durante nuestra estancia en Cuba.

Salimos del Hotel Nacional por la avenida O para tomar la calle 23. Las avenidas tenían nombres de letras, y ascendían a medida que avanzábamos. Abrí la ventanilla para sentir la brisa caliente y el alboroto de la ciudad. Cerré los ojos para tratar de imaginar a papá en el tren, junto a Leo y al señor Martin, arribando a la estación Gare du Nord, en París. En un taxi viajarían hasta Le Marais, y en la Rue de Turenne compartirían un piso de tránsito hasta que nuestras visas americanas estuvieran listas.

Comencé a ver, en las calles de La Habana, bulevares de París. Papá sentado en la terraza de un café, con su periódico; yo corriendo con Leo hacia la Place des Vosges, una de las más antiguas de la ciudad, desde la que se puede contemplar la ventana de la habitación donde escribía Víctor Hugo.

Me sentía desubicada. El auto frenó bruscamente y me devolvió a una isla en la que no quisiera permanecer por nada del mundo. Me entretuve mirando unos pequeños bloques de piedra en las esquinas que identificaban las calles.

Doblamos en una avenida llamada Paseo, sombreada de árboles, y luego en la calle 21. Pasamos la avenida A y el auto se detuvo unos pocos metros antes de llegar a la esquina.

Mi madre identificó la casa de solo verla, abrió la pesada reja de hierro y entramos al jardín de crotos amarillos, rojos y verdes, que daba acceso a un pequeño portal techado. Era una casa sólida, de dos plantas, bastante modesta comparada con la mansión aledaña, que ocupaba el doble del terreno de la nuestra. El señor Eulogio comenzó a bajar las maletas y yo me quedé en la acera. Quería explorar el barrio donde viviría durante los próximos meses.

Ella se detuvo en el portal, a la espera de que el hombre con la piel más oscura que hubiera visto en su vida le abriera la puerta. Una señora de baja estatura, con canas en las sienes, apareció en el umbral. Llevaba blusa blanca, falda negra y un delantal azul.

—Bienvenidas —dijo con voz suave y firme—. Soy Hortensia.

Al franquear la puerta se entraba directo a una sala cuadrada, con paredes y techos ornamentados. ¡Un pequeño palacio en medio del Caribe! Los muebles imitaban estilos clásicos franceses: sillones con respaldo de medallón, patas cabriola y detalles dorados. Al verlos, la nueva señora Rosen soltó una sonora carcajada:

—¿A dónde hemos venido a parar? ¡Hannah, bienvenida al Petit Trianon!

Un largo corredor comunicaba la entrada con el fondo de la casa. Al final, estaba el comedor de pesados muebles, con una mesa cuya superficie era un espejo. Una escalera conducía a los cuatro cuartos amplios del segundo piso. Había espejos por todas partes, con marcos dorados e infinitas decoraciones sobre elaborada marquetería.

Mi cuarto miraba a la calle, sobre el portal. Tenía muebles de color verde claro, con una pequeña cómoda en media luna rodeada de espejos y un armario con flores pintadas a mano. Abrí una puerta creyendo que era un clóset y resultó ser mi baño. Me llevé otra sorpresa al ver las baldosas, que me transportaron enseguida a la estación Alexandertplatz: tenían el mismo color verde gris del lugar donde solía encontrarme con Leo al mediodía.

El cuarto de mi madre estaba al fondo, y allí los muebles de madera oscura tenían líneas limpias y rectas. Nos asomamos a la ventana, que mantendríamos cerrada a partir de ahora, y divisamos la casa para huéspedes situada en los altos de un garaje que ocupaba la mayor parte del patio.

—Ahí vivo yo —afirmó Hortensia—. Al lado, está el cuarto de Eulogio.

A mi madre no le hizo ninguna gracia tener a tanta gente viviendo en sus predios, pero no protestó. Al final, pensó que sería mejor tenerlos en casa. La señora Samuels había insistido:

—Son de absoluta confianza.

Abajo había una oficina preparada para papá, y me alegró ver que aún lo teníamos en cuenta. Junto a la oficina, una pequeña biblioteca hizo despertar a mamá del letargo en que la había sumido la primera conversación con aquella señora bajita y regordeta que sería nuestra única compañía quién sabe por cuánto tiempo. Revisó títulos y autores que, en su mayoría, rechazó con sus típicas expresiones: levantaba una ceja, se mordía los labios o movía la cabeza con los ojos entornados.

—¿Literatura cubana? ¡No quiero aquí a un solo autor de esta isla! —decretó, tajante.

No estoy segura de que Hortensia los conociera, pero de todas maneras asentía. Cada vez que mamá pasaba cerca de una ventana, la cerraba, pero permitió que el sol entrara en la cocina y en el comedor, porque en ese momento calculó que serían los espacios de Hortensia, y no se abrían a la calle, sino al patio interior.

—Eulogio es un joven muy trabajador —declaró Hortensia en tono protector, y así pude salir de mis dudas: Eulogio no era viejo, ni siquiera tenía la edad de mis padres. Creo que era unos diez o veinte años mayor que yo, aunque ya tenía la expresión de cansancio de un anciano. La curiosidad me tenía intranquila. Quería saber de dónde era, quiénes eran sus padres, si estaban vivos o muertos.

Subí a mi cuarto y sentí llegar a la señora Samuels. Desde el piso alto podía ser escuchado todo cuanto se hablara en la casa, y también los sonidos que llegaban del exterior. Comenzaba a comprender cómo era vivir en una casa abierta a una ciudad llena de ruidos.

Me arrojé en la cama, cerré los ojos y pensé en papá y en Leo. Debimos habernos quedado con ellos: *¡ahora estaríamos todos en París!* Traté de dormir, de que mi mente se detuviera, pero escuché decir mi nombre y presté atención: permaneceríamos unos tres meses allí, y debíamos mantener absoluta discreción mientras residiéramos en el Petit Trianon.

—En este país no miran con buenos ojos a los extranjeros —explicaba la señora Samuels—. Piensan que venimos a robarles su trabajo, sus propiedades, sus negocios. Eviten usar joyas o trajes demasiado llamativos. No lleven nada valioso. Si salen a la calle, deben mantenerse alejadas de las aglomeraciones. Poco a poco las cosas volverán a la normalidad, y el *Saint Louis* pasará al olvido.

Aquella lista de limitaciones con las que debíamos vivir no nos afectó en lo más mínimo.

—En dos meses comenzarán las clases —agregó la señora Samuels—. La mejor escuela para Hannah es Baldor. Queda más o menos cerca. Yo me ocuparé de los trámites.

¡Dos meses! ¡Una eternidad! En ese instante de iluminación comprendí que nuestra "transición habanera" no sería de meses. Al menos un año.

Al llover, estallan los olores en Cuba. La hierba húmeda, la cal de las paredes, el viento y el salitre se entremezclan. Mi cerebro se activa e intento mantener cada aroma por separado. No me acostumbro a los aguaceros tropicales. Pareciera que el mundo se va a acabar.

—¡Prepárate para los huracanes! Ya verás desde la ventana las tejas volar, los árboles caer. ¡Solo aquí, Ana! —exclama Hortensia.

—Debe agregarle una jota a mi *Ana*, si quiere que le responda, porque aunque me hayan inscrito en Cuba sin la *h*, mi nombre es *Jana* —la corrijo de inmediato, con toda la severidad de la que soy capaz.

—¡Ay, chica, *Ana* es más fácil, pero como quieras, *Jana*! Ya veremos, porque en la escuela no vas a estar corrigiendo a todo el mundo.

En ese momento pensé en Eva. Era la primera vez que la recordaba desde que salimos de Berlín. Eva era parte de la familia, había estado conmigo desde que nací, y no obstante, siempre nos trataba con respeto. Hortensia, que nos acababa de conocer, se dirigía a nosotras con una confianza a la que no estábamos acostumbradas.

El verano llegaba a su fin —si es que en alguna época deja de ser verano en esta isla— el día que recibimos las primeras noticias de papá. Su carta demoró más de un mes en llegar a La Habana, con matasellos de París. Eulogio le entregó a mi madre la correspondencia y ella corrió a encerrarse en su cuarto. No quiso bajar a comer, no respondió a ninguno de nuestros llamados.

—Estoy bien, no se preocupen —fue su única explicación.

Pensamos que quizás su retiro tuviera que ver con los resultados de los exámenes médicos, pues iba sola al doctor, y jamás permitió que Hortensia o yo la acompañáramos. Quizás el bebé venía con problemas, o la señora tuviera la presión baja, o sangrados, especuló Hortensia.

—Dejémosla reposar —aconsejó.

Mamá esperó a que las luces de la casa se apagaran, y a que Hortensia y Eulogio se retiraran, para entrar a mi cuarto. Siempre detestó mostrar sus sentimientos ante los extraños.

—Recibimos noticias de papá —dijo, sin más, y se acostó a mi lado, como en la época en que teníamos el mundo a nuestros pies.

A papá no le era fácil comunicarse con nosotras. El plan era que nos reuniríamos en La Habana o en Nueva York. Estaba viviendo con austeridad, en un barrio bastante tranquilo de París. Todavía había tensión por allá, aunque no pudiera compararse con Berlín.

Quiero que me cuente más, que me dé detalles.

—Nos pide que nos cuidemos, que nos alimentemos bien, que pensemos en la criatura que viene en camino. Debemos ser pacientes, Hannah.

Lo intentaría, no tenía otra opción. Pero necesitaba ver, oír a papá.

—¿Por qué no me escribió unas líneas a mí? —me atreví a reclamarle.

—Papá te adora, sabe que eres muy fuerte, mucho más fuerte que yo, y te lo ha dicho.

Me quedé dormida en su brazos. No tuve pesadillas. Me dejé llevar por un sueño profundo. Mañana sería otro día, aunque aquí lo peor era el paso del tiempo: denso, lento, con demasiadas pausas. Un día podía ser una eternidad, pero ya nos acostumbraríamos.

En realidad, quería saber de Leo. Saber si su papá y él compartían la misma habitación en Le Marais. Si estaban a salvo. Papá debía haberlo mencionado en su carta. Quise preguntarle; pero no: mejor entraría a su cuarto y buscaría la carta, la leería en secreto, o incluso podría quedarme con ella. Solo me detuvo el temor a que se repitiera el episodio del *Saint Louis*: no podía suceder lo mismo que había pasado con las cápsulas. Si mamá enloqueciera en La Habana podría perderla, podrían llevársela a una clínica, encerrarla, o quizás deportarla, y no volvería a verla más. ¡Pero yo quería ver, sentir la caligrafía de papá!

Nunca accedió a enseñarme la carta, y hasta llegué a pensar que se la había inventado para mantenerme ilusionada, a sabiendas de que ninguna de las dos tendríamos futuro, que papá había muerto en la travesía o que nunca encontró un país que lo aceptara y terminó de vuelta en Alemania.

Nunca he podido entenderla. Lo he intentado, pero el problema es que somos muy diferentes. Ella lo sabía.

Con papá era distinto. No se avergonzaba de expresar lo que sentía, ya fuese dolor, frustración, pérdida o fracaso. Yo era su niña, la única que lo comprendía y la única persona en quien podía refugiarse. La única que no le reclamaba ni lo culpaba de nada.

El día en que por fin mamá viajaba a Nueva York, con una chaqueta ancha que encubría su embarazo, nos llamó a Hortensia y a mí a la sala antes de desayunar. Tomó las manos de Hortensia con firmeza y la miró fijamente a los ojos.

—No quiero a Hannah fuera de la casa. Manténganse aquí siempre que puedan. Los lunes por la mañana pasará el señor Dannón para ver qué necesitan. Cuídame a Hannah, Hortensia —le dijo, y selló su petición con una rápida sonrisa.

Mientras ella estaba lejos, albergué la esperanza de que papá escribiera, de que su carta llegara a mis manos y no a las suyas… pero nada. La guerra había comenzado, e imaginé a papá escondido, sin salir de su oscura buhardilla, en la grisura interminable del otoño y el invierno parisinos.

∞

Sin mi madre en casa, la vida era más ligera. Abríamos las ventanas y yo ayudaba a Hortensia con los quehaceres. Me enseñó a cocinar natilla, arroz con leche, pudín de pan, flan de calabaza; los postres que había aprendido de su abuela materna, que era gallega y muy buena repostera.

Un día le dije que quería aprender a hacer una torta con merengue blanco, para cuando celebráramos algún cumpleaños. Hortensia continuó con su faena, sin contestarme.

—¿Cuándo es tu cumpleaños? —insistí.

Se encogió de hombros.

Tuve la impresión de que no inscribían a los nacidos en Cuba. O de que Hortensia pudo haber llegado de otro país, de España, como su abuela, y por eso no tenía documentos legales.

—Soy testigo de Jehová —dijo, circunspecta—. Nosotros no celebramos cumpleaños ni Navidades.

Me dio la espalda y se fue a fregar. Me avergoncé de mi indiscreción, de haberla puesto en apuros, e intenté ponerme en su lugar. Recordé los días en Berlín, nuestra amargura, el desprecio a nuestro alrededor. Una religión impura. A su manera, también Hortensia era impura. Cerré los ojos y la vi perseguida por las calles de Berlín, golpeada, detenida, expulsada de su casa.

Por su expresión, me imaginé que esos "testigos" también eran indeseables en La Habana. Hortensia no mencionó su condición con orgullo, aunque tampoco con vergüenza, sino con el tono de voz de algo que debe permanecer en privado.

No te preocupes, pensé decirle. *Nosotros tampoco celebramos las Navidades. A no ser que mi madre, en su nueva vida habanera, decida comenzar a hacerlo para pasar por "persona normal", ocultando que es una refugiada sin país que la acepte.*

Me encantaba pasar tiempo con Hortensia, que era viuda, según me contó una de esas noches habaneras sin brisa. En aquellos días, para que no me sintiera tan desamparada en la casa, Hortensia dormía en el cuarto contiguo al mío. Yo le aseguraba que no sentía miedo, que podía quedarme sola, que ya tenía doce años. Pero le había hecho una promesa a mi madre, y su palabra empeñada constituía una deuda para ella.

Su marido había muerto de una terrible enfermedad sobre la que preferí no indagar. Tenía una hermana menor, Esperanza, que vivía en las afueras de La Habana y que recién se había casado.

—Fue una boda muy linda, Jana —me contó con los ojos iluminados, tal vez porque la suya había sido insignificante, o porque terminó en desgracia.

Nunca tuvo hijos. Ahora su hermana se ocuparía de hacer crecer a una familia que corría el riesgo de quedarse sin descendientes.

—Ella es testigo, y su esposo también —dijo en voz baja.

Crecía nuestro secreto, y decidimos que no lo compartiríamos con nadie.

Yo había comenzado a asistir a Baldor y cada día regresaba más convencida de que no tenía nada nuevo que aprender. Me aburría en la escuela, donde pretendían entrenarme para ser una niña de bien. Clases de corte y costura, cocina, mecanografía, artes manuales, caligrafía. Me llamaban "la polaca", y yo lo permitía. No intenté hacer amigos porque sabía que al final nos iríamos de esta isla en la que nada se nos había perdido. En la escuela se hablaba todo el tiempo de la guerra, y eso era lo que de veras me angustiaba.

Siempre que llegaba el correo, esperaba encontrar alguna carta de papá, pero lo único que recibíamos eran postales de mi madre desde Nueva York. Me pasó por la mente que ella podía decidir, por el bien del bebé, quedarse a vivir en nuestro apartamento de Manhattan. Habría que ver quién se ocuparía de los gastos, de mi visa y mis documentos; yo no tenía acceso a nada. Me sentía desvalida y me refugié en Hortensia, que me hablaba más de la vida de sus padres en España que de la suya en Cuba. Quizás esta fuera también una isla de tránsito para esta mujer, viuda y sin hijos, condenada a enterrar aquí a sus seres queridos y donde muy probablemente la enterraran también a ella, porque España fue una ilusión que quedó en el pasado.

ভ্ট৪

—Es un varón. Pesó siete libras. Lo llamaron Gustav. La señora Alma avisó cuando estabas en la escuela.

Hortensia estaba aún más feliz que yo. Me contaba los detalles sin dejar de revolver una crema que se cocinaba a fuego lento. Creo que me habría ilusionado más la idea de tener una hermana, con quien poder jugar y con la que pudiera ir a vivir a París, junto a papá.

—Haber tenido un varón es lo mejor que podía haber pasado —aseguraba Hortensia—. Un hombre puede buscarse la vida y cuidar de ustedes, dos mujeres solas en este país.

Al enterarme de que ya no era hija única, me fui a nuestra pequeña biblioteca con la idea de darle una sorpresa a mi madre cuando regresara, y me dediqué a sacar de los anaqueles los libros de autores de la isla, como había ordenado al tomar posesión de la casa. Ese sería mi regalo.

Eulogio nos llevó a una librería en el centro de La Habana, y buscamos cuanto hubiera de literatura francesa. El único problema era que los libros estaban en español. No había ediciones en idioma original. Hortensia me señaló al hombre que atendía la librería, o que quizás fuera el dueño.

—Es un "polaco", como tú.

—No soy polaca —insistí, sin poder contenerme—. ¡Qué obsesión con los polacos!

El hombre sonrió al verme; al parecer había percibido de inmediato que yo era un fantasma como él. Que llevaba la misma mancha en el rostro. Que ambos éramos indeseables, perdidos en una ciudad castigada sin piedad por los rayos solares. Hortensia y yo nos acercamos a preguntarle por los libros en lenguas originales.

Primero se dirigió a mí en hebreo, y me sobresalté. Luego me habló en alemán y yo, sin titubear, le contesté en español. Al ver que yo no cedía, el hombre me recordó, de nuevo en hebreo, que nadie entendería lo que hablábamos, que no tenía por qué asustarme. Se me humedecieron los ojos y él pudo ver el terror en mi rostro.

No llores, Hannah, no te han hecho nada, cálmate, cálmate…, me decía a mí misma, y sentía que las piernas me flaqueaban. *¡No debí salir de casa, debí haber seguido el consejo de la señora Samuels! Mantenerme escondida, sin llamar la atención, evitar a los nativos, vivir con las ventanas cerradas, en la oscuridad total.*

Recuperé mis fuerzas sin transigir.

—¿Dónde puedo encontrar libros de Proust en francés?—, le pregunté en español.

El hombre, que tenía una nariz enorme, el pelo rizado y los hombros del traje cubiertos de caspa, me contestó en un español con restos de alemán que, a causa de la guerra, no podía garantizar los envíos de libros desde Europa.

—Antes se podían encargar y llegaban de Francia en menos de un mes.

Con una amable sonrisa, luego de una larga explicación en un francés mucho más fluido que su español, me preguntó si era francesa.

Solo atiné a darle las gracias, y Hortensia quedó un poco desconcertada con mi torpeza, pero no hizo preguntas. Partimos con un cargamento que mi madre, ciertamente, iba a adorar: Flaubert, Proust, Hugo, Balzac, Dumas… todos en castellano. Los adornos perfectos para su Petit Trianon. Estaba por verse si Gustav le dejaría tiempo para la lectura, que siempre había sido uno de sus mayores placeres.

Eulogio no entendió para qué queríamos más libros, si aún no habíamos leído los que teníamos en la biblioteca. Opinaba que su única utilidad era evitar que los estantes se vieran vacíos. ¡Cosas de ricos!

En ausencia de "la señora Alma" transgredíamos las reglas. Por ejemplo, Hortensia se sentaba conmigo en el asiento trasero del auto, y me insistía en que debía buscar amigos:

—En unos años, que pasarán volando, si no te casas, vas a quedarte solterona. Y en una señorita, eso no es nada bueno que digamos.

Sus comentarios me hacían reír, y la brisa que entraba por las ventanillas abiertas del auto nos despeinaba. Me vino a la memoria el rostro de Leo. Estaba convencida de que él vendría a buscarme y que estaríamos juntos toda la vida. Pero aquel era mi más íntimo secreto, y no tenía por qué confesárselo a Hortensia.

Lo mejor de mis días con ella fue que me hicieron olvidar un poco nuestros verdaderos problemas. Aprendí que, para sobrevivir, lo más conveniente era vivir en el presente. En esta isla no hay pasado ni futuro. El destino es hoy.

Poco antes de llegar a la casa, mientras recorríamos en el auto aquellas calles llenas de conductores que ignoraban direcciones y señales, me atreví a preguntarle a Eulogio sobre sus padres. Su familia era muy pobre, me contó. Su padre había abandonado a su madre. Eran nueve hermanos: seis varones y tres hembras. Eulogio era el del medio. Logró salir de la miseria gracias a un tío materno que era chofer y que lo entrenó. El tío decía que, de todos sus hermanos, él era el único que era honesto y "tenía presencia". Ayudaba a su madre y, cada vez que podía, iba a visitarla. Sus hermanos habían hecho sus vidas y estaban dispersos por el país. Sus abuelos habían sido esclavos africanos, pero su familia era de Guanabacoa, un pequeño pueblo, muy hermoso y rodeado de colinas, donde todo el mundo se conoce.

—¿Dónde está Guanabacoa? —le pregunté, intrigada.

—Está en las afueras, al sureste de la ciudad, no muy lejos de aquí. Un día te voy a llevar. Apuesto que te gustará. Ahí crecí, lo conozco como la palma de mi mano.

Pisó los frenos para darle paso a una señora que empujaba un cochecito de bebé.

—Allí está también el cementerio de ustedes —añadió.

No entendí lo que quería decir. Hubo un momento de silencio. Fue una situación embarazosa, en especial para Hortensia, que se sentía culpable por haberme permitido entrar en confianza con un empleado. Si mi madre se enteraba, ella y Eulogio podían ser despedidos.

En vez de quedarme callada, seguí indagando.

—¿El cementerio de quién?

Hortensia lo miró, a la espera de sus próximas palabras. Al doblar la esquina de Paseo para entrar en la calle 21, Eulogio me lo aclaró:

—El cementerio de los polacos.

Anna

2014

Nuestra primera salida en La Habana es a un cementerio. Nunca antes había entrado a una ciudad dedicada a los muertos. La tía ha insistido en visitar a Alma —su madre, la abuela de papá, mi bisabuela—, que reposa en tierra cubana desde 1970. A mamá no le encanta la idea, pero al ver mi ademán de entusiasmo, consiente.

Subimos a otro auto destartalado; Catalina delante y nosotras detrás. La tía se ha bañado en agua de violetas. Mamá va cubierta de una espesa capa de protector solar que le da un aspecto cadavérico. Al subir por la avenida 12 y cruzar la calle 23 para entrar al cementerio, me agreden los aromas de tantas flores, cortadas solo para apaciguar a los vivos. No sé por qué asocio el perfume de los nardos a los funerales, si nunca he estado en ninguno.

A esta hora del día, los perfumes violentos de las rosas y los jazmines, se mezclan sin compasión con el azahar y la albahaca. Ramilletes de un verde intenso, rosas rojas, amarillas y blancas comparten una carretilla, arrastrada por una vieja consumida, con el pelo desgreñado y la piel quemada por el sol.

Quiero comenzar a tomar fotos, pero el auto sigue en movimiento. Nos detenemos para que Catalina compre sus rosas. El olor que despide la vieja, mezcla de cigarrillo y sudor, me obliga a contener la respiración al enfocarla con la cámara y percibir que se asusta. Cuando ya los pulmones me piden oxígeno a gritos, me acerco a la tía, para protegerme con su fragancia de violetas y evitar, de paso, la pestilencia de una calle llena de huecos que conduce a la monumental entrada. ¡Demasiados olores!

La tía toma mi gesto como una manifestación de cariño y me acaricia las mejillas, encendidas por el calor. Mamá está orgullosa de mí. Yo, la niña esquiva y solitaria, soy amable con la única persona que representa un lazo con el padre que nunca conocí. Cierro los ojos y me dejo llevar. Me siento, por primera vez, cercana a la tía.

El cementerio es una verdadera ciudad intramuros. La monumental entrada de mármol está coronada por una escultura de tema religioso.

—Son la Caridad, la Fe y la Esperanza —nos explica Catalina, y yo trato de seguir con la vista cada detalle. Estacionamos dentro del cementerio, el resto de la visita lo haremos a pie. Catalina lleva rosas rojas y blancas, y hojas de albahaca detrás de la oreja.

—Me refrescan —aclara.

Al comprender que trato de reparar en todo lo que sucede a mi alrededor, ella se convierte en mi intérprete.

—La señora Alma aún no ha encontrado la paz. Sufrió mucho. Se fue con una maleta llena, y a la tumba uno debe llegar lo más ligero posible. Recuerda lo que te digo, mija. Y eso va también para ti…—alza la voz para que la escuche la tía Hannah.

Nos sorprende la familiaridad con que Catalina trata a la tía. No comprendemos si es falta de educación o extrema confianza. Lo cierto es que no la llama "usted", aunque le demuestra respeto. Le habla como si tuviera más experiencia.

—El pasado hay que dejarlo atrás —resume Catalina, oliendo las rosas, y continúa— Estas son para la señora Alma. ¡Ella todavía necesita mucha ayuda!

Vamos despacio, no a causa de la tía, sino de Catalina, a quien le pesan las piernas. No deja de abanicarse. La tía se sostiene del brazo de mamá, que observa las calles llenas de mausoleos. Al salir de la avenida principal nos sorprende un mar de esculturas de mármol, cruces hasta donde se pierde la vista, ramas de laurel y antorchas invertidas que adornan los nichos de los fallecidos. Una verdadera oda a la muerte.

Algunos mausoleos parecen palacios desahuciados y, según la tía, muchos han sido presa de toda clase de actos vandálicos. "¡Qué gran sociedad venida a menos!", me comenta en voz baja mamá.

Me detengo a leer las lápidas. Hay una dedicada a los próceres de la república; otra a los bomberos; otra a los mártires; no pueden faltar el panteón militar y el literario. En una tumba descubro este epitafio: "Bondadoso caminante: Abstrae tu mente del ingrato mundo unos momentos, y dedica un pensamiento de amor y paz a estos dos seres a quienes el destino truncó su felicidad terrenal y cuyos restos mortales reposan en esta sepultura cumpliendo un sagrado juramento. Te damos las gracias desde lo eterno". La literatura fúnebre me distrae del insoportable calor de mayo.

A pedido de Catalina, nos acercamos a la capilla central. Quiere rezar por sus muertos, dice, y supongo que también por los nuestros. Mientras la esperamos, nos mantenemos en silencio. A su regreso, doblamos en la intersección Fray Jacinto en busca del lote de los Rosen, hasta que llegamos a un mausoleo con seis columnas y un pórtico abierto. Un templo que ofrece sombra a los muertos, y también a quienes vienen a visitarlos. En el frontón está grabado el nombre de la familia: Rosen.

Hay cinco lápidas, una para cada uno de los Rosen, sin importar que hubiesen nacido, vivido o muerto en este supuesto lugar de tránsito. La primera reza "Max Rosen, 1895-1942"; la segunda "Alma Rosen, 1900-1970"; la tercera "Gustav Rosen, 1939-1968"; la cuarta es la dedicada a papá, "Louis Rosen, 1959-2001". Una quinta lápida permanece en blanco. Supongo que es la reservada a la tía, la última Rosen en la isla.

Catalina se arrodilla con mucho esfuerzo frente a la tumba de la bisabuela Alma porque, a fin de cuentas, nos aclara, es la única que realmente contiene un cuerpo. Las otras son sepulturas simbólicas. El mausoleo guardará para la eternidad solo a las dos mujeres que un día descendieron de un trasatlántico sin destino. Los hombres de la familia murieron lejos, y nunca se recuperaron sus cuerpos.

Catalina junta las manos, baja la cabeza y permanece por unos minutos diciendo sus plegarias por una mujer que "vino al mundo a sufrir y se fue llena de dolor". Acomoda las rosas sobre la lápida de mi bisabuela y se incorpora muy despacio. Mamá extrae cuatro piedras de su bolso —¿dónde las habrá recogido?— y las coloca en cada una de las tumbas con nombre. Catalina la mira casi ofendida, abriendo mucho los ojos para demostrar su asombro, como a la espera de una explicación que nadie se digna a ofrecerle. Para ella, ha sido un gesto descortés.

—No hay muerto en el mundo que prefiera una piedra en lugar de una flor —me reafirma en voz baja, para no incomodar a mamá ni a la tía, que observa complacida el gesto de esa mujer que también amó a su querido Louis.

—Las flores se marchitan —le explico a Catalina—; las piedras quedan. Estarán ahí siempre, a menos que alguien se atreva a quitarlas. Las piedras resguardan.

Por mucho que se lo explique, Catalina nunca entenderá. Las rosas, según su razonamiento, han costado dinero, fueron cultivadas y cuidadas. Las piedras, cubiertas de polvo, sabe Dios de dónde habrán salido. No está bien que sean depositadas junto a los muertos.

Enfrascada aún en este debate que no conduce a ninguna parte, Catalina se interrumpe, me toma de la mano y me pide que la siga. La tía y mamá permanecen en silencio en el mausoleo que mi bisabuela ordenó construir cuando recibió la noticia de la muerte del bisabuelo. En el camino hacia acá, la tía nos contó que, aquel día, Alma hizo una promesa: tanto los Rosen que terminaran sus días en la isla, como los que nacieran aquí, debían ser enterrados en el panteón. Para la bisabuela no existía el perdón. La culpa de su desgracia y de la tragedia de su familia, la tendría que pagar esta tierra durante, decía, al menos cien años.

—¡La maldición de los Rosen!—resume la tía con una suave sonrisa, resignada al odio que su madre intentó inculcarle sin éxito.

Catalina me guía hasta una tumba muy visitada, cubierta de flores. Veo que varias personas permanecen en actitud de veneración ante la imagen en mármol blanco de una mujer con un bebé en brazos, recostada a una cruz. Los devotos abandonan el lugar sin atreverse a darle la espalda a la escultura.

Levanto la cámara y Catalina me dirige una mirada severa.

—Aquí no —me ordena y cubre el lente con su mano.

Cierra los ojos, se mantiene en silencio por unos minutos y anuncia sin más detalles:

—Es la tumba de Amelia, la Milagrosa.

A la espera de su explicación, continúo contemplando el discreto ritual de los peregrinos.

—La Milagrosa fue una mujer que murió en el parto. La enterraron con el bebé a sus pies y años más tarde, al abrir la tumba, encontraron al niño en sus brazos.

Catalina me obliga a acercarme y me hace acariciar la cabeza del bebé de mármol:

—Para la buena suerte —me susurra.

De regreso a nuestro panteón, vemos a la tía con una mano sobre la lápida de su madre. Se incorpora y pienso que nos tocará a nosotros, sus descendientes, grabar su nombre en la lápida que le está destinada. Algún día vendremos y le dejaremos una piedra. Catalina, si la sobrevive, le traerá flores.

—Creo que llegó la hora de recuperar nuestro verdadero apellido —dice con voz grave la tía Hannah, observando el frontón del pequeño templo griego en medio del Caribe—. De que volvamos a ser los Rosenthal.

Le hablaba a su madre, al tiempo que colocaba otra piedra sobre la lápida.

Al anochecer regresamos a casa, y mamá y yo nos vamos a la cama sin cenar. Creo que hemos alarmado un poco a la tía y a Catalina, pero lo cierto es que estamos extenuadas. En la cama, mamá no deja de hablar de la tía hasta que me quedo dormida.

Dice que la tía es delgada y frágil, pero que su dignidad le sirve de coraza. A mí me impresiona también su blancura, que hace que el azul de sus ojos resplandezca; y su torso derecho como el de una bailarina. Aunque sus gestos son firmes, mamá opina que su feminidad les da una dulzura inusual. A pesar de lo que ha sufrido, la tía se niega a mostrar una pizca de amargura en su rostro.

—Te veo en ella, Anna. Has heredado su belleza y su firmeza —me susurra al oído, y casi no la escucho porque el sueño me rinde—. ¡Ha sido una gran suerte haberla encontrado!

Hannah
1940-1942

Mi madre extrañaba los amaneceres fríos. Detestaba el eterno verano y los interminables aguaceros tropicales.

—Un archipiélago para ranas y salvajes. ¿No sientes nostalgia por las estaciones? ¿Alguna vez volveremos a disfrutar del otoño, el invierno, la primavera...? El verano debe ser un período de transición, Hannah —repetía.

Vivimos en una isla con dos estaciones, la lluvia y la seca; donde la vegetación brota con rabia; donde todos se quejan y hablan del pasado. ¡Si realmente supieran lo que es el pasado! El pasado no existe, es una ilusión. No se puede volver atrás.

Regresó a casa con Gustav un caluroso y húmedo 31 de diciembre. Era el bebé más pequeño que yo hubiera visto. Sin un pelo en la cabeza, y muy gruñón.

—Parece un viejito cascarrabias —reía Hortensia.

La llegada del bebé había cambiado a la intransigente "señora Alma", al menos por el momento. No se quejó de las ventanas abiertas que dejaban entrar los rayos de sol, o de la gritería de la vecina que embutía a sus hijos con arroz y frijoles negros. Tampoco pareció molestarle que oyéramos en la radio de la cocina radionovelas absurdas, plagadas de traiciones, lágrimas y embarazos ilegítimos, ni que Hortensia me enseñara a preparar deliciosos buñuelos, o que inundáramos la casa con esencia de vainilla y canela.

Esa primera noche nos quedamos solas con el bebé. Eulogio fue a esperar el año nuevo con su familia en Guanabacoa, y Hortensia nos pidió unos días de asueto. No regresarían hasta el 6 de enero. Tan pronto como partieron, me reveló una sorpresa:

—¡Papá esta bien!

No le pregunté cómo lo sabía. Si había recibido otra carta no me lo revelaría. Traté de no expresar emoción alguna, mantuve el rostro impasible y continué haciéndole gracias a aquel bebé amorfo que no reaccionaba con mis canciones, mis gracias ni mis chillidos.

Sin noticias de Leo, fue lo único que pensé. Era difícil para mí entender por qué no recibía ni una mínima señal suya.

Me di cuenta de que estábamos solas por primera vez en una ciudad extraña, una ciudad hostil. Solas y con un bebé recién nacido: sin médico de cabecera, sin nadie a quién acudir en caso de emergencia. Hortensia nos había dejado alguna carne preparada, yo me ocuparía del resto. Al verme tomar control de la cocina, mi madre no daba crédito a sus ojos. Su gesto parecía decir: *¡La he perdido! Otro mes fuera de aquí, y no la reconozco...*

Regresó a su cuarto, con el bebé en la canasta de mimbre que Hortensia había traído a casa antes de que volvieran de Nueva York. La había forrado primorosamente con pañales bordados en seda azul, y la llamaba "moisés": "Mueve el moisés para acá", "¡No pongas tan alto el moisés!", "Mece al bebé en el moisés y verás como se duerme", repetía, y al principio nosotras nos mirábamos sin entender de qué hablaba.

Lo cierto es que el famoso "moisés" fue de gran ayuda durante los primeros meses de Gustav, porque podíamos transportarlo con facilidad por toda la casa, e incluso sacarlo al patio para que al atardecer, o temprano en la mañana, recibiera un poco de sol, el más suave del día—si es que podía hablarse de suavidad. Mi madre repetía que los bebés, como las plantas, necesitaban calor y luz para crecer, y yo me ocupaba de los baños de sol de mi hermano.

Aquel 31 de diciembre, alrededor de las nueve de la noche, los tres nos quedamos dormidos en el cuarto de mi madre. Había sido un día largo y agotador. Era necesario alimentar a Gustav cada tres horas, porque de lo contrario sus gritos podían escucharse en el Polo Norte. Cada vez que ella lo amamantaba se quedaba dormido, pero apenas se despertaba comenzaba a chillar de nuevo. Un ciclo que no tenía fin.

No nos sentíamos con ánimos de celebración. En realidad, no teníamos nada que festejar: nosotras, varadas en el Caribe; papá, escondido junto a otros impuros en un barrio de París, con los Ogros pisándoles los talones. Y ahora, un niño que, con cada minuto que transcurría, me hacía preguntarme por qué lo habríamos traído a este mundo hostil. Así, nos fuimos a la cama, casi sin percatarnos de que terminaba un año y comenzaba otro, tan terrible como el que habíamos dejado atrás.

A medianoche escuchamos disparos y una algarabía inusual en aquel barrio tan tranquilo. Mamá se levantó sobresaltada, cerró la ventana y corrió las cortinas. Fuimos a mi cuarto para asomarnos por las persianas y vimos a los vecinos lanzando baldes de agua a la calle. Algunos, incluso, arrojaban agua con hielo. No entendíamos qué sucedía, si estábamos bajo amenaza o si se trataba de alguna extravagante tradición local.

La vecina de al lado abrió, con un gesto desenfrenado, una botella de champán: el corcho salió disparado y casi golpea nuestra ventana; después bebió directamente de la botella y se la pasó a su marido, un hombre calvo, sin camisa, con el pecho muy velludo. Entonces comenzó la música. Guarachas mezcladas con gritos de "¡Feliz año nuevo!" que salían de todas partes.

Dejábamos otra década atrás. El siniestro 1939 era parte del pasado.

Mi madre miraba el insólito espectáculo desde su Petit Trianon, protegida por los muros de la casa que transformaría en fortaleza.

Al vernos en la ventana, la vecina alzó su botella burbujeante y nos deseó un "¡Feliz 1940!".

Nos fuimos a dormir y, al despertar, ya estábamos en la nueva década. Nos había cambiado la vida. Teníamos a un nuevo miembro en la familia, un niño que pasaría más tiempo en brazos de una desconocida que en los de su madre. Poco a poco y aunque nos pesara admitirlo, Hortensia se iría convirtiendo, a su manera, en otra Rosenthal.

☙

No entendía por qué aquella mujer se empecinaba en cubrir a mi hermano de talco y mojarle la cabeza con agua de colonia con cada cambio de ropa. El niño comenzaba a gritar en el instante que lo rociaban con aquel alcohol perfumado color lila.

—Lo refresca —insistía.

En esta isla, "refrescarse" es una manía. Más bien, una especie de obsesión. La idea de "refrescarse" le da sentido a la presencia de los árboles, las palmas, los cocoteros, las sombrillas, los ventiladores, los abanicos y la limonada, que se bebe a toda hora. "Siéntate aquí, al lado de la ventana, para que te dé la brisa. Vamos por la acera de enfrente, que es la de la sombra. Esperemos a que el sol baje. Date un chapuzón. Cúbrete la cabeza. Abre la ventana para que corra el aire…". Pocas cosas son consideradas más importantes que "refrescarse".

Hortensia hizo pintar de azul el cuarto de mi hermano, y colgó en las ventanas cortinas de encaje en combinación con los muebles blancos. Gustav era apenas una mancha rojiza en medio de las sábanas azules. Un caballito de madera, abandonado debajo de la ventana, y un oso gris con la mirada triste eran sus únicos juguetes.

Le hablábamos en inglés, preparándolo para nuestro viaje a Nueva York, a vivir con papá. Hortensia nos miraba extrañada e intentaba descifrar un lenguaje que le sonaba áspero.

—¿Para qué complicarle la vida a un niño que aún no ha pronunciado su primera palabra? —murmuraba para sí.

Ella le hablaba en español, con una suavidad y una cadencia maternal para las que no habíamos sido entrenadas. Una mañana, mientras lo cambiaba, la oímos conversar con Gustav, a quien ya comenzaban a aparecerle la cabellera rojiza y las primeras pecas.

—¿Qué dice mi *polaquito* hermoso?

Abrimos los ojos y no hicimos ningún comentario. Solo nos reímos en silencio y dejamos que continuara. Ese día caí en la cuenta de que mi madre no había circuncidado a Gustav, violando un pacto de siglos. No la juzgué, no tenía derecho a hacerlo. Comprendí que se dedicaba a borrar cada posible huella de culpa, la culpa por la que huimos del país al que alguna vez pensé pertenecer. Quería salvar a su hijo; que tuviera la oportunidad de comenzar de cero. Él había nacido en Nueva York y mientras viviera en Cuba, nunca conocería el origen de sus padres. Su plan era perfecto.

De cualquier manera, circuncidado o no, Gustav sería aquí un "polaco" más.

Sin consultarnos, Hortensia, le había regalado una pequeña joya al niño. Mi madre se sintió un poco incómoda, pues no sabía si agradecérsela, devolvérsela o remunerársela. Además, pensaba que llevar en sus camisones un broche, aunque fuese de oro, podía ser peligroso para el bebé. La pequeña cuenta de ónix que colgaba de un alfiler fue colocada permanentemente en su bata de hilo blanco, del lado del corazón.

—Es un azabache, para protegerlo de todo mal —le explicó muy seria Hortensia a mi madre, sin esperar aprobación o rechazo, pues estaba segura de que también nosotras queríamos el bien para el niño.

Aquella piedra negra en su pecho se convertiría en su inseparable talismán. Lo aceptamos porque, si parte de la infancia de Gustav iba a transcurrir aquí, tendría que aprender a vivir con las costumbres y tradiciones del país que lo había acogido.

✑

En cuestión de meses, mi cuerpo comenzó a transformarse: curvas y volúmenes brotaban donde menos los esperaba. Empecé a usar blusas holgadas, más bien por el calor, pero una mañana, al verme sacar a Gustav del moisés, mi madre pareció percibirlo de repente, y se fue a la cocina a secretear con Hortensia.

Yo no estaba lista para convertirme en mujer. Aún veía en sueños a Leo como un niño y me aterraba pensar que yo crecía mientras él permanecía pequeño, como en mi recuerdo.

Pocos días después, Eulogio apareció con el encargo que alteraría la vida en el Petit Trianon: la máquina de coser Singer, junto a un cargamento de tela que fue difícil acomodar en la entrada del comedor. Me pareció divertido, porque al menos ahora tendríamos un proyecto concreto, y me dispuse a organizar en un armario los rollos de tela de colores, cajas de botones, ovillos de hilo, cintas de seda, rollos de encaje, elásticos y cremalleras. Había también largos pliegos de papel, patrones de cartón para diferentes tallas, cintas métricas, agujas y dedales.

La pequeña mesa con base de hierro escondía en su interior lo que Hortensia llamaba "el brazo": un mecanismo preciso y minúsculo de agujas, carretes y poleas. En la parte inferior, tenía un pedal que me encantaba usar cada vez que me pedían rebobinar el hilo interior, porque yo era "la que tenía mejor vista". La llamábamos, simplemente, "la Singer".

Modista y costurera se dedicaron a tomarme medidas y diseñar patrones para mi nuevo vestuario, que adornábamos con cintas y encajes. Olvidaban sus preocupaciones y se concentraban en alforzas, vuelos y plisados. Poco después, Eulogio trajo un torso de maniquí que mi madre recibió casi con euforia. Creo recordar que, por aquellos días, fue feliz, aunque su nuevo "uniforme cubano" hiciera pensar lo contrario: falda negra y blusa blanca de mangas largas, cerrada hasta el último botón.

El estilo de la Divina, su glamur berlinés, había cedido paso a la más discreta simplicidad. También su ritual de belleza se redujo a un simple corte en casa. Hortensia, tijera en mano, se encargaba de que la melena no le pasara de los hombros.

—¡Arriba, Hortensia, sin miedo! —exhortaba a su peluquera improvisada que cortaba, temerosa, una pulgada más.

Los días de la Divina habían quedado atrás, y lo cierto era que no tenía tiempo, ni energías, para la nostalgia.

Hortensia tejía para Gustav abrigos que él se negaba a usar, y ponía tanto almidón en el cuello de sus camisas que él, al apenas verlas, comenzaba a llorar. Para calmarlo, Hortensia lo apretaba contra su pecho y le cantaba boleros sobre muertes y sepulturas que a mí me daban escalofríos, pero que, por alguna razón inexplicable, a él lo tranquilizaban.

A los dos años y medio, Gustav era un niño curioso, intranquilo y rebelde. Había perdido el distanciamiento de los Rosenthal: era capaz de mostrar sus emociones con asombrosa facilidad. A mí no me veía como a una hermana, si no más bien como a una tía; y su apego a Hortensia, lejos de preocuparnos, más bien nos causaba ternura.

El español era, para él, el idioma del cariño, del juego, de los sabores y los aromas. El inglés, el del orden y la disciplina. Nosotras caíamos, obviamente, en ese último grupo.

Gustav, nombre de capitán de barco, pasó a ser Gustavo sin que nos diéramos cuenta, y así lo aceptamos. La versión en español le venía mejor a aquel niño impaciente, que andaba casi siempre semidesnudo y bañado en sudor.

Tenía un apetito voraz. Hortensia lo alimentaba con platos cubanos: arroz con frijoles negros, fricasé de pollo, tostones, frituras de malanga, sopas espesas llenas de viandas y embutidos, más los postres que yo había llegado a dominar a la perfección. Por las tardes, yo ayudaba a Hortensia a preparar los dulces con los que mimaba a ese niño que hubiera querido tener solo para sí, y al que le hablaba, exclusivamente, en diminutivos.

De nosotras, Gustavo no había heredado nada. No habíamos conseguido transmitirle ni un mínimo hábito o tradición del lugar de dónde proveníamos. Quién sabe si algún día descubriría que nuestra lengua materna era el alemán. Y que su apellido, en lugar de Rosen, era Rosenthal.

Gustavo le pertenecía a Hortensia. Aún pendiente de la sombra de papá, mi madre fue desentendiéndose poco a poco de educarlo. La inseguridad, la desinformación, la imposibilidad de pensar en el futuro, le impedían concentrarse en un hijo que ella no había pedido traer al mundo. A veces, incluso, el niño dormía en la habitación de Hortensia, o se iba con ella a pasar el fin de semana a la casa de Esperanza, donde tampoco celebraban cumpleaños, ni Navidades, ni fin de año.

La vida fuera del Petit Trianon existía para Gustavo gracias a una simple mujer a la que pagábamos para que nos cuidara. Por las noches, era Hortensia quien lo llevaba a la cama, le contaba cuentos lúgubres de brujas y princesas dormidas y le cantaba canciones de cuna: "Duérmete mi niño, duérmete mi amor, duérmete pedazo de mi corazón". Era su fórmula para que Gustavo se rindiera hasta el día siguiente.

Era juguetón y travieso. También disfrutaba sentarse en las piernas de Eulogio, detrás del volante, y fingir que manejaba a toda velocidad.

—¡Tú vas a llegar muy lejos en este país, muchacho! —lo animaba Eulogio—. ¡Este niño sabe mucho!

Y esa predicción nos aterraba. Quién quería llegar lejos en "este país", si lo que ansiábamos era, más bien, salir corriendo y poder asentarnos lejos del eterno calor.

Tres años más tarde, mi estatura era la de una mujer adulta, demasiado alta para el trópico. En mi clase, sobrepasaba hasta a los chicos que, por esa precisa razón, me evitaban. Me veían como una aliada de la maestra. En algunas ocasiones, la pobre mujer me pedía ayuda para controlar a aquella sarta de ignorantes que, por provenir de familias ricas, se creían mejores que ella. Contínuamente me provocaban: que "los polacos" nada más se casaban entre ellos, que no se bañaban todos los días, que eran tacaños y avariciosos. Yo fingía no escucharlos, porque al final, pensaba, aquellos idiotas nunca podrían darse cuenta de que *yo no era polaca*, y que en ninguna circunstancia se me hubiera ocurrido buscar su tonta aceptación.

Mi madre continuaba concentrada en el diseño y la costura de su único modelo tropical en blanco y negro. La comunicación con papá se había cortado completamente. También Leo y mi padre se desvanecían en un olvido sereno. No podíamos hacer otra cosa. La guerra estaba en su apogeo, y cada noche, antes de cerrar los ojos, yo rogaba ver el fin. Pero en mi súplica ingenua, nunca aludía al posible perdedor. Lo que me interesaba era el restablecimiento del "orden", un orden que, en realidad, se refería al correo: quería poder recibir y enviar cartas a París, tener noticias de los nuestros.

Un martes —¡tenía que ser un martes!— en pleno verano, la peor época del año en esta ciudad miserable, el abogado a cargo de nuestras finanzas y nuestra situación legal, apareció una tarde sin previo aviso.

Ese día, que vino a sumarse a mi inventario de martes trágicos, comprendí que el señor Dannón era como nosotros: aunque el trópico hubiese suavizado sus impurezas, era tan indeseable como los Rosenthal, a quienes ayudaba por una cuota mensual. Lo cierto es que a él no lo llamaban "polaco" porque sus ancestros habían llegado de España, o tal vez de Turquía, quién sabe. Como nosotros, sus padres huyeron y encontraron refugio en una isla que les permitió entrar con toda su familia. Sin dividirla, como habían hecho con la nuestra.

En un tono grave, el señor Dannón nos hizo sentar a ambas en la sala. Hortensia se llevó a Gustavo al patio para dejarnos a solas con él. Sabía que el abogado, aunque no le inspirara confianza, traía siempre noticias importantes.

No puedo reproducir sus palabras porque no las entendí. Solo "campo" y "concentración" me resonaban en los oídos. No lograba entender por qué aún no terminábamos de saldar nuestras culpas. Tuve deseos de salir a la calle y gritar: *¡Papá!*, pero ¿quién me escucharía? ¿Qué habíamos hecho? ¿Hasta cuándo deberíamos seguir soportando dolores? Me llevé las manos a la cara y comencé a llorar desconsoladamente. *¡Papá, papá!* Al menos podía gritar dentro de mí, en silencio, y llorar delante del señor Dannón, aunque a mi madre le molestara. *¡Papá!*

En un gesto de intempestiva solidaridad, quizás para aliviar nuestra pena o la suya, el abogado —que a fin de cuentas era poco más que un desconocido— nos contó que había perdido a su hija única. Una epidemia de tifus que había arrebatado la vida a miles de niños en La Habana, la condenó a permanecer en cama hasta que su diminuto cuerpo se rindió. Por eso él y su mujer habían decidido permanecer aquí, junto a los restos de su criatura.

No tenemos fuerzas para llorar por una niña desconocida, tuve deseos de decirle. *Qué torpeza. Nos quedan muy pocas lágrimas, señor. No espere compasión de nosotras. Aún nos queda mucho por llorar.*

—¡Papá! —no pude más y grité. Hortensia acudió, asustada. Gustavo, detrás de ella, comenzó a chillar.

Subí a mi cuarto y me encerré. Buscaba consuelo en mis ensueños con Leo, pero evitando imaginarlo en París. ¡No sabía cuál había sido su destino! Solo el Leo que conocí, aquél con quien corrí por las calles de Berlín y las cubiertas del *Saint Louis,* podía ayudarme en aquel momento.

Derramé todas las lágrimas que me quedaban. Esperé que mi dolor se contrajera en mi pecho, que mis ojos no reflejaran la angustia y el odio que me consumían. Anhelé una epidemia de tifus, o de cualquier otra cosa que me sacara de aquí. Me imaginé en la cama, amarillenta y debilitada por la fiebre tifoidea, el pelo cayendo a puñados sobre mi almohada, médicos a mi alrededor, mi madre en una esquina del cuarto, pálida y nerviosa. ¿Y papá? ¿Y Leo? Ni papá ni Leo aparecen en mi sueño, aún cuando soy yo quien decide cómo empieza y cómo termina.

Encerrada también en su cuarto, mi madre pasó la noche desesperada. Acallaba sus gritos contra la almohada, pero aún así era posible escucharla.

Permanecí en mi habitación hasta el día siguiente, hasta que sentí que estaba completamente seca. Hortensia no preguntó qué había pasado. Debió haber pensado lo peor. Desayunamos como si nada hubiera sucedido. Al final, no sabíamos en realidad cuál sería el destino de papá.

No me atreví a preguntar si no sería mejor que nos fuéramos a nuestro apartamento en Nueva York, donde se veía salir el sol desde la sala que da al parque. A una ciudad con cuatro estaciones, donde florecen los tulipanes. Comprendí que tal vez mi madre temía no poder librarse de los tentáculos de los Ogros, que habían logrado llegar hasta el más lejano rincón de Europa. París estaba rodeada por los altavoces del terror y teñida de la más nefasta combinación de colores: rojo, blanco y negro.

Pronto sentiríamos su presencia también en Cuba, un país que, de hecho, ya respondía con favores. Al final, estaba segura de que los cubanos habían pactado con los Ogros para impedir la entrada del barco que pudo haber sido nuestra salvación.

Desde ese día, mi madre se alejó para siempre de la Singer. Comprendí que no estábamos de paso en la isla. Nuestra transición iba a ser eterna.

Anna
2014

*D*iego aparece recién bañado, con el pelo mojado, vistiendo su mejor ropa: una camisa planchada por dentro del arrugado pantalón corto. Medias blancas y unos tenis negros que usa en ocasiones especiales.

Tengo que definir su olor, pero no es fácil: es una mezcla de sol, mar y talco. En La Habana todos se cubren de talco. Se puede ver en el pecho de las mujeres, en el cuello de los niños, en la nuca de los hombres. La blancura del polvo contrasta con la piel de Diego. Comprendí por qué se deja el pelo húmedo: parece recién peinado. A medida que se secan, sus rizos comienzan a enmarañarse sin control.

Lo que no me permiten hacer en Nueva York puedo hacerlo aquí. No es que mamá confíe tremendamente en Diego, que debe tener la misma edad que yo, sino que evita contradecir a la tía, que insiste en que no se preocupe, que es un buen chico, querido por todos en el barrio.

—Déjala que se divierta. No va a pasarle nada —le asegura.

Creo que podría vivir en La Habana. Me siento libre, y Diego se da cuenta y se ríe. Me toma de la mano y nos vamos a correr juntos por una calle lateral.

—Hacia el mar —dice.

En la esquina, hay un perro escuálido, y Diego se detiene.

—Mejor doblamos por aquí —me advierte, y se dirige, en dirección contraria, hacia la avenida cubierta de árboles que reconozco enseguida: Paseo, la que vimos al llegar.

Tiene miedo de los perros. Sin preguntarle, lo sigo en silencio: no tengo intenciones de avergonzar a mi único amigo en esta parte del planeta. Bajamos por el centro de Paseo, camino al litoral, al límite de la isla.

—Después de ahí, lo que queda es el Norte, donde tú vives —me explica—. Allá se fue mi padre un día y nunca regresó.

Llegamos al muro del Malecón y no puedo distinguir, en ese punto, donde comienza o termina la larga estructura de cemento carcomido. Le pregunto si a toda La Habana la bordea un muro como este.

—¿Pero tú estás loca, chica? Es solo un tramo. ¡Dale, vamos! —dice, y se lanza a correr.

También yo, aunque me falta el aire, corro por un trecho pues no quiero perderlo de vista, no sé si sabría regresar. *Paseo arriba hasta la calle 21*, me repito para no olvidarlo. Paseo y 21, y desde allí, sí, creo que podría encontrar la casa de la tía. La *nazi*, la única alemana en ese barrio de árboles con grandes raíces que destruyen la acera. Todos la deben conocer y me guiarán. *No estoy perdida. No me voy a perder.*

Diego se detiene finalmente, y se sienta en el muro áspero, húmedo de salitre y ennegrecido por el hollín de los autos.

—¿Qué tal con la tía?

Me hace reír. No tiene filtros. Pregunta lo que se le antoja. Creo que lo mejor será contestarle del mismo modo, entrar en su juego.

—Mi abuela dice que tu tía ahogó a su madre con una almohada hace muchos años. Que la vieja no se moría y que tu tía se cansó y la mató.

No paro de reírme, y como ve que no me ofende, sigue adelante con su historieta barata:

—No hubo funeral. Por ahí comentan que todavía tiene el cadáver disecado en una bolsa, dentro de un escaparate.

—Diego, ayer fuimos al cementerio. Vimos la tumba de mi bisabuela. Vi la lápida con su nombre. Créeme, no hay ningún cadáver momificado en la casa. Pero si quieres, te invito a que le preguntes tú directamente a la tía. ¿Te atreves?

—Los Rosen están malditos desde que llegaron a Cuba —continúa, disparando a una velocidad increíble palabras incompletas—. Uno murió en un accidente de avión. Otro, cuando se cayeron las torres gemelas.

—Ese era mi papá —lo interrumpo, y ahí termina el juego. Se pone serio y baja la cabeza, avergonzado. Espero unos segundos, para martirizarlo un poco. No le digo que no conocí a mi padre, que murió antes de yo nacer. Que no me entristece que hable de su muerte porque ha sido siempre así para mí: sin recuerdos de papá.

El primero en romper el silencio es él, que se lanza en una nueva carrera por la acera del Malecón, hasta llegar a una explanada llena de banderas negras y carteles con mensajes raros. Unos altavoces emiten discursos que no puedo comprender: "A la revolución se lo debemos todo", "Socialismo o muerte", "Aquí no se rinde nadie".

—¿Qué lugar es este? —los altavoces me acosan. Diego me ve asustada y me toma de la mano.

—No pasa nada. Ya estamos acostumbrados. La gente no hace caso —dice entre carcajadas.

Pero, aunque trate de calmarme, estoy segura de haber entrado en una zona de peligro. Los uniformados podrían venir a detenernos.

—Tranquila: aquí un extranjero vale más que un cubano. Nadie te va a detener. En cualquier caso, me llevarían a mí, por andar contigo.

—Vámonos ya, Diego. No quiero que se preocupen en casa. Nos hemos alejado demasiado.

En medio del escándalo de los altavoces y de la cháchara de Diego, que intenta darme mil explicaciones que no comprendo, estoy a punto de caer al piso y rendirme. Me siento mareada y comienzo a temblar.

❧

Al otro día, en la mesa del desayuno, la tía nos espera con una foto amarillenta. Tiene una sonrisa en los labios y un brillo especial en los ojos azules.

—Es lo que pudimos recuperar de papá —nos dice, y muestra la pequeña imagen de una niña sentada en las piernas de una mujer—. Y su estrella amarilla, el único objeto suyo que yace en en el mausoleo de los Rosen. Otra idea de la bisabuela Alma.

En la foto aparecen Alma y Hannah. Fue la última instantánea que se tomaron antes de partir de Berlín y que el bisabuelo Max conservó en sus largos peregrinajes.

—Papá fue uno de los 224 pasajeros que ubicaron en Francia después que el *Saint Louis* fuera rechazado en el puerto de La Habana, y que Estados Unidos y Canadá también se negaran a recibirlo. Tal vez porque dominaba el francés, o porque conocía la ciudad, a papá lo enviaron a París, en lugar de a Holanda o Bélgica, otros dos lugares que acogieron a pasajeros. Si hubiera estado entre los 287 que destinaron a Inglaterra, —los únicos que se salvaron de la guerra y no terminaron en los campos de exterminio— hoy tendríamos un cuerpo que honrar en el mausoleo, junto al de mi madre.

La tía recita la historia sin pausas, en voz baja, como si ella misma se resistiera a oírla. Habla de cifras y fechas con una frialdad que sorprende a mamá. Su sonrisa comienza a desdibujarse y sus ojos son ahora de un azul nebuloso. Prosigue:

—La noche del 16 de julio de 1942, mi padre fue una de las víctimas de la tristemente célebre "redada del Velódromo de Invierno de París", dirigida por la policía francesa. Luego, fue transportado en tren a Auschwitz, el campo de exterminio —hace una pausa, suspira—. No sobrevivió. Estaba muy débil, y estoy segura de que se dejó morir. En esta familia no nos matamos: nos dejamos morir.

Nos mira a los ojos y nos toma las manos. Las suyas están frías, quizás porque ya la sangre no le circula bien, o porque nos cuenta algo que ha querido olvidar sin conseguirlo.

Mamá, hasta ese momento ecuánime, comienza a sollozar en silencio. No quiere incomodar a la tía, que avanza en su relato con dificultad y una triste sonrisa.

El señor Albert, un amigo del bisabuelo que estuvo junto a él durante los primeros meses en Auschwitz, recuperó para ellas la foto y la estrella.

—Papá le pidió que me las hiciera llegar, porque pensaba que mi madre se habría rendido en el camino y ya estaría descansando en paz. Todos subestimaron a Alma —sonríe de nuevo—. Era más fuerte de lo que pensábamos. Hasta un día en que tampoco ella pudo más.

El corazón de mamá está a punto de estallar. La tía Hannah continúa.

—Debimos habernos quedado en el *Saint Louis* —ahora la tía habla en tono de resignación, y el azul de sus ojos se torna gris.

—El señor Albert, que le cerró los ojos a papá, nos visitó en La Habana —aquí vuelve a sonreír, como agradecida—. Se sentía en deuda con el hombre que lo había ayudado a sobrevivir. Cuando papá llegó al campo de exterminio, el señor Albert no lograba recuperarse de haber perdido a su mujer y sus dos hijas, y enfermó. Papá lo cuidó, haciendo por él todo el trabajo que les ordenaban, hasta que Albert pudo restablecerse un poco.

La tía hace una larga pausa.

—"El trabajo os hará libres", eso pretendían —suspira—. *Arbeit macht frei.* Habían colocado a la entrada de aquel infierno esa inscripción en alemán. Un día, fue papá el que no pudo más, y se dejó morir.

Otro largo silencio.

"Ustedes guardan la estrella amarilla de Max, que fue un buen hombre", nos dijo el señor Albert años después, en La Habana.

Aquí nos confesó que había sido enviado a Auschwitz porque él y su familia eran testigos de Jehová: "Pero yo no tengo a quién dejarle mi triángulo morado", se lamentaba.

—Para mí, el señor Albert había tenido suerte —continúa explicando la tía—. Para él, en cambio, Max era el afortunado. Qué sentido tenía haber sobrevivido después de presenciar la aniquilación de su esposa, sus padres, sus dos hijas, su familia. Según él, papá había quedado en el camino, pero nosotras estábamos a salvo. El señor Albert hubiera preferido ese destino. Estaba solo, con la pérdida en el corazón y el triángulo morado de los testigos de Jehová en el bolsillo.

—¿Y qué pasó con el señor Albert?—me atrevo a preguntar.

—Nunca más supimos de él —me responde la tía, que se encoge de hombros y se seca una lágrima. Ahora sus pupilas son trasparentes: el poco color que les quedaba se ha borrado.

Catalina entra y sale del comedor sin prestar demasiada atención a las lágrimas de mamá, la sonrisa triste de la tía o la historia, que ya debe saber de memoria, de esos muertos que no conoció. Ella tiene sus propias desgracias. Y está ahí para ayudar, para sanar heridas, para disipar el odio. Por eso regresa con su café.

—Hacen falta muchas rosas rojas y blancas en esta casa —afirma, y llena las pequeñas tacitas.

En mi memoria, la fragancia de las rosas se une a la del café caliente que prepara Catalina con un preciso ritual. En La Habana se consume café constantemente, para mantener los ojos bien abiertos.

—Mi madre había llorado el llanto que le quedaba desde que supo que habían detenido a papá. Quizás por eso no lo hizo al recibir la confirmación de su muerte —nos cuenta la tía—. Después de todas las lágrimas derramadas en Berlín, en el *Saint Louis* y en esta oscura casona de La Habana, su reacción fue más bien de amargura al confirmar que la historia de Berlín se repetía en París, que papá había sucumbido al horror de Auschwitz. Su dolor se transformó en fría serenidad.

Desde ese día, nunca más se abrieron las ventanas, ni se descorrieron las cortinas, ni se escuchó música en la casa. La bisabuela decidió vivir en tinieblas. Hablaba poco, y comía porque no le quedaba otro remedio. Pasaba el tiempo recluida en su habitación, leyendo literatura francesa en español, en traducciones que hacían aún más distantes aquellas historias de siglos pasados. No me la puedo imaginar.

Para la tía fue una sorpresa cuando la bisabuela mandó a construir el mausoleo para la familia. No en el cementerio de Guanabacoa, que era el de los "polacos", sino en el de Colón, el más grande del país.

—"Aquí tendremos espacio para todos", decía cada vez que iba a supervisar la construcción del panteón —recuerda la tía, imitando el tono de voz firme de su madre—. Más que para honrar a sus muertos, lo hizo para que, al menos, su cuerpo y el mío terminaran en tierra cubana, que cargaría eternamente con la culpa de no habernos aceptado cuando el barco llegó al puerto de La Habana.

Otro silencio. Catalina abre bien los ojos y sacude la cabeza.

—Me hizo prometerle que nunca me iría de Cuba —continúa—, que mis huesos debían reposar junto a los suyos en esta isla que se disponía a maldecir con su último aliento.

Catalina deja escapar un agudo gemido.

—"Van a pagar por los próximos cien años", repetía —la tía imita nuevamente a la bisabuela Alma, agitando una mano con energía, y luego se queda en silencio.

La mirábamos sin salir de nuestro asombro. Además de tristes, estábamos alarmadas. Mantenerse cuerda todos estos años tiene que haber sido una odisea para ella. Debió haber huido de la maldición, bien lejos de aquí.

Catalina se mantiene ocupada en sus quehaceres pero, al escuchar los designios de Alma, se estremece y se pasa una mano por la cabeza, como para limpiarse del mal que aún pudiera albergar la casa. Le trae un vaso de agua a la tía Hannah para que se aclare la garganta y deje correr el dolor que la atraganta. Le pasa una mano por la cabeza, y exclama en voz baja:

—¡Suéltala! ¡Échate pa'llá! ¡Elévate, Alma!

La tía tiembla. Se hace una pausa incómoda mientras Catalina aún da vueltas por el comedor. Yo decido romper el silencio:

—¿Y qué pasó con Leo? —pregunto, y mamá me abre los ojos como para hacerme callar.

—Esa es otra historia —responde la tía, de vuelta con su sonrisa y el azul intenso de sus ojos.

Tragó en seco y resistió una lágrima a punto de correr por su rostro lleno de surcos.

—Después de la guerra logré comunicarme con un hermano de la madre de Leo, en Canadá. Ella había fallecido poco antes de la capitulación. Era una época de búsquedas, de intentos desesperados por encontrar sobrevivientes, por reunificar familias fragmentadas. Los mensajes iban, y regresaban casi siempre sin respuesta. Nadie sabía nada. Hasta que, un día, recibí una carta con remitente canadiense.

Baja la cabeza, se acomoda el pelo detrás de las orejas y se seca el sudor de la frente con una servilleta.

—Leo y su papá nunca bajaron del barco.

Hannah
1950

*M*i madre se había convertido en un fantasma, y Gustavo estaba cada vez más esquivo. Eulogio lo llevaba y lo traía del Colegio de Belén, pero nunca conocimos a ninguno de sus amigos. Desde que cumplió diez años, Hortensia lo llevaba los fines de semana a casa de Esperanza, que había tenido un niño, Rafael. A pesar de la diferencia de edad, Gustavo tenía al menos un amigo con quien jugar, aunque no le hacía mucha gracia visitar aquella casa de madera que cualquier huracán podría derrumbar, donde le hablaban del Apocalipsis y de un dios que no le importaba.

Poco a poco comenzó a separarse de nosotras, y en especial de Hortensia.

Había crecido con la vitalidad, el desenfado y la espontaneidad de los cubanos. Supongo que se avergonzaba de su madre y de mí, unas mujeres incapaces de mostrar sus sentimientos en público, llenas de secretos. Un par de locas encerradas en una casa donde no se recibían periódicos, ni se escuchaba la radio, ni se veía la televisión, ni se celebraban cumpleaños, Navidades o fin de año. Una casa donde nunca entraba un rayo de sol.

Le molestaba hasta nuestra manera de hablar en español, que para él era pretenciosa, enrevesada y pedante. Lo veíamos entrar y salir de casa como un extraño, y evitábamos hablar delante de él. En las cenas en familia, Gustavo trataba de hablar de política, pero nosotras nos cambiábamos a temas que para él eran frivolidades de mujeres. Su puesto en la mesa comenzó a estar vacío.

Hortensia aseguraba que se trataba de la rebeldía propia de los adolescentes, y seguía intentando mimarlo como si fuera su eterno bebé. En cambio, para él, Hortensia había regresado a ser una empleada de servicio.

Con Gustavo, la guaracha, el ruido ambiental de La Habana que desquiciaba a mi madre, entró con furia a la casa. Se llevó la radio —que no había vuelto a encenderse— a su cuarto pintado de verde, y allí escuchaba música cubana. Un día, al pasar delante de su puerta, lo vi bailar solo. Movía las caderas, se agachaba, levantaba los brazos y cruzaba los pies al ritmo de una música sin sentido, hecha de frases incompletas y versos que consistían en las más simples exclamaciones. A su manera, era feliz.

◦◦◦

Comencé a estudiar en la universidad y decidí que sería farmacéutica. Quería dejar de depender del dinero que papá había depositado en varias cuentas dispersas por el mundo, nadie sabía hasta cuándo tendríamos acceso a aquellos fondos. Me concentré en mis estudios, y mi madre y Gustavo pasaron a segundo plano. La traición de Leo, de la que me enteré un poco tarde, también me permitió dejar de pensar en él con tanta frecuencia, y mi mundo se redujo a las clases de química orgánica, inorgánica, cuantitativa y cualitativa. Subía la escalinata universitaria, y hasta que no entraba a las aulas señoriales de la Facultad de Farmacia, a un lado de la escultura de bronce del Alma Mater, no me sentía segura.

La casona del Vedado desaparecía por unas horas. Mi mancha se difuminaba y ya nadie me llamaba "polaca", al menos en mi cara. En una ocasión, mi profesor favorito, el señor Núñez, un hombre pequeño y calvo con dos mechones de pelo rojo detrás de las orejas, se me acercó y me colocó una mano en el hombro mientras revisaba mis ecuaciones. El peso de su mano me hizo sentir un inexplicable vínculo. ¡Era otro más, uno como yo! Quizás Núñez no fuera su verdadero nombre, quizás había logrado llegar con su familia, o había venido siendo niño, a la espera de unos padres que nunca desembarcaron.

Sin poder explicármelo, comencé a temblar. Estaba cansada de tropezar con mis fantasmas. El profesor Núñez lo notó: quizás él mismo había estado en alguna situación similar. No dijo una palabra. Me dio dos palmaditas en la espalda y continuó revisando tareas. A partir de ese incidente, y aunque no siempre fueron del todo merecidas, me dio las mejores calificaciones.

Cada vez que salía de clase y regresaba a casa por un camino diferente, o me perdía entre los callejones de La Habana, pensaba en Leo. Sentía mi mano pequeña en la suya, guiándome por las calles de Berlín. Quién sabe por qué había tomado semejante decisión. En una época de miseria que nos hizo miserables, cada uno encontró su salvación como pudo.

Hubiera sido mejor para mí haber descubierto su engaño recién llegada a La Habana. Tuve que esperar que transcurrieran muchos años para saber que Leo nunca se deshizo de nuestras valiosas ampolletas —nuestras, de los Rosenthal, y no de los Martin—. Nunca las lanzó al océano, como me aseguró aquella última noche, durante la última cena en el *Saint Louis*.

Por muchos años tuve la esperanza de reencontrarlo, de que crearíamos la familia que habíamos soñado en aquellos días de los mapas de agua que dibujaba en Berlín.

Leo no era de los que se rinden. Pero el Leo que se quedó en el barco era otro. El dolor de la pérdida nos transforma.

Nunca sabré lo qué pasó realmente el día que el *Saint Louis* partió de regreso a Alemania. Decidí pensar que Leo, feliz por el hallazgo, le comentó a su padre que tenía las valiosas cápsulas en su poder. ¿Tirarlas al mar? ¡Imposible! ¡Había logrado arrebatárselas de las manos a los desesperados Rosenthal! Haberme salvado la vida era mucho más importante para él.

Cerca de las islas Azores, la mitad del camino que los devolvería al infierno, al descubrirse desamparados en medio del océano y sin esperanzas de encontrar un país que los recibiera, tal vez Leo y su padre se refugiaran en el espacio donde se sentían seguros: el pequeño camarote con olor a barniz. Allí se acostaron a dormir.

Leo soñó conmigo. Sabía que lo estaba esperando, que lo esperaría con mi cajita azul añil hasta que regresara y me colocara en el dedo el anillo de brillantes que perteneció a su madre y que su padre le había dado para mí. Nos iríamos a vivir cerca del mar, lejos de los Martin, de los Rosenthal, de un pasado que no nos concernía. Tendríamos muchos hijos, sin manchas ni rencores. No hay nada mejor que soñar.

A medianoche, el señor Martin, que velaba el sueño profundo y feliz de su único hijo, se levantó y contempló al niño de las pestañas más largas del mundo. *¡Cómo se parece a su madre!*, pensó. Tenía delante al ser que más amaba en la vida: su esperanza, su descendencia, su porvenir.

Lo acarició y lo abrazó con extrema delicadeza, muy despacio, para no despertarlo. Sintió su cuerpo diminuto, aún cálido de vida, latiendo cerca de él. No pensó, no quiso analizar lo que se disponía a hacer. Pero no había otro camino. Hay momentos en que uno se sabe condenado al final. Para el señor Martin, ese instante había llegado.

Sacó del bolsillo su pequeño tesoro, el envase de bronce que, paradójicamente, había comprado él mismo para Herr Rosenthal en el mercado negro, y lo destapó. Extrajo una diminuta ampolleta de cristal, la primera, y la colocó con sumo cuidado dentro de la boca de su hijo de solo doce años. Con el dedo índice la guió hacia lo profundo, entre los molares, sin que el niño se despertara.

Leo soltó un suspiro, se acomodó y se estrechó más contra su padre, buscando aquello que solo podía esperar de él: protección. El padre lo abrazó de nuevo. *El último abrazo*, pensó. Colocó sus labios muy cerca de la mejilla del niño que confiaba a ciegas en él y que tanto lo admiraba. Su niño querido.

El señor Martin cerró los ojos. Pensaba que podría abstraerse de ese minuto, del que ya era tarde para huir, y apretó la delicada mandíbula de su hijo. Sintió cómo la ampolleta de cristal crujía, y el chasquido resonó en lo profundo de su cerebro. Leo abrió los ojos y su padre no se atrevió a observar cómo la vida de su hijo se apagaba. La respiración comenzó a fallarle, se ahogaba, Leo no entendía qué pasaba, ni por qué la amargura que sentía en la boca y que lo quemaba, iba separándolo del padre, del hombre con quien había salido a conquistar el mundo.

No hubo lágrimas, ni quejas. No hubo tiempo. Sus ojos abiertos, orlados de enormes pestañas, miraban al vacío.

El señor Martin se llevó las restantes ampolletas a la boca. Era la mejor manera de no sobrevivir su terrible tragedia. No se atrevió a llorar, ni a gritar, lo único que sintió fue un odio profundo por todo cuanto lo rodeaba. Le había arrebatado la vida a su hijo. Únicamente una fuerza diabólica pudo haberlo empujado a cometer semejante atrocidad. No quiso demorar más la agonía. El cianuro de potasio entró en contacto con sus glándulas salivales. No pudo, siquiera, detectar el sabor ni la textura del polvo letal. Muerte cerebral instantánea. Muy poco después, su corazón dejó de latir.

Al siguiente día, cuando ya cada pasajero había recibido permiso de desembarque fuera de Alemania, encontraron los cuerpos de padre e hijo. Un cable le ordenó al Capitán que, por razones sanitarias, no sería posible esperar hasta tocar puerto en Amberes para hacerles un funeral. El niño de las pestañas largas y su padre fueron sepultados en el océano, cerca de las Azores.

Así preferí imaginar el fin de mi único amigo, el niño que creyó en mí. Mi Leo querido.

Anna
2014

El cuarto de la tía es austero. Se ha dedicado a borrar minuciosamente las huellas del pasado. Por eso recibimos los negativos, las postales del barco, el ejemplar de *La niña alemana* con su foto en la portada. No quiere guardar nada.

—Basta con tenerlo aquí —dice, y se toca la sien—. Ojalá pudiera borrarlo también.

Puede cerrar los ojos y recorrer la amplia habitación con ventanas a la calle sin tropezar con butacas, cómodas, la mecedora, la percha para los sombreros y las mantillas. Conserva en la mente cada milímetro de ese espacio que alguna vez asumió como temporal. La habitación de la niña es ahora el cuarto de una anciana.

No hay fotos. Ni en las paredes, ni sobre los muebles, ni en los estantes. Tampoco tiene libros. Pensé encontrar su habitación cubierta de fotografías de su época en Berlín, de sus antepasados. Somos muy distintas. Yo me paso la vida cubriendo las paredes de mi cuarto con imágenes; ella las borra.

A veces pienso que la tía nunca tuvo niñez, que la Hannah de las fotografías de Berlín y de la portada de la revista es otra niña que murió en la travesía.

Sobre la cómoda hay una vasija de porcelana blanca decorada en azul.

—Era de mi farmacia. La perdí. En esos años te lo quitaban todo en este país impredecible —comenta, sin dar más explicaciones.

No conserva el envase por nostalgia de la Farmacia Rosen, que una vez existió en una esquina del Vedado, sino para guardar lo que no quiere que sea tocado por el implacable polvo tropical.

En el armario, tras una puerta que se atasca, puedo ver la colección de blusas blancas de suave algodón y las faldas oscuras de textura pesada, el uniforme que ha adoptado en su años finales en La Habana.

Abre la gaveta de su mesita de noche y me muestra un pequeño cofre azul.

—Es lo único que conservo de mis tres semanas en el *Saint Louis*. Va siendo hora de cumplir la promesa. Falta poco para abrirlo.

Me pregunto cómo ha podido guardar tanto tiempo esa caja sin saber qué tiene dentro. Ya sabía que Leo no iba a regresar, que lo había perdido para siempre.

También me muestra la Leica que su padre le regaló antes de subir al *Saint Louis*.

—Tómala, Anna. Es tuya. Desde que llegamos a La Habana ha estado ahí guardada, tal vez aún funcione.

Antes de que cierre la gaveta, veo el revés de una fotografía que tiene algo escrito. Alcanzo a leer: "Nueva York, 10 de agosto de 1963".

La tía advierte mi interés, toma la foto y se queda mirándola por un buen rato. Es un hombre vestido con sobretodo, en una de las entradas del Parque Central.

—Es Julián, con jota —me comenta sonriendo.

No había escuchado antes ese nombre, y espero que me explique. Por la manera en que lo mira, y también porque esta foto no estaba en el sobre que nos llegó a Nueva York, comprendo que no es alguien de la familia.

—Nos conocimos cuando estudiábamos en la universidad. Era una época muy convulsa.

La tía sigue mirando la imagen en blanco y negro, borrosa y un poco arrugada. Es una de las pocas fotografías que conserva en la casa.

—Nos dejamos de ver por algunos años, porque él se había ido a estudiar a Nueva York. Luego regresó y nos volvimos a encontrar en mi farmacia. Fuimos inseparables, pero se fue de nuevo. De aquí todos se van. ¡Menos nosotras!

Le pregunto si era su novio y suelta una carcajada. Guarda la foto en la gaveta, se levanta con cierta dificultad y sale al pasillo.

Entre su cuarto y el nuestro median dos habitaciones cerradas con llave. La tía se da cuenta de que, aunque no me decido a preguntarle, observo esas puertas con curiosidad.

—Ese era el cuarto de Gustavo. ¡Fuimos las culpables de crear ese engendro! No me atreví a darle su habitación al niño, tu padre, el día que vino a vivir con nosotras. Aquel otro fue su cuarto, contiguo al de mi madre. En esos años tu papá era nuestra única esperanza. Ahora lo eres tú.

Me sostengo de la baranda para bajar las escaleras detrás de la tía, que pisa con cuidado cada escalón. No por temor a caerse, sino para mantener una postura correcta. Paso la mano por las paredes, y me imagino a papá en esas escaleras, a mi edad, detrás de la tía que lo salvó de crecer al lado de un "engendro". Sus padres habían desaparecido en un accidente aéreo, su abuela estaba postrada en una cama y la tía se dedicó a cuidarlo. Creció protegido en la pequeña fortaleza del Vedado. Sería el único que abandonaría la isla en la que ellas tenían el compromiso de morir.

La tía parece haber puesto punto final a sus explicaciones. Pero desde que dijo la palabra *engendro* para referirse a Gustavo, sabe que estoy intrigada. Hay un vacío entre los años en que Gustavo estudiaba y el momento del accidente de avión. Ya llegará la oportunidad, todo a su tiempo.

Salimos juntas al portal. Por algunos minutos contemplamos el jardín donde, me cuenta, había flores de pascua, rosas, bugambilias y crotos de diferentes colores.

—Aquí todo se seca. Y yo que tenía ilusión de cultivar tulipanes. Mi padre y yo amábamos los tulipanes.

Por primera vez detecté una profunda nostalgia en su voz. Sus ojos parecían estar llenos de lágrimas que no llegaban a brotar, sino que se estancaban y los hacían lucir más azules.

La dejo con mamá, pues Diego me espera para llevarme a descubrir otros rincones secretos de la ciudad. Al encontrarlo, me recibe con su torpeza habitual:

—Yo creo que tu tía debe tener como cien años…

Hannah
1953-1958

*A*quí los cambios suceden sin previo aviso. Sales a la calle con un sol que abrasa, pero el aire mueve una nube y todo se transforma. En un segundo te puedes empapar antes de abrir el paraguas. Llueve y el agua cae a raudales, el viento te sacude, las ramas se desprenden, el jardín se inunda. Después de la lluvia, del asfalto sube un vaho asfixiante, se amalgaman los olores, se decoloran las casas y la gente corre despavorida. Al final, uno se acostumbra. Son los aguaceros tropicales. No puedes hacerles resistencia.

La primera gota la sentí en la esquina de la calle 23. Doblé a la derecha en la avenida L y no me dio tiempo a hacer nada más: estaba empapada. Al subir por la escalinata hacia la Facultad de Farmacia, el sol brillaba otra vez y mi blusa comenzaba a secarse, pero mi pelo chorreaba agua.

En un abrir y cerrar de ojos, decenas de estudiantes comenzaron a bajar la escalinata. Se empujaban unos a otros, no comprendí si huían. Vi a algunos encima del Alma Mater, haciendo ondear una bandera. Gritaban frases que no podía descifrar, pues se confundían con el sonido de las sirenas de las patrullas de policía que se estacionaron al pie de la escalinata.

Una chica que venía a mi lado estaba tan atemorizada que se sujetó de mi brazo, y me lo oprimía sin decir nada. Lloraba, en pánico. Dudábamos entre subir la escalinata o bajar por la avenida San Lázaro y dejar atrás la Universidad.

Los gritos se hacían más ensordecedores. Un ruido, como un golpe contra algo metálico, quizás un disparo, nos espantó todavía más, y un muchacho que bajaba nos ordenó que nos lanzáramos al suelo. Lo obedecimos y me vi contra los escalones mojados, mi blusa gris irremediablemente manchada. Me cubrí la cara con las manos. De repente, la chica se levantó y salió corriendo escaleras abajo. Yo traté de acercarme lo más posible al muro para evitar que me aplastaran y me mantuve inmóvil contra los escalones.

—Ya puedes levantarte —me dijo el chico, pero no respondí de inmediato.

Permanecí tumbada unos segundos más, y al comprobar que la calma había regresado, alcé la vista y lo descubrí con mis libros bajo el brazo. Me extendió una mano para ayudarme.

—Arriba, que me tengo que ir a clases.

Me sostuve de él sin mirarlo, me arreglé la falda, intenté en vano limpiar mi blusa.

—¿No te vas a presentar? —me pregunta—. No te doy los libros hasta que no me digas tu nombre.

—Hannah —respondí, pero tan bajo que no me escuchó. Arrugó la frente, levantó una ceja: no entendía, e insistió en un tono un poco alto.

—¿Ana? ¿Te llamas Ana? ¿Estás en la Facultad de Farmacia?

Otro más. Nunca terminaría de explicar cómo me llamo.

—Ana, pero con una jota —no pude contenerme—. Y sí, estudio Farmacia.

No tenía por qué permitirle que pronunciara mal mi nombre.

—"Jana", me llamo "Jana" —y le agradecí que me hubiese ayudado.

—Mucho gusto, "Ana con jota". Ahora debo correr a mis clases…

Lo vi subir de dos en dos los escalones. Llegó a la cima, se detuvo entre las columnas, se volvió y gritó desde allí:

—¡Te veo luego, "Ana con jota"!

Algunos profesores faltaron ese día. En uno de los salones, varias chicas atemorizadas murmuraban sobre tiranos y dictaduras, golpes de estado y revolución. A mí, nada de lo que estaba ocurriendo me intimidaba. Eran días convulsos en la Universidad, pero no estaba interesada en indagar, y mucho menos en ser parte de disturbios con los que no tenía nada que ver.

A la hora de la salida, me demoré un poco en el baño intentando adecentar mi blusa. No había nada que hacer: se había arruinado completamente. Al salir, de mal humor, lo encontré de nuevo, recostado en la entrada de la Facultad.

—Eres el chico de la escalinata, ¿no? —le pregunté sin detenerme, fingiendo desinterés.

—No te dije mi nombre, "Ana con jota". Por eso vine hasta aquí. Llevo una hora en esta puerta.

Le sonreí, le di las gracias por segunda vez, seguí mi camino y él se mantuvo a mi lado, mirándome en silencio. No me molestaba; más bien me intrigaba hasta dónde pensaría seguirme.

El cielo se había despejado un poco. Ahora, las nubes oscuras podían divisarse al final de la avenida San Lázaro. Quizás llovía a unas cuadras de allí, pensé comentarle, pero preferí no hablar tonterías impulsada por la necesidad de decir algo, y permanecí en silencio hasta que él decidió que, si caminábamos juntos, debíamos conversar.

—Me llamo Julián. ¿Ves? Estamos unidos por la jota.

No me pareció nada gracioso. Bajamos juntos la escalinata y yo continuaba muda.

—Estudio Derecho.

Quién sabe lo que habrá pensado: no se me ocurría qué decir, así que me mantuve callada hasta llegar a la calle 23. Allí, como cada día, doblé a la izquierda para irme a casa. Él debía bajar por la avenida L, así que nos despedimos en la esquina. O, más bien, se despidió él, porque yo solo acerté a decirle adiós con la mano.

—Te veo mañana, "Ana con jota" —le escuché decir mientras desaparecía por la avenida.

Era el primer chico cubano que se fijaba en mí. Por lo visto, Julián se negaba a decir mi nombre correctamente. Tenía el pelo un poco largo para mi gusto, y unos rizos desordenados que le caían en la frente. Su nariz era larga y recta y sus labios gruesos. Al sonreír, se le alargaban los ojos debajo de unas cejas muy negras y espesas. Al fin había conocido a un chico más alto que yo.

Pero lo que más me impresionó de Julián fueron sus manos. Tenía dedos larguísimos y anchos. Eran manos fuertes. Llevaba la camisa remangada, sin corbata, y el saco colgado en un hombro con desenfado. Sus zapatos estaban rayados y sucios, quizás a causa del caos que habíamos vivido unas horas antes.

Desde nuestra llegada, no había tenido el más mínimo interés en hacer amigos en un lugar que aún seguía siendo transitorio para nosotras, pero al llegar a casa seguía pensando en él. Lo que más me desconcertó fue que, cada vez que me venía a la mente su rostro o recordaba su voz llamándome "Ana con jota", me sorprendía sonriendo.

Ir a clases había sido mi evasión. Ahora, la evasión tendría un motivo más: volver a ver al "chico de la jota". Al día siguiente llegué temprano a la Facultad, pero no lo encontré. Esperé incluso unos minutos a la entrada, hasta llegar a temer que llegaría tarde a clases. Mejor sería olvidar a alguien que ni siquiera había intentado pronunciar mi nombre como debe ser, pensé. Cuando estaba por entrar, a pocos minutos de que cerraran la puerta del aula, me sorprendió al tomarme por el brazo. Sin tiempo para evitarlo, me volví con la más deslumbrante de mis sonrisas.

—Vine porque no me dijiste tu apellido, "Ana con jota".

Sentí que me sonrojaba sin remedio. No por lo que me había dicho, si no por el temor de que me notara demasiado eufórica.

—Rosen, mi apellido es Rosen —le dije—. Y ahora me tengo que ir, o no me dejarán entrar a clase.

Debí haberle preguntado también su apellido, pero estaba muy nerviosa. Al salir comprobé desencantada que no estaba allí. Al día siguiente, tampoco. Pasó una semana y el chico de la escalinata no volvió a aparecer, pero yo seguí pensando en él. Si intentaba estudiar o dormir, recordaba su risa o veía ante mí sus rizos y sentía deseos de acomodárselos.

No lo volví a ver.

∽§∾

Al terminar la universidad hablé con mi madre para abrir una farmacia que yo misma podría atender. No se entusiasmó demasiado con el proyecto, porque implicaba una idea de permanencia a la cual se negaba, aún cuando todo parecía indicar que no tendríamos otra alternativa, después de diecisiete años varados en una isla. Lo consultó con el señor Dannón y él fue el primero en apoyarme con entusiasmo, más aún porque se trataría de un ingreso nuevo y estable.

Inauguramos la Farmacia Rosen un sábado nublado de diciembre. Estaba muy cerca de la casa, en frente del parque de los flamboyanes. A ella no le gustaba la idea de abrir un negocio durante el fin de semana, pero los sábados para mí siempre trajeron buenos augurios. Ella hubiera preferido un lunes, pero los lunes están demasiado cerca de los martes. Como no cedí, decidió no asistir a la ceremonia de cortar la cinta.

Por esa época comencé a pasar el día, y muchas veces la noche, preparando recetas en un universo que se medía en gramos y mililitros. Le di empleo a Esperanza, la hermana de Hortensia, que se convirtió en el rostro de la farmacia. O de la botica, como ella la llamaba. Atendía a los clientes detrás del estrecho mostrador. Tenía "don de gente", como dicen aquí. Era extremadamente paciente y escuchaba con dulzura las penas de los vecinos, que a veces ni siquiera venían por su medicina, sino solo para ser escuchados y aliviar sus pesares conversando con aquella apacible mujer de ojos cándidos. Era mucho más joven que Hortensia, pero parecían de la misma edad. No se depilaba las cejas, no usaba carmín: nada de maquillaje en el rostro áspero que, no obstante, destilaba bondad.

Esperanza trajo del Instituto de segunda enseñanza a su hijo Rafael, que comenzó a ayudarnos con las entregas a domicilio. Rafael era alto y delgado, con el pelo oscuro y lacio, la nariz aguileña, los ojos pequeños y rasgados y una boca enorme. Tan educado y respetuoso como su madre. Ambos vivían en un perpetuo sobresalto. En una isla donde la mayoría pertenecía a una misma religión, ellos profesaban otra: compartían el pecado de ser diferentes.

Por eso nunca comprendí como, aún viviendo con miedo, tanto ella como él a veces aprovechaban para deslizar "la palabra de Dios" en aquellas terapias furtivas. "Tenemos la misión de predicar la palabra", decían. A mí, por suerte, no me aludían en su celo proselitista. Estaba convencida de que Hortensia les había advertido que yo era una "polaca", y a los "polacos" era mejor dejarlos en paz.

Con Esperanza y Rafael me sentía segura; a una distancia saludable de la oscuridad, la amargura y el dolor de mi madre, que cada día lucía más transparente. Las venas eran el único color en aquella piel que huía del sol con obstinación. Había perdido a papá, estaba atrapada en un país que detestaba y Gustavo se le había ido de las manos. Para ella, mi farmacia era mi intento de ser feliz y eso la agobiaba, pues tenía la certeza de que, para los Rosenthal, la felicidad sería siempre una utopía. La muerte prematura estaba en nuestra esencia. Para qué pretender lo contrario.

Las salidas de casa también implicaban ciertos riesgos. En cualquier esquina podían sorprenderme los fantasmas. Por eso coloqué a Esperanza en el mostrador: sabía que, si me dedicaba a atender a los clientes, en algún momento aparecería uno como yo, me reconocería y querría entablar un diálogo que hasta ahora había conseguido eludir.

Rafael me acompañaba a los almacenes a recoger encargos voluminosos y, por el camino, yo evitaba hacer contacto visual con los transeúntes. Si alguien se me acercaba demasiado, o si en una esquina había un grupo de jóvenes, bajaba la vista. Si veía venir a una anciana, me pasaba a la acera contraria. Tenía la certeza de que en cualquier parte me los podía encontrar. Ese era mi temor.

Un martes, bajábamos por la calle I hasta Línea y encontramos un jardín en el que comencé a admirar las rosas que crecían a ambos lados de la entrada principal. Al alzar la vista, apareció un edificio de líneas modernas e inscripciones antiguas en la puerta; unas inscripciones que no había visto en años y que reconocí de inmediato. Tres muchachas vestidas de blanco salían del edificio. Yo estaba paralizada: me habían reconocido, sin dudas. Una vez más, los fantasmas se las arreglaban para sorprenderme. Comencé a transpirar desaforadamente.

Rafael, que no acertaba a comprender lo que sucedía, me sostuvo. Cambié la vista, tratando de ignorarlas, pero al volverme vi en sus rostros una sonrisa irónica, una mirada de perversa satisfacción. Me habían encontrado, no podía esconderme. Pertenecemos a la misma ralea: refugiadas en una isla. Hemos huido de lo mismo, pero no tenemos escapatoria.

Rafael me miró extrañado.

—Es la iglesia de los polacos —me dijo, como si yo no lo supiera, sin percatarse de que, en realidad, hubiera preferido no saberlo.

Al regreso del almacén, evitamos aquel camino. Desde ese día, la calle I no existe para mí.

∞§∞

Antes de cerrar cada noche las puertas de la botica, nos sentábamos Esperanza, Rafael y yo a conversar un rato. Atenuábamos la luz para evitar que a cualquier vecino se le ocurriera entrar e interrumpiera nuestras pláticas sobre el viejo gruñón que vivía encima de la bodega y contaba cada una de las píldoras de su envío a domicilio, o sobre la mujer que recibía sus ámpulas y le pedía al mismo Rafael que se las inyectara, o sobre el hombre que cada vez que al aceptar en la puerta la medicina para su esposa, le advertía a mi empleado que no tenía interés en oír hablar de Dios. A veces me quedaba sola por horas, observando el ritmo de las hélices del ruidoso ventilador que habíamos instalado en el techo, con el que casi tropezaba si se me ocurría levantar una mano.

En aquellas noches también escuchábamos música: Esperanza buscaba en la radio una estación que transmitía boleros. Nos deleitábamos con canciones de amores imposibles, naves sin rumbo, olvidos, obsesiones, dolores y perdones; de lunas con aretes; de arrullos de palmas; de abrazos y desvelos; de envidias y bellos amaneceres. Melodramas cantados se mezclaban con la fragancia dulzona de las pociones, del mentol alcanforado, el éter, la sal de Vichy y el alcohol para bajar la fiebre, que en esa época era lo que más se vendía.

Nos reíamos. Esperanza cantaba al compás de los boleros y descansábamos después de un largo día que yo no quería ver llegar a su fin. Ellos se iban a su casa, y yo al oscuro Petit Trianon.

Hortensia no sabía cómo agradecerme que le hubiera dado trabajo a su hermana y a su sobrino. Nunca entendería que la agradecida era yo. Para mí habría sido muy difícil encontrar empleados de confianza para nuestra farmacia, que según mi madre estaba condenada al fracaso por haber sido inaugurada un sábado.

Gustavo comenzó a estudiar en la escuela de leyes, y venía con menos frecuencia a dormir a la casa. Nunca nos atrevimos a preguntarle con quién o dónde se quedaba, pero temíamos por él. Había una ola de violencia desatada en las calles de La Habana, según Hortensia, aunque después de lo que habíamos pasado en Berlín, nada nos quitaba el sueño. Para mí, la ciudad permanecía igual en su monotonía: el bullicio invasivo, el calor, la humedad, la llovizna y el polvo eran invariables.

Una noche, después de habernos ido a la cama, llegó Gustavo de improviso, con la camisa rota, sucio y golpeado. Hortensia se lo llevó a su habitación para evitar que nos asustáramos, pero alcanzamos a verlo desde la ventana entreabierta de su cuarto. Mi madre no se inmutó.

Después de bañarse y cambiarse, Gustavo subió a su habitación y durante una semana no salió de casa. No sabíamos si estaba huyendo, si lo buscaban para encarcelarlo o si lo habrían expulsado de la Universidad, que continuábamos pagando con puntualidad. La respuesta de mi madre era siempre la misma:

—Ya es un adulto, y sabrá lo que hace.

Por esos días, nos dio la noticia durante la cena: habían asesinado a un líder estudiantil; la Universidad estaba cerrada. No pude dejar de pensar en Julián, al pie de la escalinata. "¡Ana con jota!", podía escuchar con claridad, e imaginarlo a la salida de la Facultad de Derecho. *¿Adónde te fuiste, Julián? ¿Por qué no me buscaste más?*

El olor del fricasé de pollo que Gustavo devoraba con ansiedad, me condujo de vuelta a la conversación. Continuaba con su discurso de muertes, dictaduras, opresión y desigualdad. Movía sin cesar los brazos al hablar: las manos eran como aletas; la voz, toda pasión. Hortensia le había colocado en la sien una venda de gasa, que yo no podía dejar de mirar mientras la cara se le enrojecía de furia e impotencia. Alzaba la voz, y yo le respondía en un susurro; se desesperaba, intentando sacudirme con discursos que no conseguían conmoverme. Hortensia iba de un lugar a otro nerviosa, recogía los platos, servía agua y al final trajo el postre con una gran sensación de alivio: terminaríamos de cenar, se acabaría la discusión y cada uno se retiraría a su cuarto, pensaba.

Pero en un minuto vi que la venda de Gustavo se teñía de rojo. Comenzó siendo un pequeño punto, imperceptible para los demás; luego una mancha que fue creciendo hasta que un delgado hilo de sangre comenzó a correr camino a su oreja.

Me desperté en el suelo, entre Hortensia y Gustavo. Él tenía en la frente una gasa nueva, sin rastro de sangre. Sentí que el calor regresaba a mi cuerpo. Hortensia sonreía.

—Arriba niña, cómete el postrecito. ¿Vas a desmayarte por una gotica de sangre?

Mi madre no se había movido de la mesa. Vi que se llevaba lentamente a la boca una cucharada de arroz con leche y canela. Al incorporarme, ella se excusó y subió a su cuarto.

Mi desmayo no la había alarmado: lo que la incomodaba era que Gustavo le hubiera dado participación a Hortensia en los conflictos familiares, y también que pudiera estar de algún modo vinculado a esa muerte, ya fuera del lado de los criminales o del asesinado. Ambas opciones eran inaceptables para ella, que había tomado la decisión de sobrevivir en la isla sin llamar la atención. Después de haber hecho tantos sacrificios para borrar la mancha con que lo trajo al mundo, lo veía ahora inmiscuido en conflictos inconvenientes para los Rosen. Conflictos que, además, podían costarle la vida.

Gustavo no entendía cómo podíamos ser tan frías, no reaccionar a las injusticias de un país que él consideraba suyo, vivir tan aisladas de lo que sucedía a nuestro alrededor. Me lo preguntó, pero, a esas alturas, yo no tenía energías para continuar un diálogo que no nos llevaría a ninguna parte. *Tengo a una madre que puede enloquecer de la noche a la mañana y una farmacia que atender*, me repetía a mí misma hasta el cansancio.

En su habitual tono apasionado, Gustavo me hablaba de derechos sociales, de tiranos, de gobiernos corruptos. Yo lo escuchaba pensando *¿qué sabrás tú de tiranías?*, pero mi hermano había nacido con la necesidad de enfrentarse al poder y cambiar el orden establecido. Su pasión por su propio discurso, su gesticulación agresiva, la intensidad y el volumen de su voz, nos ponían a Hortensia y a mí en estado de pánico. Teníamos la sensación de que un día podría despertarse y salir iracundo a la calle a organizar una rebelión nacional. No creía ya más en las leyes ni el orden de un país que, según él, se venía abajo.

—Tú naciste en Nueva York, eres ciudadano americano. Puedes irte de aquí sin problemas —le recordé, tratando de ofrecerle una alternativa. Mi comentario tuvo el efecto de una bofetada.

—Ustedes no me entienden. ¿Es que no les corre sangre por las venas? —me gritó exasperado, llevándose las manos a la cabeza.

Se levantó con furia de la mesa y lanzó el plato del postre contra una esquina del comedor. Hortensia corrió a limpiar la mancha que había dejado en la pared, y con una mirada de súplica se aseguró de que me mantuviera callada.

—Déjalo, ya se le pasará —me pidió en voz baja, como una madre que protege al hijo de sus propios errores.

Si alguien sufría con la distancia abierta entre Gustavo y nosotras, era ella. Temía que su niño adorado se metiera en problemas.

—Si algo le sucediera ¿quién lo defendería? ¿Tres mujeres encerradas en una casona? —murmuraba.

Aquella noche, Gustavo subió a su cuarto y dio un portazo. Lanzaba objetos contra el piso, hablaba solo, caminaba de un lado a otro. Encendió la radio, obligándonos a escuchar una guaracha a todo volumen. Media hora más tarde, bajó con una maleta, dio un portazo y desapareció.

No supimos más de él hasta después de un fin de año turbulento en que todo cambió de manera radical. Esa mañana, mi madre predijo que volveríamos a vivir en otro estado de terror.

Anna

2014

*A*hora, mamá y la tía tienen un proyecto. Se disponen a vaciar los cuartos de una familia que ya no existe, y las descubro susurrando, como si se conocieran de toda la vida.

De un viejo estante que abre con dificultad, la tía extrae bufandas de lana de varios colores. Mamá se sorprende al verlas. Bufandas para el calor tropical.

—Llévenselas a Nueva York —dice, y me las coloca al cuello, una por una.

Saca también sus agujas de tejer y un ovillo de estambre. La observo sorprendida e intento comprender el sentido de tejer piezas que nadie usa.

—Me alivia la artritis —aclara, y comienza a bajar las escaleras apoyada en el brazo de mamá.

Dejo sobre mi cama esta nueva colección de bufandas —el último de los regalos que pensé encontrar en Cuba— y les aviso que voy a salir con Diego. Su madre nos ha invitado a almorzar y él ha venido por mí.

La casa donde vive Diego, que una vez fue blanca, conserva una puerta de madera sólida, inmune a los golpes y al paso de los años. A la derecha, en el marco, un pequeño objeto se confunde con las deformidades de la madera, cubierto por innumerables capas de pintura. Diego no entiende por qué me detengo en la entrada. Al acercarme más, compruebo que es una mezuzá. ¡Una mezuzá! No lo puedo creer.

Dentro de la casa hay cajas por doquier, como si estuvieran por mudarse. Diego me explica que las usan para almacenar cosas.

—¿Pero qué guardan? —le pregunto.

—Cosas —insiste, un poco sorprendido por mi curiosidad.

En el comedor, la mesa está preparada, cubierta por un mantel de hule. La madre entra y, sin presentarse, sonríe y me besa. Es delgada como Diego, con el pelo negro y rizado, el cuello largo, los pechos terriblemente caídos, el vientre marcado por un vestido muy ceñido. Antes de sentarnos, Diego le aclara que hablo español, que no soy alemana, que vivo en Nueva York y que tenemos la misma edad. Yo le sonrío sin decir palabra.

La madre trae una fuente humeante de arroz blanco, un potaje oscuro y un plato colorido de revoltillo de huevo. Intento determinar de una ojeada si está hecho con embutidos, verduras o tomates, pero el contenido de los trozos amarillos y verdes es indefinible.

Me sirvo la menor cantidad de comida posible para prevenir un desaire en caso de que no me guste y, mientras comemos, observo los retratos de familia que cuelgan de las paredes. Intento ver en aquellos rostros un parentesco con mi amigo cubano o con su madre. Quizás sean sus abuelos o sus tatarabuelos.

Descubro algo más: sobre el aparador descansa una menorá, con los siete brazos cubiertos por la cera de varias velas derretidas. Intrigada y sorprendida, dejo de comer, y la madre de Diego se da cuenta:

—No te preocupes, es difícil que tengamos un apagón hoy. Nos hemos quedado sin velas. El mes pasado nos quitaron la luz varias veces, ya sabes, lo hacen para ahorrar. Come, mi niña, come...

Primero la mezuzá, después la menorá. Y ahora estos retratos de antepasados. Decido que lo mejor será preguntar. Elijo uno de los retratos, una pareja.

—¿Son sus padres? —y la madre de Diego no puede evitar un estallido de risa, con la boca llena de arroz y frijoles. Se lleva la mano a los labios y mastica con rapidez para poder responder antes de que yo continúe.

—Son fotos de la familia que vivía aquí. Nos dieron su casa pocos días después que ellos se fueron del país. Yo tenía la edad de ustedes.

No puedo entender cómo las pertenencias de aquella familia pueden haber pasado a ser de esta otra. Por lo visto, ocuparon una casa abandonada.

—Hace unos treinta años hubo una crisis, y el gobierno permitió que se fuera mucha gente. Se iban por mar, en barcos que sus familiares mandaban desde Estados Unidos —comienza a contar la madre de Diego—. Fueron unos meses terribles. Los periódicos anunciaban la huida de los enemigos del pueblo; "la escoria", los llamaban, "los traidores". "¡Que se vayan!", repetían los titulares. Recuerdo que el día que la familia que vivía aquí estaba por marcharse, los vecinos los esperaron afuera para agredirlos con lo que entonces llamaban "un mitin de repudio".

No deja de comer mientras cuenta: en realidad, ha pasado mucho tiempo desde aquellos días, y ella no se siente responsable.

—Los escupían, les gritaban: "¡Váyanse, gusanos!" —continúa—. La niña de esa familia iba a la escuela conmigo. Yo no podía entender qué crimen habían cometido para ser tratados así, ni por qué llamaban "gusana" a una niña de doce años. Aún recuerdo la mirada que me lanzó desde el auto cuando se alejaba.

Intenté reconocer a la niña en alguna de las fotos de las paredes, pero no pude.

—Había mucho odio y dolor en sus ojos —dice seria, ya sin comida en la boca—. Aquellos "gusanos", ahora se convirtieron en mariposas y los recibimos con los brazos abiertos —suelta una carcajada—. Todo cambia con los años. O con las necesidades.

El relato proseguía. Yo intento comprender, pero es difícil.

—El gobierno le entregó la propiedad a mis padres, que estaban en una lista de espera para adquirir una casa desde que un huracán destrozara el techo de la nuestra.

Me imagino a la madre de Diego en el cuarto de la niña que la había mirado con desprecio al partir. Su ropa, sus juguetes, pasaron a ser de ella. Se había convertido en una impostora.

—Al principio no podía dormir en aquella habitación enorme llena de cortinas, pero poco a poco me fui acostumbrando…

Ahora se interrumpe y va a la cocina. Regresa con un postre de leche granulada en sirope que sabe un poco a *licorice*.

—Mis padres dejaron la casa tal cual —cuenta, al tiempo que sirve el postre. Come de prisa como si temiera que la comida fuera a desaparecer—. Mantuvieron los cuadros, los muebles, cada cosa donde estaba antes.

El postre y la historia de la casa han terminado. Con una sonrisa, la madre de Diego comienza a recoger la mesa. Me acerco a un librero lleno de polvo y me detengo ante un viejo tomo con carátula de piel. Es una antigua edición en inglés de uno de los títulos más largos que alguna vez se hayan escrito: *The Life and Strange Surprizing Adventures of Robinson Crusoe, Of York, Mariner: Who lived Eight and Twenty Years, all alone in an un-inhabited Island on the Coast of America, near the Mouth of the Great River of Oroonoque; Having been cast on Shore by Shipwreck, wherein all the Men perished but himself. With An Account how he was at last as strangely deliver'd by Pyrates. Written by Himself.*

—Yo puedo recitar este libro casi de memoria —le comento a Diego—. Para mí, Papá era mi Robinson, y yo tenía celos de Viernes.

Diego me mira extrañado. No entiende nada.

Le doy la espalda y comienzo a hojear el libro. Algunas noches, antes de dormir, anotaba, como Robinson, lo bueno y lo malo que me había sucedido. Aún recuerdo muchas de mis notas: *"MALO: No conocí a mi padre. BUENO: Tengo su fotografía y todos los días converso con él, y sé que está conmigo y me protege".* O la primera página de mi diario, a la manera de Robinson, al cumplir siete años:

—Doce de mayo de dos mil nueve. Yo, pobre y mísera Anna Rosen, tras quedarme huérfana de padre en medio de una isla, durante un terrible ataque, llegué a mi orilla, sola —digo en inglés, en voz alta. Me olvido que Diego no puede entenderme.

Mi amigo me mira como a una desquiciada y se echa a reír.

—¿Puedo sacar el libro del estante? —le pido con cierto temor.

—Claro, niña, y llévatelo si quieres. En esta casa nadie lee.

La edición era de 1939, fiel a la original, con su largo título. En la primera página había una dedicatoria en hebreo: "A la niña de mis ojos".

Firmaba, "Papá".

Hannah
1959-1963

En esta isla turbulenta, los fines de año son grandes conmociones. A medianoche todo puede cambiar de manera drástica. Te vas a la cama, te duermes y amaneces en otro mundo, completamente impredecible. Cosas del trópico, decía mi madre.

Ese fin de año Hortensia inundó la casa con el aroma del romero. Lo habíamos cultivado en el patio y creció con una fuerza que nos impresionó. Antes del fin del verano hicimos la recolección y lo pusimos a secar. Hortensia guardó las hojas en una caja de cartón y para el otoño comenzó a prepararnos infusiones. Con cada sorbo que tomábamos, enumeraba las mágicas propiedades de la hierba. Aquella última noche del año, mis manos, mi pelo y hasta mis sábanas estaban impregnados de romero.

A la mañana siguiente, Hortensia estaba ansiosa por ponernos al día con sus imprecisiones habituales. Se había convertido en nuestro único contacto con el exterior. Todo cuanto sucedía afuera nos llegaba a través del filtro de una mujer que sentía que la isla se deshacía, y matizaba cada evento con su visión alarmista. Para ella, nos acercábamos cada vez más al Apocalipsis, al Armagedón; vivíamos los últimos días, el fin del mundo. Con discreción, ignorábamos sus prédicas sobre la venida del esperado reino de Dios.

—¡La guerra se desató, no hay gobierno! —exclamó al vernos entrar al comedor, aún más exaltada que de costumbre.

Aún cuando acostumbraba a hablarnos sin interrumpir sus actividades domésticas —a veces, si trajinaba de espaldas a nosotros, nos costaba trabajo entenderla—, se sentó a la mesa y bajó la voz. Nos apresuramos a sentarnos junto a ella, y noté que mi madre estaba un poco agitada.

—Se fueron en un avión, después de la medianoche.

—¿Quién se fue? —la interrumpí.

¡Ay, aquellas historias de Hortensia! Siempre presuponía que estuviéramos enteradas de todo, como ella.

—Se fue el que dice "Salud, salud" al terminar sus discursos. Ahora yo soy la que le desea salud —aclara.

Me imaginé que la euforia, quizás contenida por el temor a lo que pudiera venir, se estaría sintiendo a lo largo del país, y principalmente en La Habana. Pero nosotros vivíamos en una isla dentro de otra isla. Encerradas en el Petit Trianon, no nos enterábamos de nada y, por lo tanto, no teníamos nada que celebrar.

Ese 1 de enero de 1959, muy pocos festejaron en nuestro barrio. El alboroto se concentraba alrededor de los hoteles y en las arterias principales de la ciudad. Nuestra vecina bulliciosa había actuado con prudencia: a medianoche no abrió su botella de champán. Solo algunos lanzaron a la calle baldes de agua con hielo. Había mucha incertidumbre.

❧

Sin tocar, Gustavo abrió la puerta de la casa. Vestía un uniforme extraño para nosotras. Cuando lo vimos entrar de verde olivo y con una insignia roja, negra y blanca —aquella fatídica combinación de colores— en el brazo derecho, mi madre cerró los ojos. La historia se repetía. Era su condena, pensó.

Él fue hasta ella y la besó con una sonrisa, a mí me abrazó por la cintura y llamó a Hortensia, que vino corriendo desde la cocina al oír su voz, sin tiempo de secarse las manos. Tras él, una mujer joven, también uniformada, apareció en el umbral.

—Les presento a Viera, mi esposa —al escuchar aquel nombre, mi madre se sobresaltó. De una ojeada, analizó de pies a cabeza a la mujer. Escudriñó su fisionomía, detalló sus facciones, su perfil, su dentadura, la textura de su cabellera castaña, el verde amarillento de sus ojos.

—Acabamos de casarnos, y Viera está embarazada, ¡así que viene otro Rosen en camino!

Al mirar el rostro de mi madre comprendí lo que estaba pasando por su mente: *No podemos perder a este niño. Mira en lo que hemos convertido a Gustavo por insistir en una huida imposible, por no dejar de pensar en los que se quedaron del otro lado del Atlántico, por no habernos asentado como debíamos en esta isla donde no hay vuelta atrás.* Ese bebé sería la salvación de la familia, el único que no tendría que cargar con nuestras culpas. Se levantó de su sillón, ignoró a Gustavo y abrazó a Viera.

Entusiasmada, colocó su mano sobre el vientre aún plano de aquella desconocida que traería al mundo a un bebé deseado, su primer nieto. Viera pareció asustarse un poco, pero se dejó acariciar por la anciana que, para ella y su marido, vivía en el pasado, de espaldas a un país que no le interesaba.

No sabía si celebrar o deplorar que su hijo —al que no había circuncidado, al que había enviado a una escuela donde se encargarían de borrar cualquier vestigio que lo pudiera condenar—, hubiera terminado casándose con una mujer impura, tan impura como nosotros. Quién sabe de dónde habría venido su familia o cómo se integró a la vida en la isla. Quién sabe si también a ella la habrían mandado a una escuela que la forzara a integrarse. No se atrevió a preguntarle el apellido. ¿Para qué? Ya el mal estaba hecho.

Con el año nuevo también perdimos a Eulogio. Decidió que era tiempo de comenzar su vida fuera del control de una familia que no era la suya. De la noche a la mañana, pasó de ser chofer a ser obrero, y se sintió por primera vez como un hombre libre en medio de una revolución que comenzaba. Al fin, le dijo a Hortensia, todos éramos iguales en este país, sin importar la cantidad de dinero que tuviéramos ni en qué cuna hubiéramos nacido. Recogió sus maletas y se fue sin despedirse. Creo que se sentía liberado de verdad.

Hortensia no se lo perdonó, pero para mi madre aquella partida tenía una parte conveniente: era un salario menos que pagar.

൮ඐ

A medida que pasaban los días, las calles se llenaban de militares barbudos, con el pelo largo y aquel brazalete imposible de ignorar. Los vecinos salían a vitorearlos, las mujeres se lanzaban a sus brazos, y algunas hasta los besaban. La avenida Paseo se convirtió en la arteria de los militares. Las multitudes marchaban junto a ellos, camino a la gran plaza. Allí escuchaban arengas revolucionarias que podían durar una noche entera, en la voz de un joven líder que, evidentemente, adoraba escucharse a sí mismo. Gustavo tenía un lugar en la tribuna, junto al hombre que había tomado el poder por las armas, nos contó Hortensia con orgullo. Mi madre la escuchó con un estremecimiento, pero no derramó una sola lágrima. Ya no le quedaban.

Una tarde de octubre, Viera bajó del auto con su bebé en brazos y Gustavo se quedó junto al chofer. Venían del hospital. Al vernos, anunció sin dar las buenas tardes:

—Les presento a Louis —murmuró para no desperat al bebé.

Nos miramos extrañadas: ¿*Louis*? Gustavo no deja de sorprendernos. Mi madre lo tomó en brazos, luego Hortensia. Yo lo besé en la frente, pensando que tenía más parecido a la línea de papá. Había nacido con pelo abundante y oscuro.

Viera no quiso tomar nada, ni siquiera se sentó.

—Gustavo me espera en el auto y se impacienta, no quiero incomodarlo —nos dijo, y se marcharon de prisa.

Ya Hortensia se había dedicado a averiguar "de dónde había salido Viera", un dato que, a fin de cuentas, carecía de importancia, pues desde el primer día mi madre tuvo la certeza de que Viera era como nosotras. Una tarde nos confirmó la noticia:

—Viera es "polaca". Nació en Alemania, como ustedes y con cinco años, la enviaron en un barco a Cuba a vivir con un tío que había llegado antes. Al parecer, perdió a toda su familia durante la guerra.

Mi madre abría los ojos y yo podía sentir cómo su respiración se entrecortaba.

—El tío, un hombre mayor con ideas libertarias, está vinculado a los nuevos dueños del poder en la isla —nos aclaró Hortensia—. Su verdadero nombre es Abraham, pero se lo cambió a Fabius al llegar a Cuba.

Me fui a la farmacia ilusionada con la llegada del nuevo Rosen, sin permitir que las noticias de Hortensia me atormentaran. Al subir los escalones vi a Esperanza hablando animadamente con un hombre alto. No podía discernir si discutían o conversaban. Al verme, Esperanza sonrió, él se volvió hacia mí y ella regresó al mostrador.

Desde mi perspectiva, el hombre estaba aún en una zona oscura. El resplandor del sol me impedía distinguir quién era. Apenas podía ver que llevaba un traje beige, que sus hombros eran anchos. Entonces vi sus manos. Y las reconocí.

Allí estaba Julián. Sin rizos, con la mandíbula más ancha y cuadrada, el cuello fuerte, las cejas espesas que dividían su rostro en dos. Sonreímos: sus ojos se alargaban como antes. Su boca era la misma, su mirada pícara también.

—Mi querida "Ana con jota", ¿pensaste que me había olvidado de ti? ¡Farmacia Rosen, qué bien!

Lo abracé sin pensar y pareció sorprenderse, pero respondió con una carcajada y repitió mi nombre.

—"Ana con jota" —esta vez como un susurro—, tendrás mucho que contarme…

Lo tomé del brazo, cruzamos la calle y nos fuimos al parque, a sentarnos bajo los flamboyanes.

En medio de la crisis de la Universidad, su familia había decidido enviarlo a estudiar a Estados Unidos.

—Terminé mi carrera de derecho, y acabo de regresar para ayudar a mi padre en el bufete... y me encuentro con esta ciudad llena de militares.

Yo no podía dejar de mirarlo mientras hablaba. Julián había dejado de ser un jovencito universitario.

—Pensé todo el tiempo en ti —me dijo, y bajó la cabeza, un poco avergonzado.

Yo había sido siempre una extraña en la ciudad. Ahora él también lo era, y eso nos unía. Por primera vez, tuve esperanzas. Quizás un círculo se cerraría para mí.

A partir de ese día, Julián venía a la farmacia cada noche, antes de que cerráramos. Nos quedábamos un rato conversando en el parque y luego me acompañaba a casa. A veces venía al mediodía y caminábamos por la calle 23 para almorzar en El Carmelo.

Julián quería saber más de mí, pero mi vida era intrascendente: papá había muerto en la guerra mientras lo esperábamos aquí para irnos a Nueva York, y la que iba a ser una estancia de unos meses en La Habana, terminó siendo toda nuestra vida.

Nos tomábamos de la mano y a veces me echaba un brazo sobre los hombros, incluso en ocasiones me sostenía por la cintura al cruzar una calle para hacerme acelerar el paso, y nos quedábamos así por horas. Lo más atrevido que hice fue recostar la cabeza en su hombro, una tarde, mientras esperábamos que cambiara la luz del semáforo.

Esperanza se refería a Julián como mi novio, y yo no la corregía. Estaba cansada de dar explicaciones: que mi nombre no era Ana, que no era "polaca". Y ahora, que Julián no era más que un buen amigo cuya compañía disfrutaba.

Nunca me pidió entrar a nuestra mansión oscura. Tampoco yo lo invité. Los días pasaban, y disfrutábamos más del silencio que de la conversación. Podíamos estar horas mirándonos sin hablar, o disfrutando el alboroto de los estudiantes al salir del Instituto que miraba al parque.

Me di cuenta de que, a veces, Julián se mostraba distante, que su mente estaba en otra parte, que una preocupación lo angustiaba y no se atrevía a contármela.

Una tarde, me llamó a la farmacia. Esperanza me anunció que era él y en ese instante tuve un extraño presentimiento. Sus padres habían conseguido un permiso de salida para Estados Unidos. Acababa de despedirlos en el aeropuerto. Quién sabría cuándo volverían a encontrarse.

Aquel hombre lleno de energía y optimismo que me daba seguridad, que resolvía con una sonrisa cualquier problema, que era grande y fuerte como un árbol del Tiergarten, estaba abatido. Me pidió que fuera a su apartamento.

Tomé mi bolso y salí de la farmacia sin decirle nada a Esperanza. Caminé hasta la esquina de Línea y L, donde vivía Julián, precisamente en los altos de una farmacia.

Era un edificio blanco con amplios balcones. Tomé el ascensor hasta el octavo piso y al tocar a la puerta de su apartamento, comprobé que estaba abierta.

—¿Julián? —llamé en voz baja, sin respuesta. Recorrí un corto pasillo que desembocaba en una sala sin muebles, con sombras de cuadros en las paredes. En el balcón estaba Julián, con la vista perdida en el norte.

Me acerqué despacio y volví, tanto tiempo después, a ver el mar desde lo alto. Respiré y mis pulmones se llenaron de la brisa del Malecón.

—¿Julián?

Silencio. Di un paso más y sentí el calor de su cuerpo. Estaba tan cerca de él que podía tocarlo. Mi corazón comenzó a latir sin control, cerré los ojos y me abracé a su espalda. Él giró, me estrechó con fuerza y comenzó a llorar,

—¿Qué pasa, Julián?

Estaba desolado. Sus padres habían tenido que huir: sus negocios no tenían lugar bajo el nuevo gobierno. Antes de irse, habían logrado vender los muebles y algunos objetos de valor. Sacaron las joyas de la familia a través de una embajada. Con el cambio de moneda decretado por el gobierno, el dinero que tenían en el banco había perdido su valor.

—Me he quedado para liquidar lo que nos queda —le temblaba la voz.

—¿Te vas a ir también?

Sabía que no me respondería. Lo miré fijamente por pocos segundos, después cerré los ojos y lo besé. No quería pensar. No quería arrepentirme. Al abrir los ojos, vi las olas golpear contra los arrecifes del Malecón. Sentí que mi boca se llenaba de salitre y de lágrimas. Me era difícil entender lo que me ocurría. Estaba experimentando sensaciones desconocidas para mí.

Julián me tomó de la mano y lo seguí como si hubiese perdido la voluntad. Me llevó a su cuarto. En el centro, una cama con sábanas blancas. Cerré los ojos, su rostro se confundió con el mío.

—Ana, mi "Ana con jota"—me repetía al oído. Sus dedos me dibujaban con una delicadeza que no hubiera esperado de sus manos grandes y pesadas. Mis cejas, mis ojos, mi nariz, mis labios…

No sé en qué momento salí de aquel apartamento, cómo regresé a la farmacia, cómo dormí esa noche.

Desde esa tarde, a la hora del almuerzo, iba a oler el mar desde el octavo piso y perderme en sus brazos.

❦

La Habana comenzó a tener otra dimensión. Junto a Julián, me detenía en el follaje de los enormes árboles del Vedado. Bajábamos por la avenida Paseo y nos sentábamos en los bancos que encontrábamos en el camino. A su lado, los días, las semanas y los meses para mí eran apenas horas.

En ocasiones caminábamos desde Paseo hasta la calle Línea y de ahí a su edificio, sin importarnos si hacía calor, si llovía, si había una manifestación a favor o en contra de causas que nos eran ajenas.

Un lunes me llamó a la farmacia para decirme que esa semana no podríamos vernos, que necesitaba tiempo para hacer varias cosas. No me preocupé. A la semana siguiente, continuaba sin llamar y comencé a alarmarme, aunque en el fondo sabía que Julián estaba destinado a desaparecer.

El día que llegaron los militares a intervenir la farmacia en nombre del gobierno revolucionario, yo había llegado temprano. Al abrir, encontré una carta bajo la puerta. Era de Julián.

Mi querida Ana con jota:

No supe como despedirme, no soy bueno para las despedidas. Regreso a Nueva York con mi familia. Lo hemos perdido todo. Aquí no hay lugar para mí.

Sé que no puedes desamparar a tu madre, que tienes una deuda con tu familia. Lo mismo me sucede con la mía. Soy lo único que les queda.

Quisiera tenerte a mi lado, que nada más existiéramos tú y yo. Y sé que algún día nos volveremos a ver. Ya nos separamos una vez y te encontré.

Voy a extrañar nuestras tardes en el parque, tu voz, tu piel tan blanca, tu pelo. Pero sobre todo, guardaré en mi memoria los ojos más azules que he visto en mi vida.

Tú serás siempre mi "Ana con jota".

Julián

No lloré, pero tampoco pude trabajar. Leí la carta tantas veces que la memoricé. La leí en silencio, en voz alta; regresaba a cada frase, al comienzo, al final. Mis encuentros con él en el apartamento del octavo piso con vista al mar habían quedado grabados en mi corazón, en mi cabeza, en mi piel. *Era suficiente*, me repetía.

Y también la lluvia. Desde aquellos días, siempre que llueve veo a Julián que me tiende el brazo, que me levanta, que me abraza. Tenía mucho que agradecerle.

Prometí, a partir de ese momento, que nadie más entraría en mi vida. Las ilusiones no estaban hechas para mí. Con cada minuto que transcurría, el rostro de Julián se desdibujaba en mi memoria. Lo que aún permanecía con claridad era su voz: "Ana con jota".

Entonces llegaron los militares.

Los vi bajar del auto y acercarse a la entrada de la farmacia. Yo me repetía en silencio la carta de despedida, como un conjuro que pudiera protegerme. Afortunadamente, Esperanza estaba muy serena y consiguió transmitirme su calma. Los esperé detrás del mostrador, sin decir una palabra. Venían a quitarme lo que era mío, lo que había construido trabajando. No tenía nada más que perder. Mirándolos a los ojos, tomé la carta y la rompí en mil pedazos. Mi gran secreto terminaba a mis pies, en un pequeño cesto de basura.

No dejé que me hablaran. Desconcertados, los militares se dedicaban a observarme. Todavía en silencio, abracé a Esperanza y a Rafael y salí de la farmacia sin mirar atrás. Que se quedaran con todo. Ya no sabía lo que era el miedo.

Camino a casa, aceleraba el paso y me repetía en silencio: esta es una ciudad de tránsito, aquí no vinimos a echar raíces, como esos viejos árboles.

Al llegar a casa, Gustavo y Viera estaban en la sala con el niño, que recién había cumplido tres años. Gustavo se había propuesto que Louis creciera alejado de nosotras, no sé si para castigarnos o para evitar que le inculcáramos a su hijo nuestro rencor hacia un país por el que él estaba dispuesto a dar la vida. Si nos lo trajo después de tanto tiempo, pensábamos, era solo para contemplar cómo habíamos tomado la intervención de la farmacia.

Lo que había sido nuestro, ahora pasaba a manos de una jerarquía a la que pertenecía mi hermano.

⚬⚬⚬

Las noches se hacían cada vez más difíciles para mí. Si lograba dormir, mis recuerdos se mezclaban sin sentido. Confundía a Julián con Leo.

En ocasiones, me despertaba sobresaltada porque había visto a Julián en la cubierta del *Saint Louis* tomándome de la mano, subiendo y bajando escaleras, y a Leo, adulto, sentado a mi lado en el parque de los flamboyanes.

Volví a la rutina en casa, y comencé a dar clases de inglés a niños a los que les importaba un bledo aprenderlo. Me convertí en la profesora alemana que enseñaba inglés en un barrio donde me conocían como "la polaca". Los niños y jóvenes que venían al portal de la casa a que les enseñara que *"Tom is a boy and Mary is a girl"* estaban en una lista de espera para abandonar el país con sus familias. Uno de ellos, un joven que debía marcharse a cumplir con el servicio militar obligatorio al terminar el bachillerato, estaba desesperado por irse del país, pero me contaba que su "edad militar" se lo impedía. Yo me había transformado en maestra; y mi portal, en un confesionario.

Esperanza y Rafael no perdieron el empleo después de la intervención de la farmacia. A veces pasaban a visitarme y me contaban cómo iban las cosas con el nuevo dueño, el Estado.

Otra novedad fue que, con los militares en el poder, el esposo de Esperanza terminó en la cárcel por practicar una religión desconocida para aquel gobierno improvisado. La consideraban como una secta que ponía en peligro el patriotismo que trataban de inculcar a una masa ferviente y ansiosa de cambios. Esperanza, su familia y sus correligionarios no saludaban la bandera, no cantaban el himno nacional, estaban en contra de la guerra. Eran inaceptables en una sociedad que debía estar permanentemente lista para una contienda nunca declarada.

Una tarde, al despedirnos, noté a Esperanza preocupada. En un susurro y sin que yo pudiera entender bien a qué se refería, me advirtió que el nuevo gobierno "se había convertido en un melón: verde por fuera y rojo por dentro".

Viera se dedicó a trabajar día y noche con Gustavo, así que comenzaron a dejar al niño con nosotras. Sin que sus padres lo supieran, le hablábamos a Louis en inglés. A los pocos meses, ya podía entendernos. Un año después, su inglés era mejor que su español. Al descubrirlo, ni

Viera ni Gustavo protestaron. Estaban enfrascados en un caótico proceso social al que dedicaban todo su tiempo. La familia no era lo más importante en aquella época de ebullición.

Louis terminó durmiendo en casa casi todos los días de la semana. Mi madre decidió que debía tener su propio cuarto y le habilitamos uno junto al de ella. Teníamos una esperanza. No sé de qué, pero vivíamos con regocijo. A mí me entusiasmaba ver crecer a un niño libre de la culpa de los Rosenthal.

Nos sorprendía un poco que Hortensia se mantuviera distanciada de Louis, a diferencia de cuando Gustavo llegó recién nacido de Nueva York. Creo que en aquella época nos había visto desvalidas; pero con este niño era diferente: le estábamos dedicando tiempo, le demostrábamos cariño. O quizás no quería comprometerse emocionalmente para terminar otra vez en el lugar que Gustavo al final le dio: el de una simple empleada, y no el de la mujer que lo cuidó, lo alimentó y le dio su amor en los años que más lo necesitaba.

Un verano, el más caluroso de todos los que habíamos sufrido hasta ese momento, recibí un sobre de Julián desde Nueva York. Dentro, una foto suya, en un parque como aquel en el que nos encontrábamos a diario.

No había una carta: simplemente la foto, la fecha y una dedicatoria. Julián era de pocas palabras. Asumí como una despedida las breves líneas que había escrito en el envés: "Para mi Ana de su J. Nunca te olvidaré".

Anna

*A*quí amanece de repente. En un minuto es de noche y al siguiente es de día. No hay transiciones. Me despierta un sol que me atraviesa los párpados y siento a mamá a mis espaldas. Me contempla sonriente y me desenreda el pelo. Hoy también ella ha amanecido con olor de violetas.

Miro la foto de papá que traje conmigo, la reacomodo a un lado de la lámpara. Nos miramos y lo descubro feliz. Todos hemos cambiado en este viaje.

—Te tengo un poco abandonado, lo sé, ¡pero ahora estás en tu casa! Mamá sonríe al verme hablar con la foto.

Nos levantamos, nos alistamos y vamos hasta el comedor, donde ya nos espera la tía.

Desde que llegamos, mamá y la tía Hannah se han vuelto inseparables. Pasan horas conversando. *¿Qué te parece, papá?*

Ambas han recorrido cada rincón, han escudriñado cada armario. Mamá sabe que detrás de una camisa doblada, de un broche, de una moneda antigua, hay una historia que a ella le interesa rescatar.

—No deberías deshacerte de esto —le recomienda a la tía, señalando unos papeles amarillentos atados con cinta roja—. Guárdalos, uno nunca sabe.

Son los títulos de propiedad del edificio de Berlín, que para ella son ahora sagrados.

—Aunque no tuvieran validez, son reliquias familiares —insiste, y le toma la mano a la tía y se la acaricia.

Cada día, papá está más cerca de ella. Ha dejado de ser el hombre que conoció en un concierto en la capilla de Saint Paul. Ahora tiene pasado, su familia tiene un rostro, tuvo una infancia. La tía Hannah abrió para nosotros el libro de papá, nos contó su historia. Sus razones para quejarse van desapareciendo. Es cierto que ella ha perdido a su esposo y yo a mi padre, pero la tía Hannah perdió toda su vida.

Creo que la lápida en el cementerio con el nombre de papá, o su contacto con la historia de los Rosenthal, han puesto en perspectiva el dolor de mamá. La abrazo y, por si tiene dudas, le digo que todo va a estar bien, que siento como si hubiera conocido a papá, que ahora tenemos a alguien a quien cuidar.

Con el paso de los días, la tía Hannah parece más frágil, a veces hasta perdida, sin saber qué hacer o adónde ir. La primera vez que la vi en el umbral de la casa, tenía casi la altura del marco de la puerta. Desde hace unos días siento que se ha encorvado un poco y camina con la lentitud, la torpeza y el peso de los ancianos. Quizás es que yo también he crecido en La Habana, eso piensa mamá.

Ahora a mamá le ha dado porque ya tiene deseos de regresar a Nueva York.

No comprendo para qué. Tal vez quiera volver a sus clases de Literatura Española en la universidad, retomar la vida que abandonó hace años. Si fuera por mí, nos quedaríamos a vivir aquí, en casa de la tía, y buscaríamos una escuela a la que yo pudiera asistir.

Al narrar sus historias, las pausas de la tía se van haciendo más largas y frecuentes. Sus cuentos son de un pasado muy lejano, pero a veces los narra en un presente que nos confunde.

Me quedo horas frente a ella, y escucho atenta esa especie de monólogo que no deja espacio para interrupciones. Durante sus largos discursos, me dedico a tomarle fotos, y no parece incomodarle. Nosotras la escuchamos y dejamos que nos conduzca a su imparable montaña rusa. Si permanece en silencio, vemos que se hace vulnerable. Al conversar, en cambio, algo de color regresa a sus pálidas mejillas.

Si bien es cierto que, al final de este viaje, mamá no tendrá nada más qué indagar sobre papá, todo parece indicar que nos iremos sin saber lo qué realmente pasó con el abuelo. La tía sigue sin darnos detalles sobre Gustavo. Ahora se concentra en Louis.

◦◦◦

Diego está impaciente, desde la puerta lo puedo divisar. Ya no sabe qué hacer: lanza piedras al árbol, levanta un pedazo de la acera en la que se nos enredan los pies. Se limpia las manos en el pantalón y trata de buscarme sin llamar la atención. Tiene miedo de que salga la vieja alemana, que para él sigue siendo una nazi y busque a su mamá para darle las quejas del atrevido de su hijo.

Al final logro salir, me abraza efusivo y yo me vuelvo para comprobar si alguien nos ha visto. Todavía no me creo esto de que un chico me esté abrazando en plena luz del día, en una ciudad que no conozco. Es mi secreto, y me lo llevo conmigo.

Nos vamos a correr bajo un sol que hace arder el pavimento. Llegamos a un parque y me muestra una farmacia en la esquina.

—Mira, dice mi abuela que esa era la botica de tu tía.

En las paredes manchadas de humedad aún prevalecen rastros de pintura amarilla. Grabadas en la entrada, sobre el cemento, se pueden leer las letras gastadas de mi apellido: Farmacia Rosen.

Bajamos hasta la avenida Calzada y atravesamos un estrecho pasillo entre dos casonas. Prefiero no preguntarle a Diego adónde vamos, o si tiene permiso para entrar. Ya es tarde, porque estamos dentro de una propiedad ajena. Llegamos al patio y subimos por una escalera metálica de caracol que oscila como si fuera a desprenderse. A medida que escalamos, comenzamos a escuchar que alguien toca el piano y una voz de mujer da órdenes en francés y pronuncia un extraño conteo.

Saltamos un pequeño muro que da acceso a una terraza techada y allí, a través de una ventana, aparece una clase de ballet. Las niñas, alineadas a la perfección y con los brazos en alto, parecen buscar el infinito. Probablemente aspiran a ser etéreas, pero desde arriba se ven pesadas, aniquiladas por la gravedad. Diego se sienta de espaldas a la ventana. Se concentra en la música.

—A veces tienen una orquesta, o un par de violines acompañando al piano —me cuenta, extasiado.

Diego tiene ocurrencias que me desconciertan porque no las espero: nunca permanece quieto en un lugar, y ahora se detiene a escuchar monótonos ejercicios escondido en una terraza privada.

Quiero irme. Me siento incómoda en un lugar al que no hemos sido invitados, pero él prefiere continuar con su terapia musical.

—Ten cuidado, que puedes aplastar a mis hormigas.

Allí arriba, Diego tiene un hormiguero. Les lleva azúcar o migas de pan, las observa. Son sus mascotas. Se saca del bolsillo un pedazo de papel doblado varias veces, donde guarda el polvo mágico. Ya las hormigas lo conocen. Él deja caer los cristales de azúcar en una esquina y ellas aparecen de inmediato. Algunas son rojas, otras negras. Crean un largo camino, de una punta a la otra de la pared. Diego se detiene a mirar cómo se llevan a casa los pequeños granos blancos. Toma una con la mano y la contempla de cerca.

—Estas no pican —me advierte. Luego coloca a la hormiga de vuelta en el camino de azúcar que sus compañeras han trazado.

—En unos años aprenderé a nadar, me montaré en una balsa y me tendrás por allá.

—¿Tú también, Diego? ¿Entonces es verdad que todos aquí están obsesionados con lanzarse al mar?

—Aquí no hay futuro, Anna —responde, muy serio.

Habla con el pesimismo que ya he notado en los adultos. Se marchará en un barco improvisado a atravesar el estrecho de la Florida, y noventa millas más adelante tocará tierra. O se deshidratará en el camino, o se romperá su balsa y él caerá al agua infestada de tiburones, o será rescatado por los guardacostas, que lo devolverán a territorio cubano. O quizás logre llegar a las costas de cayo Hueso, donde le darán la bienvenida. Luego tomará un vuelo a Nueva York e irá a visitarme, y yo le mostraré mi barrio, porque a esas alturas ya seré mayor de edad, o al menos lo suficientemente mayor como para que me permitan salir sola, tomar el metro y pasear con mi amigo cubano por otra isla, una llena de rascacielos. Mi isla.

—¿Quieres ser mi novia? —me pregunta de improviso. Le ha sido difícil, no me mira. Menos mal, porque no soporto que alguien vea que me sonrojo, aún cuando es algo que no puedo controlar: cualquiera puede percibir mis emociones. Y mis emociones son íntimas, no son para compartir.

En ese momento me veo en Fieldston, contándole a las niñas de mi clase que estoy enamorada de un chico de pelo negro y rizado, de ojos grandes y piel quemada por el sol que solo habla español, que aspira las "eses" hasta hacerlas desaparecer, que no lee casi nada, que corre por las calles de La Habana y que quiere irse de su país en una balsa improvisada, tan pronto como aprenda a nadar.

—Diego, vivo en Nueva York. ¿Novios? ¿Estás loco?

Él no me contesta, sigue de espaldas a mí. Debe estar arrepentido de lo que acaba de decir y no sabe cómo salir de la situación. Y yo no puedo ayudarlo, no sé cómo.

Le tomo la mano y se sobresalta —¿habrá entendido mi gesto como un sí?—. Aferra la mía con fuerza y no sé como desasirme. Hay demasiado calor para estar tan cerca. No quiero ser grosera.

Al fin me deja ir, se levanta y se dirige a la desvencijada escalera.

—Mañana vamos a bañarnos en el Malecón.

Hannah
1964-1968

$\mathscr{E}$l señor Dannón vino a visitarnos por última vez. Entró con su aire pomposo y su habitual olor a tabaco, pero un poco despeinado. La brillantina escaseaba, y su pelo rebelde hubiera necesitado un poco más para permanecer aplastado contra su enorme cráneo.

Pasó al comedor, a diferencia de otras veces en las que mi madre lo recibía en la sala. Creo que ella intuyó que el abogado venía a poner punto final a una relación que siempre fue meramente económica y conveniente para ambos, pero por la cual siempre estuvo agradecida, aunque nunca se lo mencionara.

En realidad, no sé qué hubiera sido de nosotras sin él durante estos años. Nos cobraba una fortuna por sus servicios, pero nunca nos abandonó. Ni nos estafó, de eso estaba segura.

Hortensia le sirvió café acabado de hacer y un vaso de agua helada, luego se acercó a mí y se compadeció de él.

—El pobre está en una encrucijada —me secreteó.

Aunque el señor Dannón no hubiera expresado ninguno de sus conflictos, ella podía deducirlos al advertir cómo transpiraba, cómo se secaba con ansiedad el sudor de la frente tratando de acomodar sus rizos, que se rebelaban contra la poca brillantina que una vez los había mantenido bajo control. Desde el día en que nos contó que había perdido a su única hija, Hortensia lo miraba con otros ojos. Y creo que mi madre también.

A mí, su penetrante olor a tabaco no me permitía aproximarme. Lo más que podía hacer era compartir con él un mismo espacio. Se sentó muy cerca de mi madre y le habló casi al oído por un rato largo, mientras ella escuchaba en calma. Ni Hortensia ni yo podíamos entender si se trataba de buenas o malas noticias. De repente, ella se levantó y subió las escaleras. El señor Dannón bebió de un trago el agua fría, se secó los labios con una servilleta blanca que dejó manchada de marrón, tomó su pesado portafolio y la siguió hasta su cuarto.

—Algo malo está pasando —sentenció Hortensia, pero decidí no hacerle mucho caso.

En realidad estaba un poco nerviosa, pero no quería empezar a hacerme preguntas que no me conducirían a ninguna parte. Ya me hastiaba agotar las peores posibilidades para que me tocara la menos mala. Además, nunca conseguía adivinar. Era un juego que, a esas alturas, ya no funcionaba.

Fui a sentarme con Hortensia en los escalones del patio, a esperar que el señor Dannón se marchara y pudiera recibir noticias de nuestra situación legal y financiera en Cuba. Quizás hasta tuviéramos que irnos a otro país.

En una hora, yo debía recoger a Louis en su escuela con nombre de mártir, donde había ya comenzado el kindergarten y estaba feliz. Durante los primeros días, lloraba al dejarlo en la clase. Al recogerlo, volvía a llorar desconsolado, como para hacerme sentir culpable. Una semana después, ya estaba adaptado, y aunque no tenía una especial facilidad para hacer amigos, aprendía con rapidez la dinámica de cómo sobrevivir en sociedad. Su única queja de la escuela era que los niños hablaban muy alto. Yo comentaba para mis adentros: *Vives en el Caribe, ya te acostumbrarás.*

El señor Dannón bajó del cuarto muy nervioso, y nos dijo que quería despedirse. No creo que esperara un abrazo, pero se sorprendió un poco cuando le extendí la mano. No me la estrechó, más bien la aceptó dócilmente, y mis dedos se perdieron en la palma de su mano blanda y húmeda. Era la primera vez, en tantos años, que teníamos algún contacto físico.

—Cuídeseme mucho. Le deseo suerte —le dijo Hortensia, y le dio unas palmadas en la espalda transpirada y descomunal.

Con un portafolio ahora más liviano, salió de la casa. Se detuvo en la verja de hierro de la entrada y se volvió para decirnos adiós. Desde la entrada, observó por unos segundos la casa, los árboles, la acera rota; luego suspiró y subió a su auto. Salimos al portal para verlo marcharse.

Sentí un poco de ansiedad. No por la noticia que nos hubiera traído, sino porque estaba segura de que no regresaría nunca más. Comprendí que nos habíamos quedado desamparadas en un país sin rumbo fijo y en permanente disposición para la guerra. Un país dominado por militares iracundos que se habían propuesto reinventar la historia, contarla a su manera y cambiarle el curso a su conveniencia.

Ya nuestras visas americanas se habían vencido, pero yo estaba segura de que podríamos encontrar una manera de irnos si hubiéramos querido hacerlo. Solo que esa posibilidad no le pasó nunca por la mente a mi madre. Ya había decidido que sus huesos descansarían en el cementerio de Colón. Y menos ahora, que los niveles de su amargura y su rencor habían disminuido desde la llegada de Louis. Creo que, de algún modo, sentía que su presencia era necesaria en Cuba, y lo sería hasta el día que ella decidiera como el último. De hecho, ni aún así podrían librarse de ella, porque esta tierra tropical "tendría que acoger sus huesos al menos por otro siglo".

Tampoco iba a abandonar a Louis en manos de aquellos padres convencidos de estar inventando un nuevo sistema social, que en realidad no era más que un juego del absurdo, un "quítate tú pa' ponerme yo", como rezaba un dicho popular. Le arrebataban el poder al rico y se lo entregaban al pobre, que pasaba entonces a ser rico, ocupaba casas y propiedades y se sentía invulnerable. El círculo vicioso recomenzaba: siempre quedaba alguien abajo, aplastado.

Mi madre me llamó a su cuarto y Hortensia me indicó con un gesto que no la hiciera esperar. Sabía que nunca compartiría con ella sus noticias, buenas o malas. Además, no era necesario: al vernos a la hora de la cena, ella comprendería de inmediato.

Al señor Dannón, como era de suponer, le habían intervenido su bufete. Hacía ya tres años que Cuba y Estados Unidos habían roto relaciones diplomáticas, pero él y su esposa tenían un permiso de salida, y partirían de un puerto cercano a La Habana al que llegaban barcos desde Miami a recoger a familias enteras. No era conveniente que nos visitara más, porque ahora era considerado un "gusano".

Al escuchar esa palabra, mi madre se estremeció. Así habían comenzado a llamar a quienes tenían intenciones de irse del país o estaban en desacuerdo con el gobierno. Para ella, era como revivir una pesadilla. Otra vez eran "gusanos". La historia se repetía. *Qué poca imaginación*, pensé.

El señor Dannón le dejó una cantidad considerable de dinero. A partir de ese momento se haría más difícil el acceso a nuestra cuenta de fideicomiso en Canadá, que podría incluso ser considerada ilegal por el nuevo gobierno, y probablemente hasta tendríamos que renunciar a ella.

Decidimos no alarmarnos demasiado. Podíamos sobrevivir con el dinero que teníamos. Yo recibía una ridícula pequeña cuota mensual como indemnización por la farmacia que el gobierno se había incautado, y también daba mis clases de inglés. No necesitábamos mucho más.

Esa noche, después de la cena, Hortensia recibió una llamada urgente de su hermana, que no quiso darle detalles por teléfono. Ambas tenían miedo de que sus conversaciones fueran escuchadas por agentes del gobierno. Nos pidió dos días de permiso y se marchó, muy alarmada. Nunca la había visto así.

Los dos días se extendieron a cinco, y nos llamó por teléfono anunciando que una mujer llamada Catalina vendría a ayudarnos. Desde ese día, aquella mujer fornida tomó control de la casa y nunca más se separó de nosotros.

Catalina era un huracán. Estaba obsesionada con el orden y con los perfumes. Insistía en que nunca saliéramos de casa sin un toque de fragancia. Fue en esa época que yo comencé también a usar el agua de violetas que ella compraba para rociar la cabeza de Louis todos los días, antes de que se fuera a la escuela.

—Para protegerlo del mal de ojo, mija —aclaraba.

Descendiente de esclavos africanos que se mezclaron con españoles durante la colonia, su madre fue la única familia que conoció. Era del otro extremo del país, la zona oriental. Dos años antes había llegado sola a La Habana, después que un ciclón destruyera su casa y las inundaciones sepultaran su pueblo en el fango. Tras el paso devastador del ciclón, también perdió a su madre. Había trabajado muy duro toda su vida, decía. Nunca "tuvo tiempo para maridos", ni para crear una familia.

Con Catalina, la vida volvió a su antigua rutina y la casa se llenó de girasoles.

—Donde quiera que los pongas, ellos buscan la luz —decía.

Se convirtió en la sombra de mi madre, con quien se comunicaba a la perfección a pesar de su lenguaje entrecortado y lleno de expresiones coloquiales que muchas veces nos costaba trabajo entender. Me tuteaba, y nos trataba con una confianza que, al final, nos resultaba divertida.

—Estamos en el Caribe. Qué más podemos esperar —comentaba mi madre.

Nos fuimos acostumbrando a vivir sin Hortensia. Era obvio que su hermana Esperanza, con el esposo en prisión, la necesitaba más; o quién sabe si había alguien enfermo en la familia. En realidad, no sabíamos lo que le había sucedido.

Catalina comenzó a sembrar menta —que ella llamaba hierbabuena— en el patio, para preparar sus brebajes. También sembró albahaca para espantar unos insectos a los que llamaba "guasasas"; y jazmín de noche, para que al irnos a la cama entrara por las ventanas una brisa perfumada que nos ayudara a descansar.

❧

Una semana más tarde y sin previo aviso, Hortensia y su hermana aparecieron a altas horas de la noche. Ya Louis estaba dormido y nosotras nos habíamos retirado a nuestras habitaciones. Catalina nos pidió que bajáramos, pues nos esperaban en el comedor.

No nos saludaron, no respondieron a mi sonrisa; más bien me ignoraron. Únicamente miraban anhelantes a mi madre, que fue a sentarse a la cabecera de la mesa. Al parecer, solo ella podía hacer algo en la situación desesperada en la que se encontraban. Se apresuraron a sentarse a ambos lados. Catalina y yo permanecimos de pie, al fondo del comedor, pues pensé que querrían alguna privacidad, pero estaban tan ansiosas por hablar con ella que no reparaban en nada más.

Hortensia trataba de contenerse, aunque era evidente que no sabía cómo reprimir la rabia. Su rostro denotaba un desprecio que yo no podía comprender. No conseguía siquiera articular palabras porque, al parecer, si llegaba a pronunciar una frase terminaría gritando, y sabía que nos debía respeto. Comprendí que nunca más trabajaría con nosotros, que esa sería la última vez que la veríamos. No se atrevía a mirarme de frente, pero su mirada expresaba una profunda repulsión, incluso asco de compartir el mismo techo con nosotras.

Esperanza comenzó a hablar:

—Una noche, cuando estábamos por cerrar la farmacia, vinieron a buscar a Rafael. Era un auto lleno de militares. Me atreví a reclamarles, les pedí saber por qué lo detenían, cuál era su delito, a dónde se lo llevaban, pero ninguno me respondió. Me ignoraron y se llevaron a mi hijo.

Desesperada, Esperanza recorrió las estaciones de policía de los alrededores sin resultado. Al día siguiente, supo que se estaban llevando a todos los jóvenes de su congregación a un estadio en el barrio de

Marianao. Ahí fue que comprendió lo que estaba sucediendo, y se arrojó al piso de su casa a llorar. Comenzó a maldecirse, se culpó por el fervor con que había criado a su hijo. Rafael era un muchacho que nada más conocía el bien, que era incapaz de hacerle mal a nadie. Hacía tiempo que intentaban irse del país, pero se les había hecho imposible conseguir un permiso de salida desde que el gran líder acusara a su grupo religioso de ser una "temible lacra de la sociedad". No tenían dinero ni familiares en otro país que pudieran ayudarlos. Dependían de la compasión de los hermanos de "la congregación", que ya era oficialmente considerada ilegal.

Mi madre escuchaba inmóvil a Esperanza, con los brazos pegados al cuerpo y las manos apretadas en el regazo. No estaba frente a una limpieza racial que buscara la perfección física, la medida y el color para lograr la pureza. Se trataba de una limpieza de ideas. Le temían a la mente, no al físico. Pensó por un instante en las dudas de un filósofo desquiciado de su tierra, al que acostumbraba a leer con ironía: ¿Es el hombre un error de Dios, o es Dios un error del hombre?

Como Rafael era considerado menor de edad —faltaban unos meses para que cumpliera dieciocho años—, consiguieron permiso para visitarlo en un campo de trabajo en el centro del país. Habían concentrado allí a los desafectos al nuevo gobierno y a quienes tuvieran creencias religiosas. Dios, ahora, se había convertido en el principal enemigo del poder imperante. El gobierno se concentraba en depuraciones políticas, morales y religiosas. El campamento de trabajos forzados donde habían confinado a Rafael estaba rodeado de cercas de púas y a la entrada exhibía un enorme cartel que rezaba: "El trabajo os hará hombres". Pudieron estar con él por media hora. No tuvo que decirles —no podía, porque el encuentro fue en presencia de los guardianes— lo mal que le iba. Había adelgazado más de veinte libras. Le habían cortado el pelo al cero.

—Tenía ampollas en las manos. Lo obligaban a saludar la bandera, a cantar el himno nacional, a renegar de su religión. Él se oponía, y cada día aumentaban y reforzaban los castigos. A un niño, Alma, a un niño —repetía Esperanza.

Rafael tuvo tiempo de contarles que una delegación había ido a inspeccionar los campamentos, bautizados como campos "de trabajo como rehabilitación terapéutica". En el grupo había varios representantes del gobierno, que se preocuparon por las condiciones en que vivían los presos y preguntaron cómo iba la reeducación. Reconoció a uno de ellos, que le devolvió la mirada. Rafael sonrió, y se llenó de esperanzas.

—En ese séquito iba Gustavo —dijo Esperanza, mirando a los ojos a mi madre.

Al oír el nombre de su hijo —el niño que no circuncidó, al que educó para ser libre—, mi madre comenzó a temblar. No derramaba lágrimas, pero unos gemidos silenciosos le estremecían el cuerpo. Era evidente que no solo su alma estaba siendo torturada: sufría físicamente.

Catalina me abrazó. Yo estaba muda, no podía creerlo. Hortensia se arrodilló frente a ella y le tomó las manos.

—Alma, usted es la única que nos puede ayudar. Rafael es nuestra vida. Es un niño, Alma —suplicó.

Mi madre cerró los ojos con toda su energía. No quería escuchar. No podía entender por qué debía seguir pagando culpas.

—Hable con Gustavo. Ruéguele que nos lo entreguen. No le pediremos nada más. Si Rafael se nos muere… —Hortensia dejó la frase inconclusa y tragó en seco.

Mi madre continuaba ausente, la vista fija en la pared. Tiritaba.

Después de un largo silencio, Hortensia se puso de pie. Esperanza la sostuvo del brazo y caminaron con paso firme hacia la salida. No se despidieron. Nunca más supimos de ellas.

Mi madre intentó, temblorosa, levantarse de su silla. Catalina y yo corrimos a ayudarla. Se le dificultaba caminar y con mucho esfuerzo la llevamos, casi en andas, hasta su cama. Se refugió entre sus sábanas blancas, hundió la cabeza en la almohada y aparentó haberse quedado dormida.

Al amanecer fui a su cuarto con Louis para que se despidiera de ella antes de ir a la escuela. Cuando el niño la besó en la frente, abrió los ojos, lo tomó del brazo con vehemencia y lo miró. Haciendo acopio de las pocas fuerzas que le quedaban, le susurró al oído en un idioma desconocido para él.

—*Du bist ein Rosenthal.*

Quería que recordara que era un Rosenthal. Desde que llegamos al puerto de La Habana y bajamos del desdichado *Saint Louis*, esta era la primera vez que mi madre hablaba alemán. También fue la última.

Anna

2014

*P*ara mamá ha sido más difícil de lo que pensaba. No entiende cómo Cuba, el país que ella idealizaba como el baluarte de los logros sociales en el continente, haya creado, ante la indiferencia del mundo, campos de concentración para depurar a sus indeseables. Quizás el abuelo Gustavo pensó que hacía lo correcto, que realmente estaba rehabilitando a los descarriados, a una lacra que debía ser reformada. El crimen del abuelo Gustavo fue un gesto de salvación. Lo que no entiendo es por qué la tía no le pidió a su hermano que interviniera a favor de Rafael. Lo dejó todo en manos de la bisabuela.

Un año pasó antes de que liberaran a Rafael y toda la familia pudiera salir del país, desterrada. Al enterarse, Catalina corrió a darle la noticia a la bisabuela, que vivía refugiada en su cama, en un acto de perenne flagelación. De cada poro de su cuerpo brotaba odio, y Catalina pudo darse cuenta de que maldecía a su propio hijo.

Cuando los abuelos Gustavo y Viera fueron al cuarto para comunicarle que se iban a un país lejano como embajadores de la nación que ella tanto despreciaba, la bisabuela volteó la cara. Fue la única respuesta que su cuerpo les dio. Catalina cuenta que bastó esa señal para entender que les deseaba la muerte, y que aquel gesto de rechazo le llegó al alma a Gustavo. Mi papá se quedó con la tía desde el día que ellos se marcharon al otro lado del mundo.

Catalina se dedicó a cuidarla con esmero, a alimentarla, a bañarla, a cambiarle las sábanas diariamente, a curar las terribles escaras que poco a poco iban deshaciendo su cuerpo. A medida que se secaba, su pelo iba recobrando el antiguo brillo y las canas desaparecían, como si el alimento que recibía de manos de Catalina se concentrara en su cuero cabelludo.

Me fui a solas al cuarto oloroso a desinfectante de la bisabuela. La sobrecama gris, tendida sobre el colchón de muelles vencidos, aún conserva algo de su energía. Me senté en una esquina y pude percibir su presencia, el dolor de sus últimos años postrada en perenne silencio.

En un cofre de madera negra la tía Hannah guarda un mechón rubio de Alma, una de las reliquias de los Rosenthal, junto a las joyas más preciadas de la familia. Ahí veo también la caja azul que la tía nunca se ha atrevido a abrir, fiel a la promesa que hizo en el barco en el que huyó de Alemania y un cuaderno de piel descolorido.

Catalina entra al cuarto y posa un brazo sobre mis hombros.

—Es lo único que tenemos de Viera. Es un álbum de fotos de su familia y unas cartas que le escribió su madre cuando la dejó en La Habana con su tío. Ella tenía el presentimiento de que nunca se reencontrarían —Catalina se queda en silencio.

—Alma era una buena mujer —me asegura, como para que deje de preocuparme—. Yo misma le di la noticia de que su hijo y Viera habían muerto en un accidente aéreo. Por mucho que desprecies a tu hijo, la muerte siempre es un trauma, mija. Otra tumba sin cuerpo en el cementerio.

Según Catalina, la bisabuela ya llevaba mucho tiempo sin vida, pero no sabía cómo dejarse ir. Sabía que ya era hora de reunirse con su marido y su hijo.

—Si no tienes fe ni estás dispuesto al perdón, si no crees en nada, no hay forma de que tu cuerpo y tu alma se vayan juntos. A mí me queda poco. El día que caiga postrada, me dejo ir ¡y se acabó! ¿Para qué tanto sufrimiento?

Catalina es una vieja sabia.

Los últimos días de la bisabuela fueron terribles: no podía respirar ni tragar. Catalina dormía a su lado, en un sillón, y pasaba los días y las noches hablándole al oído.

—Ya puedes irte, Alma. Todo está bien. No sufras más —le susurraba.

Una mañana, al despertar, vio que la bisabuela Alma había dejado de respirar y que su corazón no latía más. Catalina le cerró los ojos, se atrevió a hacerle la señal de la cruz sobre el rostro frío y gris, y se despidió con un beso.

Ahora comprendo por qué la tía asegura que en esta familia nadie se muere: más bien nos abandonamos, decidimos cuándo partir. Y pienso en papá, aquel martes de septiembre, antes de que yo naciera. Quizás, una vez atrapado, también él se habría dejado morir bajo los escombros.

Hannah
1985-2014

Todos los días, al abrir la ventana de mi cuarto y ver los árboles frondosos que me protegen del agresivo sol matutino, compruebo que aún estoy viva y que sigo en esta isla, a la que me lanzaron mis padres contra mi voluntad. Mi mente comienza a viajar a una velocidad que mi memoria ignora. Mis pensamientos se mueven con más rapidez que mi capacidad para guardarlos. No recuerdo lo que sueño. No recuerdo lo que pienso.

Las noches son intranquilas. No tengo paz. Me despierto sobresaltada sin saber por qué. Ya no estoy en nuestra casa en el centro de Berlín, ni veo los tulipanes desde la sala. El *Saint Louis* quedó tan lejos en mi memoria que ya me es imposible revivir los olores de la cubierta.

Los años en La Habana son una confusión. A veces pienso que Hortensia está por entrar a mi cuarto, o que voy con Eulogio a una librería en el centro de la ciudad. La farmacia, Esperanza, mis paseos con

Julián, la llegada de Gustavo, el nacimiento de Louis. Todo se combina desordenadamente. Puedo imaginar a Gustavo niño a mi lado mientras veo a Louis decir adiós.

El único que tendría la posibilidad de salvarse.

Al terminar la universidad, Louis comenzó a trabajar en un centro de estudios de física. Llegaba de la oficina y se encerraba a leer. Devoraba cualquier libro que encontrara. Por sus manos podían pasar estudios sobre la producción de azúcar, un tratado de álgebra, la teoría de la relatividad o las obras completas de Stendhal. Leía con detenimiento página por página.

Hablaba poco y mantenía con Catalina una comunicación especial. Sin necesidad de preguntarle, ella sabía lo que él necesitaba. A mí me besaba en la frente cada vez que se iba o regresaba. Con eso me bastaba.

Los fines de semana los dedicaba al cine. Allí no tenía que dialogar con nadie. Era el eterno observador.

Desde que se fue a Nueva York, llamaba por teléfono todos los meses para avisar que nos había hecho un depósito de dinero, hasta que las comunicaciones se fueron espaciando poco a poco. Cuando supimos lo que había sucedido en Manhattan ese terrible martes de septiembre, dedujimos que quedaríamos aislados por un algún tiempo.

Pero el intervalo se alargaba demasiado y decidí escribir a la oficina de nuestro fideicomiso. Una mañana, recibí una llamada telefónica: Louis había muerto. Así de simple.

El dolor me derribó, pero no me tomó por sorpresa la noticia: Ya lo habíamos perdido mucho antes.

—No se llora dos veces por el mismo muerto —me dijo Catalina—. Él nos fue preparando.

Estamos condenados a la muerte prematura. Lo sé.

Una noche, de esas en las que el calor no permite dormir, me bañé en esencia de violetas. Sí, para refrescarme y para tener a Louis cerca. En menos de una hora estaba dormida.

Abrí los ojos y lo ví caminar por las calles de Nueva York, entre líneas paralelas de rascacielos. Era un minúsculo punto en la enorme ciudad. Había silencio. No se escuchaba ni el ruido de los autos, ni el paso apresurado de los transeúntes, ni el viento. No había nadie, y desde lejos lo pude distinguir, sentado en una esquina fría y oscura. Sentí su respiración entrecortada. Pensé: está listo para lo que se avecina.

De pronto, el sol se escondió. Una explosión. A los pocos minutos, otra; y la ciudad comenzó a hundirse muy despacio.

Corrí hacia él en medio de las tinieblas y lo encontré dormido, como un recién nacido. Volvía a ser mi niño pequeño, al que le hablaba en inglés. Cerré los ojos y pude aspirar su fragancia, los abrí y ahí tenía de nuevo a mi bebé en los brazos. Comencé a cantarle una canción de cuna: *"Morgen früh, wenn Gott will, wirst du wieder geweckt"*. Mañana por la mañana, si Dios quiere, nos volveremos a despertar.

"Vamos juntos en busca del sol", le susurré al oído, en español. No estaba en Berlín, no estaba en Nueva York, no estaba en La Habana.

Ese día dejé de existir, hasta que supe que Louis había tenido una hija.

Un abogado de Nueva York me contactó: quería saber si estaba interesada en un litigio para reclamar mi parte de la cuenta creada por mi padre para los Rosenthal. Aquel hombre, que esperaba obtener alguna ganancia de una demanda que yo nunca interpondría, me había hecho un precioso regalo: había una Rosen, Anna, alguien que había llegado al mundo sin la carga de los Rosenthal.

No podíamos creer lo que nos contaba: Catalina saltaba de alegría, me abrazaba. Ese día la vi llorar por primera vez. Louis no solo tenía una esposa, sino también una hija que llevaba su apellido. Ellas eran sus herederas. Después de una tragedia suelen llegar buenas noticias, me confirmaba Catalina, la sabia.

Catalina cree que los Rosen vinimos a este mundo con una cruz a cuestas y no puedo evitar reírme. Trato de explicarle que eso es imposible, y mucho menos tratándose de los Rosenthal.

El agua de violetas es la huella de Louis en esta casa. Desde el instante en que supe que había una Rosenthal, una hija suya, no he dejado de usar sus gotas lilas en mis canas. Ahora siempre lo llevo conmigo.

Estaba por cumplir ochenta y siete años, la edad en que uno debe empezar a despedirse, y pensé que debía comunicarme con Anna, el único rastro que nuestra familia dejaría en este mundo. No hubiera sido justo con mis padres borrar su legado. Uno debe saber de dónde vino. Uno debe saber cómo hacer las paces con el pasado.

Ya tengo más de ochenta años. A estas alturas solo me queda una deuda, un deseo por cumplir: abrir con Leo la pequeña caja azul añil.

La última vez que apagué una vela de cumpleaños fue en el *Saint Louis*. Ha pasado mucho tiempo. Llegó el momento de celebrar.

Anna
2014

Papá creció muy cerca de la tía y de Catalina. Ambas se dedicaron a hacer de él un hombre independiente y, quizás sin haber tenido esa intención, también un solitario.

—La muerte de Gustavo y Viera no afectó tanto a tu papá, que entonces tenía nueve años —me cuenta la tía—. Lo que tuvo un efecto terrible en él fue ver, en el cementerio, cómo bajaban el cuerpo sin peso de su abuela en un ataúd. Para él, sus padres se habían ido un día y no habían regresado más. Eso le bastaba. Pero esa vez se trataba de un cadáver, el primero, en una caja que iban a enterrar.

Vivió entre dos idiomas. El inglés se convirtió en el idioma del hogar, y el español en el de la escuela, que no le gustaba. La tía decidió que no necesitaría el alemán. Estudió física nuclear y, poco antes de graduarse, la tía Hannah lo acompañó a la oficina de intereses de los Estados Unidos en La Habana, cerca del Malecón. Llevaba con ella la inscripción de nacimiento de Gustavo para solicitar la ciudadanía americana para Louis, su hijo. Al final, ella no podría irse del país.

—Fue tu padre quien finalmente tuvo la posibilidad de librarse del estigma de los Rosenthal —continúa.

La tía Hannah se sentía obligada a quedarse en Cuba con los restos de su madre, a lanzar sus huesos junto a los de ella, para que el país pagara por lo que le había hecho a su familia. Por mucho que me explique las razones para no haberse ido a vivir a Nueva York, no puedo entenderla.

Al llegar a su nuevo país, papá tomó posesión del que es ahora nuestro apartamento neoyorquino y activó las cuentas del fideicomiso del bisabuelo Max.

Ni en su habitación, ni en ningún espacio de esta casa, se siente su presencia. La de la tía Hannah y la de la bisabuela Alma son demasiado fuertes para que aún sobreviva alguna huella de papá.

Tampoco hay fotografías familiares. La única instantánea que la tía conserva es la imagen borrosa y amarillenta en la que aparece sentada en las piernas de su madre, la que su padre conservó hasta el día en que se dejó morir en tierras dominadas por los Ogros. El resto de las imágenes, las de sus años en Berlín y en el *Saint Louis*, están en nuestro poder.

Me sentía agotada, y fui a buscar a Diego. Me había prometido que iríamos a bañarnos en el Malecón. Al menos, lo haría él: yo no me atrevía lanzarme a las aguas oscuras, con olas violentas que venían a estrellarse contra el muro. A esa hora, el litoral, lleno de arrecifes y erizos, era el centro de reunión de los niños del barrio. En algún momento pensé que el olor a pescado podrido y agua estancada, mezclado con algas secas y orines, me provocaría náuseas, pero, para mi sorpresa, a los pocos minutos lo había olvidado. Diego se lanzó a aquellas aguas salvajes. Parecía que fuera a ahogarse: hundía la cabeza y retornaba con esfuerzo a la superficie, pero se reía y jugaba con los otros niños.

Al enfocarlo con la cámara, saltaba y sonreía entre aquellas olas descontroladas que lo hundían.

De regreso al muro, noté que cojeaba. Volví a fotografiarlo y posó con la pierna levantada. Tenía la planta del pie derecho llena de púas de erizo. Se sentó a mi lado y, con extrema paciencia, comencé a quitarle, una a una, las agujas negras. Aguantaba el dolor sin quejarse, pero tenía los ojos llenos de lágrimas. Sonreía, se fingía fuerte y enseñaba los dientes, como diciendo: "¡Esto no es nada, he pasado por cosas peores!".

Terminé de sacarle las espinas y se lanzó de nuevo al mar. El sol descendía en el horizonte y mis pensamientos se fueron a otra parte mientras le tomaba fotos. Quiero llevarme a casa todas las imágenes suyas que pueda. Una nube nos cubrió y por unos minutos quedamos a la sombra.

Bajé mi cámara y me sentí abatida. No podía dejar de pensar en Diego y en esta familia, mi familia, que recién descubro. ¡Soy una Rosenthal! Es demasiado tarde para volver atrás.

Camino a casa, Diego está intranquilo. Sabe que en dos días nos iremos. Comenzarán las clases para mí también, y quizás nos escribiremos. Tengo que convencer a mamá de que regresemos a Cuba. Después de haber conocido a la tía Hannah, creo que no nos será posible abandonarla. Somos su única familia.

Diego no deja de hablar de sus planes de irse del país. No quiere ser como sus tíos, temerosos de que la casa les caiga encima, amargados, sin esperanzas. Una catástrofe por familia es suficiente. Tal vez encuentre allá a su padre, o yo lo pueda ayudar a localizarlo en algún barrio de Miami; tal vez se compadezca de su hijo y lo reclame. En un abrir y cerrar de ojos estaría allá, en el Norte, me dice. Habla de su partida, no de nuestra separación.

Es hora de descansar, mañana será otro día.

Antes de regresar a Nueva York, mamá quiere que volvamos al cementerio para despedirnos. Vamos solas, y el auto nos deja cerca de la capilla. Mamá no entra, pero se detiene por unos minutos, cierra los ojos y respira profundo.

Tampoco yo quiero leer lápidas, ni admirar ángeles congelados en el mármol, ni ver gente que llora. ¡Regresan los olores!

A lo lejos, divisamos el mausoleo familiar. Mamá se da cuenta de que la tía ha hecho cambiar la inscripción del frontón. Ahora se lee "Familia Rosenthal". Y abajo, "Valle de rosas". Hannah ha regresado a su esencia. Dejó de ser una Rosen para convertirse en lo que siempre fue: la hija de su padre.

Ahí están las lápidas, con sus inscripciones. La de los bisabuelos Alma y Max; la del abuelo Gustavo; la de papá y ¡la de la tía!: Hannah Rosenthal, 1927-2014. Al descubrirlo, solo atinamos a tomarnos de las manos. La tía ha decidido que éste será su último año. Y, ya lo sabemos, en nuestra familia no nos morimos: nos dejamos morir.

Mamá aparentó no darle mucha importancia a nuestro descubrimiento para evitar preocuparme, pero era inevitable ver en su rostro una expresión de terror nueva para mí. Buscó la manera de romper la tensión:

—Ya cambiará la fecha. A esa edad uno piensa que tiene un pie en la sepultura. No te preocupes, Anna, todavía hay tía Hannah para rato.

Allí estaban las flores marchitas de Catalina y las piedras que mamá había colocado sobre cada una de las lápidas, excepto en la de la tía Hannah. Ahora le ofrenda otra piedra a todos nuestros difuntos. De pie, frente a la lápida de la tía, piensa quizás dejar una allí también, pero al momento reacciona. Sabe que la estoy mirando y que no debe, frente a mí, admitir que sabe lo que yo también sé: que la tía Hannah ya ha tomado la decisión, que nadie podrá hacerla cambiar de idea. La piedra regresa a su bolso.

En camino a nuestro taxi, el sol castiga con fuerza la marea blanca de mármol que nos ciega. Pienso que la tía ha llegado a una edad que no esperaba alcanzar, en un país donde no esperaba quedarse. Ha preferido volver a su valle de rosas.

Regresamos a casa y comenzamos a preparar la celebración. Catalina y yo hornearemos una torta de cumpleaños para la tía. Bato los huevos hasta que se hacen espuma y crecen tanto que están a punto de desbordar el bol de porcelana. Poco a poco, la harina torna densa la espuma. Una cucharada de aceite, una pizca de sal, el molde engrasado ¡y al horno! Pero antes, la baño en vainilla, y el ambiente se torna dulce y cálido. ¡Mi primera torta!

Después, preparo el merengue. La espuma blanca crece y la endulzo hasta que se espesa. Unas gotas de limón, sal y polvo de canela. El merengue cubre la masa, y la transforma en una deforme bola de nieve: mi regalo para la tía Hannah.

Mamá está asombrada, y me pide que preparemos una torta juntas cada año.

La festejada ha estado observándonos todo el tiempo, con su hermosa sonrisa y como poseída por una dulce paz. Nunca la había visto así. Saber que nos vamos de la isla, que la posibilidad que les fue negada a ella y a su madre desde el día que bajaron del *Saint Louis* existe para nosotras, basta para hacerla feliz.

Catalina se sienta a descansar en una butaca y se queda dormida. Siempre que tiene una oportunidad, se acomoda en cualquier parte, cierra los ojos y hay que sacudirla para despertarla. Cada vez oye menos. Vive en una perenne sinfonía interior que no le permite escuchar con claridad lo que sucede fuera.

—Son los años, que no perdonan —dice, esbozando una sonrisa, y se levanta para continuar haciendo algo, cualquier cosa que la mantenga ocupada.

Mamá cree que la tía Hannah y Catalina necesitan a alguien que las ayude. Habla de ellas como si fueran familia. Lo son.

La tía pide que celebremos al atardecer, la hora en que el Capitán del *Saint Louis* entró a su camarote con una postal para ella que ahora está en nuestro poder. Cumplía doce años. Lo que siguió fue una larga vida en este lugar que nunca hizo suyo. Para ella, sus años en Cuba siguen siendo los menos importantes. Su verdadera vida transcurrió en Berlín y en el *Saint Louis*. El resto ha sido una pesadilla.

Catalina encontró una vela a medio consumir en una gaveta de la cocina y la plantó en el centro de la panetela blanca. Salí a buscar a

Diego, que me esperaba en el portal, y lo invité a probar mi primera torta.

Apagamos las luces del comedor y mamá encendió la vela. Primero cantamos en inglés, por mí, aunque ya mi cumpleaños pasó. La tía insistió y la complacimos. Sentí que me sonrojaba, y miré a Diego. Cerré los ojos y pedí un deseo. Lo que más quería en ese instante era poder regresar a La Habana.

Volvimos a encender la vela, ahora para la tía. Catalina cantó una versión que nunca había escuchado: "Felicidades Hannah en tu día, que lo pases con sana alegría, muchos años de paz y armonía, felicidad, felicidad, felicidad…".

Mi tía Hannah, emocionada, se inclinó sobre la torta, cerró los ojos y pidió en secreto un deseo. Tras una larga pausa, sonrió. Sopló la vela, pero la llama no se dejó vencer por su débil aliento. Finalmente la apagó con los dedos, sonrió radiante y me abrazó.

Al irme a la cama encontré sobre mi almohada un pequeño frasco de agua de violetas y una nota con letras grandes y temblorosas: "Para mi niña".

CUARTA PARTE

Hannah y Anna

La Habana, martes, 24 de mayo de 2014

Anna

Es hora de despedirnos, y no sé cómo decir adiós. Mamá entra y sale de la casa con las maletas, se acomoda el pelo, se seca el sudor, nerviosa, y yo permanezco en la acera, a medio camino entre la tía, que espera en su portal, y Diego, de espaldas a mí, en la esquina, cabizbajo.

—¡Anna, es hora! No podemos seguir demorándonos. ¡Arriba, que no nos vamos para el fin del mundo! —la voz de mamá me despierta.

Corro hacia la tía y siento como tiembla y se apoya en mí para evitar caerse.

—¡Cuidado! Tu tía tiene ochenta y siete años... —me advierte mamá.

Ochenta y siete años. No sé por qué se lo recuerda.

—Espera, abrázame un rato más. Así, mi niña, y luego vete corriendo de esta isla —la voz de la tía se quebranta.

Siento sus manos frías en los hombros y sigo rodeándola, sin saber si Diego se ha marchado.

—Mira, Anna, esta lágrima es para ti. ¿Me dejas colocarla en tu cuello? —su voz se ha debilitado—. Es una perla imperfecta, y tú eres como ella, única. Ha estado en nuestra familia desde mucho antes de que yo naciera, es hora de que sea tuya. Cuídala. Las perlas son para toda la vida. Tu bisabuela siempre repetía que cada mujer debe tener al menos una.

Comienzo a palpar la perla diminuta. No la puedo perder. Al llegar a casa la debo guardar bien, en mi mesita de noche, junto a los recuerdos de papá.

Siento que los minutos vuelan. Que nunca más vamos a regresar.

—Mi madre me la regaló en nuestro camarote del *Saint Louis* el día que cumplí doce años. Ahora es tuya.

Aferro la perla e intento separarme, pero la tía me mantiene abrazada.

—Y no olvides, cuando llegues a Nueva York, sembrar tulipanes, Anna —me susurra—. A papá y a mí nos encantaba verlos florecer desde la ventana que daba al patio interior de nuestra casa. En esta isla no se dan los tulipanes.

Corro hacia Diego y lo abrazo por la espalda. No se atreve a mirarme porque tiene los ojos llenos de lágrimas. *Llora, Diego, no te avergüences.*

Se voltea y me da un beso que no alcanzo a esquivar. ¡Diego me besó! ¿Alguien lo habrá visto? *¡Mi primer beso!*, quiero gritar sin atreverme a hacerlo.

—Esto es para ti —dice, y me mira fijamente.

Abre la mano derecha y me muestra un pequeño caracol amarillo, verde y rojo, que tomo con extremo cuidado. Y vuelvo a abrazarlo.

—Pronto nos encontraremos, ya verás —quiero que esté seguro de que regresaré.

Camino y cuento cada uno de mis pasos hacia el auto donde mamá me espera. Ahí sigue la tía, sonriente junto a la puerta, y yo no quiero mirarla, no quiero llorar. De pronto cesa la brisa. Todos están detenidos y yo me tardo en dar un último paso.

—¡Anna! —grita la tía y me acerco a ella—. Aquí tienes otra historia por descubrir.

Me entrega el álbum de piel marrón de la abuela Viera, que conservó junto al pequeño cofre azul. Nos abrazamos en silencio.

—Te pertenece.

Poco a poco me deja ir, entro al auto y me recuesto en mamá, que baja la ventanilla al mismo tiempo que nos ponemos en marcha sin mirar atrás.

En una mano guardo el caracol. En la otra, el álbum de fotos.

—Mi primer beso, mamá, me dieron mi primer beso...

—Nunca te olvidarás del primero —dice mamá y sonríe.

Permanecemos en silencio al pasar por la vieja escuela de ladrillos rojos donde estudió papá. Me lo imagino con el uniforme azul y blanco que me describió la tía. Ahí está, desfilando en alguna marcha obligatoria. O sentado en el muro de la escuela, con otros jóvenes de su clase, mientras hace ondear banderitas cubanas de papel.

Adiós, papá. Saco su foto del bolsillo de mi blusa.

—Aquí estamos: cumplimos tu sueño —le digo a la foto, y le doy un beso—. Hicimos el viaje juntos.

Guardo la foto en el álbum y cierro los ojos.

Llegamos al aeropuerto, que está abarrotado de familias que cargan pesadas maletas. Detallo los rostros, que me parecen conocidos: una frágil anciana que va de visita a Miami, un militar revisa con precisión los documentos de viaje de una pareja con su hija, una niña pequeña no deja de observarme y luego corre a refugiarse junto a las piernas de su madre. En sus miradas descubro el temor al repudio.

Desde la ventanilla del avión me despido del país donde nació el padre que no conocí. Nos alejamos de La Habana y volamos sobre el estrecho de la Florida. No puedo dejar de pensar si será esta la última vez que veré a Diego y a la tía. No sé si algún día regresaremos a la tierra donde está enterrada mi bisabuela. Me recuesto en la ventanilla y me quedo dormida hasta que anuncian la llegada a Nueva York.

Abrazo a mamá, que comienza a acariciarme la cabeza, y descubro lágrimas en sus ojos.

Estamos a punto de aterrizar. Abro el álbum y la primera imagen es una postal de un trasatlántico con las insignias *ST. LOUIS* Hamburg-Amerika Linie.

—Recuerda los tulipanes, mamá. Vamos a sembrar tulipanes.

Hannah

Aún tengo un destino, al menos hoy, que es martes. Y voy a definirlo. Puedo decidir a dónde ir, a dónde lanzarme, ser quien quiera ser, abandonarlo todo y empezar de nuevo o terminar para siempre. Es mi sentencia, me siento liberada.

Puedo volver a perderme entre los crotos de colores, las flores de pascua, las plantas de romero, de albahaca y de hierbabuena en el jardín deshecho de la que ha sido mi fortaleza en una ciudad que nunca llegué a conocer. Dejo que me invada el aroma del café recién colado, mezclado con la canela de los dulces acabados de salir del horno. Tengo el poder de ver y experimentar lo que desee, y me siento afortunada.

En el umbral de nuestro Petit Trianon, donde vi a Anna por primera vez y me reconocí en ella, tomo su mano tibia y puedo percibir a mi alrededor el mundo que ya no conoceré a través de sus ojos, que ahora son los míos.

Mi madre odiaba las despedidas. No se atrevió a despedirse ni de mí. Se aisló en una cama con los ojos cerrados y se dejó secar.

Pero lo cierto es que yo *necesito* las despedidas. Han transcurrido siete décadas y no puedo olvidar que no me permitieron decirle adiós a Leo, ni a mi padre, ni al Capitán, ni a Gustav, ni a Louis, ni a Julián. Hoy nadie va a impedírmelo. Cada minuto que pasa me veo en Anna, en lo que pude ser y no fui.

Estoy confundida. Anna permanece a la sombra del barco que se aleja de la bahía. No logro divisar los rostros de los que aún nos dicen adiós, pero escucho de repente la voz de papá.

"¡Olvida tu nombre!".

No puedo despedirme de ella en paz. La tengo en mis brazos y en mis oídos resuenan los gritos desesperados del hombre más noble del mundo.

Cierro los ojos y estoy junto a Diego y Anna, que se abrazan. Sí, Diego, qué dolorosas son las despedidas. Vamos, bésala, aprovecha cada segundo. Gracias, mis niños, por regalarme este momento.

El azul del cielo es ahora más profundo, las nubes corren con velocidad y despejan el sol que va cayendo y duele menos sobre esta piel, que ya no resiste mucho más. Me envuelve el olor del mar. La brisa comienza a despeinarnos. Estamos solos en esta esquina del Vedado. Los tres. ¿Y Leo? Falta Leo.

Soy feliz al lado de Anna. Estamos tan cerca… Diego la besa, y es su primer beso. No lo puede creer, yo tampoco. Ha besado a un chico al comenzar a vivir su año trece, y a mí me toca sufrir su despedida.

Abro los ojos y la dejo ir. Todo se detiene. Se va. La pierdo. La distancia entre Anna y Diego, entre Anna y yo, comienza dolorosamente a crecer.

Diego y yo nos hemos quedado desorientados. No deja de llorar, y al darse cuenta de que lo observo, desaparece a la carrera.

Estas dos semanas han sido una eternidad. He vuelto a vivir cada instante de una vida que nunca tuvo sentido. Setenta y cinco años encerrada en una ciudad irreal, viendo a tanta gente marcharse, huir y dejarnos aquí, condenadas a descansar en una tierra que nunca nos quiso.

Me hubiera gustado ser Anna por unos minutos más. En esta casona destartalada dejo el pasado: basta de pagar las culpas de otros, las maldiciones de los demás. No me importa si se olvida lo que hemos sufrido. No me interesa recordar.

Todos se han ido. Solo Catalina permanece detrás de mí. Me vuelvo y la abrazo. No sé cómo despedirme de ella. Me mira y sabe; ella entiende, y prefiere no decir nada. Me da la espalda y, con su andar lento y pesado, entra en mi Petit Trianon, que ahora es suyo, y da un portazo.

La sirena del barco llega hasta mí. Es la señal. Es hora de volver al mar.

Bajo por la avenida Paseo, y cuento cada paso que me falta para llegar al Malecón. Descubro nuevos edificios, jardines descuidados, las raíces de los árboles frondosos que se niegan a permanecer bajo la acera.

Anna no está conmigo, y me duele. Me empeño en mirar casas descoloridas y niños que se lanzan en bicicleta Paseo abajo, pero no puedo. Solo la veo a ella frente a mí, aunque sé que no nació para vivir en esta isla donde yo estoy condenada a morir, como decía mi madre. Después de todo, esa idea me reconforta.

Un día como hoy, después de celebrar mi cumpleaños, me cuesta entender cómo sobreviví a toda mi familia. A Leo, mi primer amor, que trazó nuestro destino en mapas de agua y fango en los callejones de Berlín. A Julián, una ilusión que desde el inicio estuvo destinada al olvido.

Ya no quiero volver al pasado. Es necesario ponerle fin: el dolor tiene caducidad. Vivo el presente, sí, el inmediato, el que implica un respiro más, aunque sea el último. La meta está cada vez más cerca, y siento que tengo una voz. Existo, aunque hoy no sea más que el fantasma de lo que fui.

No puedo evitar que cada prenda que llevo me sofoque. Las perlas tiran de mí hacia el pavimento como un lastre, y el vestido es una coraza de hierro que me impide transpirar. Los zapatos se adhieren a la acera como si no quisieran dar un paso más. El tenue carmín que me puse para revelarme que aún estoy viva, me demuestra ser solo un arma pueril en esta batalla para vivir en el presente.

Mi memoria es densa, tan densa que las despedidas se pierden en el olvido.

Puedo reconstruir hasta el último detalle del vestido con que mi madre subió al *Saint Louis* hace setenta y cinco años, pero no recuerdo lo que hice antes de despedirme de Anna. ¿Cerré la puerta de mi cuarto? No sé si dejé las luces encendidas, si me despedí de Catalina, si Anna aceptó nuestra perla. Al menos sé que llevo carmín. Sí, hay vida en mi rostro.

Lo único que me interesa es el hoy. El ayer y el mañana son para los otros, no para una vieja que ha llegado a los ochenta y siete años. Las huellas que aún quedan de una familia que nunca debió sobrevivir están en tu poder, Anna. Por eso me deshice de esas fotos y de la perla.

Sí, llegó el momento y estoy aquí para ti.

¿Me escuchas, Leo? Llevo mi pequeña bolsa marrón. Ahí están las llaves, la polvera, el carmín, el gastado pañuelo de encaje de Brujas que papá me trajo de uno de sus viajes. Y tu regalo, Leo, el último, el que he esperado hasta hoy para abrir: el pequeño estuche azul añil que pusiste en mi mano antes de que me lanzaran lejos de ti. No tuvimos la oportunidad de decirnos adiós, como Anna y Diego. Nunca pude darte el beso que te prometí.

Aún tengo una voz, y me lo repito para convencerme, pero el carmín en mis mejillas me separa de ti, de mi niñez. No obstante, sé que cada paso que doy nos acerca.

Finalmente distingo el horizonte. Me apoyo en el muro que protege a la ciudad del mar, carcomido por los años y el salitre.

"Cumplí ochenta y siete años", digo en voz alta, y sorprendo a una pareja de enamorados sentados en el muro del Malecón. Me responden, pero no escucho lo que dicen. Me he acostumbrado a vivir en un constante murmullo. A medida que pasa el tiempo, entiendo menos lo que hablan los otros. Ya no intento descifrar frases o aprender palabras nuevas. A mi edad, ¿qué sentido tendría?

Camino hasta acercarme al túnel que comunica el Vedado con Miramar y la respiración comienza a fallarme, siento frío y tiemblo, pero no tengo miedo. Los latidos de mi corazón se apagan y me voy quedando sin aliento.

Aquí, entre las rocas, junto a las ruinas de un antiguo restaurante abandonado, me dejo caer en una silla de hierro que fue plateada. Me detengo a mirar las olas romper contra los arrecifes, muy lejos del puerto. He llegado hasta la edad a la que nos prometimos alcanzar juntos, ¿recuerdas, Leo?

Soy la única sobreviviente de mi familia, y no estoy postrada en una cama como los Adler, me digo para convencerme de que esta espera valió la pena. No hay que pensar más. Estoy lista para el último suspiro.

He cumplido con todo y me reconforta saber que Anna es lo mejor que nos podía haber pasado a nosotros, los Rosenthal. Cuántas generaciones perdidas…

Con cuidado, busco en mi bolsa la caja azul añil que me regalaste cuando nos separaron en la cubierta caótica del *Saint Louis*. *Cumplí la promesa, Leo*. No puedo dejar de sonreír, al tiempo que me doy cuenta de que durante estos años de soledad en la ciudad a la que mis padres me condenaron, tú siempre estuviste conmigo.

Llegó el momento de teñirme las manos de azul añil, y aprieto con las fuerzas que me quedan el pequeño cofre que me diste hace setenta y cinco años, en medio de las súplicas de mi padre para que olvidara mi maldito nombre.

Es hora de despedirme de la isla. La pequeña caja, ya descolorida, ha sido mi amuleto hasta hoy. Ochenta y siete años. *Lo logramos, Leo.*

Reúno las pocas energías que me quedan para dedicarlas a ti. Es nuestro instante, el que tanto hemos esperado. *Gracias, Leo, por este regalo, pero no puedo abrirlo sola. Te necesito aquí.*

Cierro los ojos y ya siento que te acercas. *Tú también tienes ochenta y siete años, Leo, y caminas lentamente. No te apures: te he esperado tanto que un minuto más no cambiará nuestro destino.* Respiro profundo y llegas a mí con la misma intensidad que transmitías durante aquellos años de infancia en Berlín, en la época en que jugábamos a ser adultos.

Estás cerca. Ya te siento. Estás aquí.

Me tomas de la mano y me levanto para abrazarte, algo a lo que nunca nos atrevimos. Tiemblas y yo me apoyo en ti, para que poco a poco me transmitas tu calor. No es el momento de llorar: esta es nuestra ilusión.

Eres más alto que yo, más fuerte, y tu piel luce aún más morena, porque ahora tus rizos son blancos, tan blancos como mi pobre melena. ¿Y las pestañas? Aún llegan antes que tú…

Esperaste setenta y cinco años para reaparecer, porque estabas convencido de que yo estaría aquí, a la orilla del mar, a la hora de la puesta del sol, para descubrir juntos el tesoro que he guardado celosamente por ti.

Estoy soñando, lo sé. Pero es mi sueño, y voy a hacer con él lo que quiera.

Abrimos juntos la cajita muy despacio y aquí está, intacto, el anillo de brillantes de tu madre. Mira cómo resplandece a la luz, Leo. A su lado, no puedo creer lo que veo: una pequeña piedra de cristal amarillento.

Mi corazón busca fuerzas de donde ya no hay y bombea un poco más rápido. Tengo que resistir.

Cierro los ojos y al fin puedo entender: es la última cápsula de cianuro que mi padre compró antes de partir en el *Saint Louis*. La tercera cápsula, la única que quedó. *¡Me la dejaste a mí, Leo!*

Me arrepiento —y es una de las pocas veces en mi vida que lo hago— de haberlos culpado de traición, a ti y a al señor Martin, al quedarse con las ampolletas que nos pertenecían a mí y a mis padres. Ahora comprendo: aún era incierto cuántas otras islas estarían prohibidas para ustedes. Todas las islas del mundo se escudaban en el silencio. Y ya sabemos: en las guerras, el silencio es una bomba de tiempo.

Era inevitable que te quedaras con ellas. Estaba escrito en el destino de todos.

La vieja y valiosa cápsula que reservaste para mí está vencida. No puede provocarme muerte cerebral, no va a paralizar mi corazón. Pero ya no la necesito. Esperé tanto porque te di mi palabra: cumplí con la promesa que hice al niño de las pestañas largas. Es hora de irme, de dejarme partir.

Te veo más cerca que nunca, Leo, y me estremezco de felicidad. Pero no puedo evitar sentirme culpable, pues mis padres están ausentes en estos últimos pensamientos. Porque lo cierto es que tú y Anna son para mí la esperanza y la luz, pero Max y Alma son parte intrínseca de mi tragedia.

No quiero sentirme culpable. La levedad es esencial desde el momento en que uno decide partir.

❦

El atardecer tiene una intensidad diferente cuando es el último. La brisa llega en varias dimensiones. Mi cuerpo es aún demasiado pesado, y me concentro en las olas, en el terrible olor a salitre que le daba náuseas a mi madre, en la algarabía de los jóvenes que atraviesan el túnel y en la música estruendosa de algunos autos. Y, por supuesto, siento el húmedo e irritante calor del trópico, con el que he tenido que vivir hasta hoy. Hasta mi último día.

Entonces pierdo la noción del tiempo. Dejo que mi mente se precipite al vacío y, cuando siento que mi corazón está por detenerse, me colocas el anillo de diamantes en el dedo anular y llevo a mis labios la cápsula —lo último que tocaste con tus manos aún tibias—, como si al fin te besara. En un segundo, estamos juntos en el luminoso camarote de mis padres en el *Saint Louis*.

Los tulipanes, Leo, ya pronto comenzarán a florecer los tulipanes, te digo al oído mientras te miro —¿me escuchas?—, con los ojos cerrados y esas pestañas larguísimas que siempre llegaban antes que tú.

Tú tienes ahora veinte años y eres un joven hermoso, y yo también tengo veinte años, una edad que ninguno de los dos llegó a disfrutar. Me acerco a tu rostro, aún cálido, y finalmente es tuyo el beso que prometí darte el día que nos reencontráramos en nuestra isla imaginaria. Seguimos tomados de la mano, tan cerca como nunca estuvimos, y puedo verte junto a mí, en lo alto del mástil, el punto más cercano al cielo del esplendoroso *Saint Louis*. Dejo atrás el peso que he llevado conmigo desde que nos separamos, y en este instante alcanzo la levedad para dejarme ir.

Comenzamos a volar sobre el extenso muro del Malecón, a mirar la avenida desde aquí arriba, y por primera vez La Habana es nuestra. Al llegar a la bahía, nos posamos frente al silencioso Castillo del Morro mirando hacia la ciudad, que parece una vieja postal abandonada por algún turista de paso.

Volvemos a tener doce años y nadie nos puede separar. El día no se acaba, Leo, es ahora que va a amanecer. La Habana queda en la oscuridad, bañada por la tímida luz ámbar de las farolas. Solo podemos divisar algunos edificios, rodeados de cocoteros y palmeras.

Y entonces escuchamos la estremecedora sirena del barco.

Estamos en el mismo lugar, en la cubierta, desde donde descubrimos la ciudad. Cuando no podíamos entender por qué nadie nos quería, hace setenta y cinco años. Pero ahora tenemos el silencio. No hay súplicas, ni voces desesperadas lanzando nombres y apellidos al vacío. Otra vez mis padres insisten en separarme de ti, arrastrarme contra mi voluntad a un minúsculo pedazo de tierra entre dos continentes.

Y no grito, ni derramo lágrimas, ni imploro que me permitan quedarme a tu lado, Leo, en el *Saint Louis*, el único espacio donde fuimos libres y felices.

Tomo la delicada y tersa mano de mi madre y, sin mirar atrás, accedo a que me lancen al abismo.

Y esta vez sí puedo decirte: *Shalom*.

Nota del autor

A las ocho de la noche del sábado, 13 de mayo de 1939, zarpó del puerto de Hamburgo el trasatlántico *Saint Louis*, del Hamburg-Amerika Linie (HAPAG), con destino a La Habana, Cuba. La nave llevaba a bordo 900 pasajeros —en su mayoría, refugiados judíos alemanes— y 231 tripulantes. Dos días mas tarde, en el puerto de Cherburgo, embarcaron otros 37 pasajeros.

Los refugiados poseían permisos para desembarcar en La Habana emitidos por Manuel Benítez, director general del Departamento de Inmigración de Cuba. Habían sido adquiridos a través de la compañía HAPAG, que tenía oficinas en La Habana. La isla sería un destino de tránsito, pues los viajeros ya contaban con visas estadounidenses. Solamente debían permanecer en Cuba en espera de su turno para entrar a Estados Unidos, una estancia que podía durar entre un mes y algunos años.

Una semana antes de que el barco zarpara de Hamburgo, el presidente de Cuba, Federico Laredo Brú, emitió el decreto 937 (nombrado así por el número de pasajeros que transportaría el *Saint Louis*), con el cual invalidaba los permisos de desembarque firmados por Benítez. El país solo aceptaría los documentos otorgados por la Secretaría del Estado y el Trabajo de Cuba. Los refugiados habían pagado ciento cincuenta dólares por cada permiso, y los pasajes del *Saint Louis* costaban entre seiscientos y ochocientos reichsmarks. Al partir, Alemania había exigido a cada refugiado comprar pasajes de ida y vuelta, y solo se les permitió sacar del país, con ellos, diez reichsmarks por persona.

El barco arribó al puerto de La Habana el sábado, 27 de mayo, a las cuatro de la madrugada, y las autoridades cubanas le prohibieron atracar en la zona correspondiente a HAPAG, su compañía matriz, por lo que tuvo que anclarse en medio de la bahía.

Algunos de los pasajeros tenían en La Habana a familiares que los esperaban, muchos de los cuales alquilaron botes para acercarse al barco, pero no les fue permitido subir a la cubierta.

Solo cuatro cubanos y dos españoles no judíos fueron autorizados a bajar, así como veintidós refugiados que habían obtenido permisos del Departamento de Estado de Cuba con anterioridad a los emitidos por Benítez, que contaba con el apoyo del jefe del ejército, Fulgencio Batista.

El 1 de junio, el abogado Lawrence Berenson, representante del Comité Estadounidense para la Distribución Conjunta (JDC, American Jewish Joint Distribution Committee), se reunió con el presidente Laredo Brú en La Habana, sin poder llegar a un acuerdo para que los pasajeros desembarcaran.

Continuaron las negociaciones, y el siguiente paso fue que el presidente de Cuba le exigiera a Berenson un bono de garantía de quinientos dólares por cada pasajero para permitirles desembarcar. Los representantes de varias organizaciones judías, así como miembros de la embajada de Estados Unidos en Cuba, dialogaron infructuosamente con Laredo Brú. Intentaron también contactar a Batista, pero su médico personal les informó que el general padecía un resfriado precisamente desde el día de la llegada del *Saint Louis* a Cuba, que debía guardar reposo y que no podía, siquiera, contestar el teléfono.

Cuando Berenson intentó una contraoferta que reducía en $23.16 por pasajero el monto del dinero exigido como garantía, el presidente cubano decidió cancelar las negociaciones y exigió la salida del barco de las aguas territoriales cubanas el 2 de junio a las once de la mañana. De no cumplir esa orden, sería remolcado a mar abierto por las autoridades de la isla.

El capitán del barco, Gustav Schröder, había protegido a sus pasajeros desde la partida de Hamburgo, y comenzó a hacer todo lo posible por encontrar un puerto no alemán dónde desembarcar.

El *Saint Louis* partió rumbo a Miami y ya muy cerca de sus costas, el gobierno de Franklin D. Roosevelt le negó la entrada a Estados Unidos. La negativa se repitió por parte del gobierno de Mackenzie King, en Canadá.

El *Saint Louis* debía, entonces, regresar a Hamburgo. Pocos días antes de tocar puerto, Morris Troper, director del Comité Europeo para la Distribución Conjunta (JDC) negoció un arreglo para que varios países recibieran a los refugiados.

Gran Bretaña aceptó a 287; Francia a 224; Bélgica a 214 y Holanda a 181 refugiados. En septiembre, Alemania declaró la guerra y los países de Europa continental que habían aceptado a los pasajeros fueron ocupados por Adolf Hitler.

Solo los 287 que fueron acogidos en Gran Bretaña estuvieron a salvo. El resto de los antiguos pasajeros del *Saint Louis*, en su mayoría, sufrieron los estragos de la guerra o fueron exterminados en campos de concentración nazis.

El capitán Gustav Shröder comandó el *Saint Louis* una vez más, y su regreso a Alemania coincidió con el inicio de la Segunda Guerra Mundial. No volvió a navegar, y fue asignado a trabajos burocráticos en la naviera. Durante los bombardeos de los aliados sobre territorio alemán, el *Saint Louis* fue destruido. Después de la guerra, durante el proceso de desnazificación, el capitán Shröder fue llevado a juicio, y gracias a declaraciones y cartas a su favor de los sobrevivientes del *Saint Louis*, los cargos en su contra fueron retirados. En 1949, escribió el libro *Heimatlos auf hoher See*, sobre la travesía del *Saint Louis*. En 1957, el gobierno federal de la república alemana le otorgó la Orden al Mérito, por sus servicios en el rescate de refugiados.

El capitán Shröder murió en 1959, a los setenta y tres años. El 11 de marzo de ese año, Yad Vashem, la institución oficial israelí dedicada a salvaguardar la memoria de las víctimas del Holocausto lo reconoció, póstumamente, como *Righteous Among the Nations*.

En 2009, el Senado de Estados Unidos emitió la Resolución 111, que "reconoce el sufrimiento de aquellos refugiados causado por la negativa de los gobiernos de Cuba, Estados Unidos y Canadá a brindarles asilo político". En 2012, el Departamento de Estado se disculpó públicamente por los sucesos del *Saint Louis*, e invitó a los sobrevivientes a su sede para que contaran su historia.

En 2011, fue develado en Halifax, Canadá, un monumento financiado por el gobierno canadiense, conocido como *The Wheel of Conscience*, que recuerda y lamenta la negativa de ese país a recibir a los refugiados del *Saint Louis*.

En Cuba, hasta el día de hoy, la tragedia del *Saint Louis* es un tema ignorado en clases y libros de historia. Todos los documentos relacionados con la llegada del barco a La Habana y las negociaciones con el gobierno de Federico Laredo Brú y Fulgencio Batista han desaparecido del Archivo Nacional.

Agradecimientos

A Johanna Castillo, que me motivó a que rescatara la tragedia del *Saint Louis*. Ella fue la primera lectora e impulsora de esta historia y su lúcida editora.

A Judith Curr y a todo el excepcional equipo de Atria Books en Simon & Schuster por haber creído en mí, por el apoyo y el cuidadoso trabajo con *La niña alemana*.

A mi abuela Tomasita, la primera persona que me habló, siendo niño, de la tragedia del *Saint Louis*, y me envió a tomar clases de inglés en La Habana con un vecino que en 1939 había emigrado de Alemania y era injustamente conocido en el barrio como "El nazi".

A Aaron, mi amigo judío en La Habana.

A Guido, mi amigo testigo de Jehová en la escuela primaria.

A mi tía Monina, por sus historias como estudiante de Farmacia en la Universidad de La Habana, y por darme a conocer la vida de los testigos de Jehová a través de su familia.

A la madrina Lydia, que rescató para mí su época de estudiante en Baldor en la década de 1940, en La Habana.

A Scott Miller, director de curaduría del Museo del Holocausto de Estados Unidos, en Washington, DC, un experto en la tragedia del *Saint Louis*, que me facilitó más de 1.200 documentos y me puso en contacto con los sobrevivientes del barco.

A Carmen Pinilla, por guiarme en Berlín, por el cuidado con que leyó la primera parte del libro y por sus precisos consejos.

A Néstor y Esther María, por el meticuloso trabajo de correción de estilo.

A Ray, por su apoyo y confianza.

A Mirta, que creyó desde el inicio en este proyecto.

A la mamá de Mirta, que no permitió que Hannah se despidiera sin Leo.

A Carole, que se apasionó por mi novela antes de leerla y me animó a escribirla.

A María, emocionada desde que conoció a la niña alemana, que evitó que mi personaje fuera completamente infeliz en La Habana.

A Leonor, Osvaldo, Romy, Hilarito, Ana María, Ovidio, Yisel, Diana, Betzaida, Rafo, Rafote, Herman, Sonia, Sonia María, Radamés, Gerardo, Laura, Boris: mi familia y mis amigos, que soportaron pacientemente mi obsesión con el *Saint Louis*.

A mi mamá y mi hermana, más que protagonistas de estas páginas.

A Gonzalo, por su apoyo incondicional, y por estar al frente de la familia cuando necesitaba tiempo para escribir.

A Emma, Anna y Lucas, la verdadera fuente de inspiración de esta historia.

A los 907 pasajeros del *Saint Louis*, a quienes les fue negada la entrada a Cuba, a Estados Unidos y a Canadá, y con quienes siempre estaremos en deuda.

Bibliografía

Afoumado, Diane. *Exil impossible. L'errance des Juifs du paquebot* St-Louis. Editions L'Harmattan, 2005.

Almendros, Néstor y Jiménez Leal, Orlando. *Conducta impropia.* (Documental) 1984.

Arditi, Michael. *A Sea Change.* Londres: Maia Press, 2006.

Bahari, Maziar. *The Voyage of the* St. Louis. National Center for Jewish Film, 2006.

Bejar, Ruth. *An Island Called Home: Returning to Jewish Cuba.* New Brunswick, NJ: Rutgers University Press, 2007.

Bejarano, Margalit. *La comunidad hebrea de Cuba.* Instituto Abraham Harman de Judaísmo Contemporáneo, Universidad Hebrea de Jerusalem, 1996.

———. *La historia del buque* San Luís*: La perspectiva cubana.* Instituto Abraham Harman de Judaísmo Contemporáneo, Universidad Hebrea de Jerusalem, 1999.

Breitman, Richard y Allan J. Lichtman. *FDR and the Jews.* Cambridge, MA: Harvard University Press, 2013.

Buff, Fred. *Riding the Storm Waves: The* Saint Louis *Diary of Fred Buff, May 13, 1939, to June 17, 1939.* Margate, NJ: ComteQ Publishing, 2009.

Castro Ruz, Fidel. Discurso pronunciado (contra los testigos de Jehová), en la clausura del acto para conmemorar el VI aniversario del asalto al Palacio Presidencial, celebrado en la escalinata de la Universidad de La Habana, el 13 de marzo de 1963. Departamento de versiones taquigráficas del gobierno cubano.

De la Torre, Rogelio A. "Historia de la enseñanza en Cuba". Proyecto educativo de la escuela de hoy. Ministries to the Rescue, 2010.

Goeschel, Christian. *Suicide in Nazi Germany*. Nueva York: Oxford University Press, 2009.

Goldsmith, Martin. *Alex's Wake: A Voyage of Betrayal and a Journey of Remembrance*. Boston: Da Capo Press, 2014.

———. *The Inextinguishable Symphony: A True Story of Music and Love in Nazi Germany*. Nueva York: John Wiley & Sons, Inc., 2000.

Hassan, Yael. *J'ai fui l'Allemagne nazie. Journal d'Ilse (1938-1939)*. París: Gallimard Jeunesse, 2007.

Herlin, Hans. *Die Tragödie der* St. Louis. *13. Mai-17. Juni 1939*. Herbig, 1979.

Hitler, Adolf. *Mein Kampf*. Montecristo: 2011 (edición electrónica).

Kacer, Kathy. *To Hope and Back. The Journey of the* Saint Louis. Toronto: Second Story Press, 2011.

Kidd, Paul. "The Price of Achievement Under Castro". *The Saturday Review*. 3 de mayo de 1969.

Korman, Gerd. *Nightmare's Fairy Tale: A Young Refugee's Home Fronts. 1938-1948*. Madison: University of Wisconsin Press, 2005.

Lanzmann, Claude. *Shoa*. (Documental) Francia, 1985.

Levine, Robert N. *Tropical Diaspora: The Jewish Experience in Cuba*. Gainesville: University Press of Florida, 1993.

Lozano, Álvaro. *La Alemania Nazi. 1933-1945*. Marcial Pons, 2008.

Luckert, Steven y Susan Bachrach. *State of Deception: The Power of Nazi Propaganda*. Washington, DC: United States Holocaust Memorial Museum, 2011.

Mautner Markhof, Georg J. E. *Das* St. Louis-*Drama*. Leopold Stocker Verlag, 2001.

Mendelsohn, John y Donald S. Detwiler, eds. *Holocaust Series*. Vol. 7. *Jewish Emigration: The S.S.* St. Louis *Affair and Other Cases*. Nueva York: Garland Publishing Inc., 2010.

Meyer, Beate, Hermann Simon y Chana Schütz, eds. *Jews in Nazi Berlin: From Kristallnacht to Liberation*. Chicago: University of Chicago Press, 2009.

Montaner, Carlos Alberto. *Otra vez adiós. Tres mujeres, tres vidas, una huida infinita*. SUMA de letras, 2012.

Ogilvie, Sarah A. y Miller, Scott. *Refugee Denied. The* St. Louis *Passengers and the Holocaust*. Madison, Wisconsin: University of Wisconsin Press, 2006.

Ortega, Antonio. "A La Habana ha llegado un barco". *Bohemia*. Número 24, 11 de junio de 1939.

Padura, Leonardo. *Herejes*. Tusquets, 2013.

Porcheron, Michel. *"Le drame du paquebot* Saint Louis *à La Havane (mai 1939): Une page de honte de l'histoire des USA, et donc de Cuba aussi"*. Tlaxcala, 2010.

Reinfelder, Georg. *Ms "St. Louis" Frühjahd 1939 – Die Irrfahrt nach Kuba. Kapitän Gustav Schröder rettet 906 deutsche Juden vor dem Zugriff der Nazis.* Hentrich & Hentrich, 2002.

Ros, Enrique. *La UMAP: El gulag castrista.* Ediciones Universal, 2004.

Rosenberg, Stuart. *Voyage of the Damned.* Sir Lew Grade presentado para Associated General Films, 1976.

Schleunes, Karl A. *The Twisted Road to Auschwitz: Nazi Policy Toward German Jews. 1933-1939.* Champaign, IL: Illini Books, 1990.

Schröder, Gustav. *Heimatlos auf hoher See.* Beckerdruck, 1949.

Seiden, Othniel. *The Condemned Journey of the S.S. St. Louis:* The Jewish Series History Novel Series Book 6. A Books to Believe In Publication, 2013.

Shilling, Wynne A. *Over the Big Water. Escaping the Holocaust Twice.* CreateSpace Independent Publishing Platform, 2012.

Shirer, William L. *Berlin Diary. The Journal of a Foreign Correspondent. 1934-1941.* Rosetta Books, 2011 (edición electrónica).

———. *The Rise and Fall of the Third Reich: A History of Nazi Germany.* Rosetta Books, 2011 (edición electrónica).

Sosa Díaz, Adriana. "Aproximaciones lingüísticas al estudio del antisemitismo en la prensa cubana: Diario de la Marina". *Perfiles de la cultura cubana.* Número 14, mayo-agosto de 2014.

Sotheby's. *The Greta Garbo Collection.* (Catálogo) 1990.

The Jewish Virtual Library. "U.S. Policy During the Holocaust: The Tragedy of *S.S. St. Louis* (May 13-June 20, 1939)".

Thomas, Gordon y Max Morgan-Witts. *Voyage of the Damned: A Shocking True Story of Hope, Betrayal, and Nazi Terror.* Nueva York: Skyhorse Publishing, 2010.

United States Holocaust Museum. *Voyage of the* Saint Louis. (Catálogo).

Whitney, Kim Ablon. *The Other Half of Life: A Novel Based on the True Story of the MS* St. Louis. Alfred A. Knopf, 2009.

Wyman, David S., ed. *The World Reacts to the Holocaust.* Baltimore: Johns Hopkins University Press, 1996.

Yahil, Leni. *The Holocaust. The Fate of European Jewry, 1932-1945.* Nueva York: Oxford University Press, 1990.

LOS PASAJEROS DEL *ST. LOUIS*

Las imágenes a continuación son una reproducción de la lista original de los 937 pasajeros que comenzaron el funesto viaje a bordo del trasatlántico *St. Louis* en busca de su salvación. *La niña alemana* está dedicada a ellos.

Estas fotografías son cortesía del United States Holocaust Memorial Museum en Washington, DC.

United States Holocaust Memorial Museum, cortesía de Julie Klein, foto por Max Reid.

Erna Levy

Gertrud Scherer   Erwin Herz   Walter Spiegel

Ludwig Berggruen   Walter Herz   Bergi Blumenstein
                          Anna Herz.   Toni Berggruen
Heinrich Strauss   Selmar Stiebner   Armin Orosé
Ilka Biener   J. Fritz Kassel   Johanna Heilbrun
Bella Herz   Elsa Blumenstein   Julie Fink
Ludwig Fink   Charlotte Atlas   Emma Strauss
Leontie Silbermann   Mathäus   Elise Loewe

Ruth Loewe Felix Neuhaus
Manfred Fink   Herta u. Michael Fink
     Leopold Salm   Ida Salm   Bruno Berwin
Levi Bußbaum   Ruth Sevler   Rosa Grobe
Regina Brühn   Franz Max Herwitz   Hans Bella
Fritz Hirschwald   Kurt Rosenfeld   Heinz Bohm
Heinz Braunstein   Max Pauch   Berta Pauch
Hilde Pauch   Werner Feig Fritz Lemmon   Regina Gottschalk
Jacob Gottschalk   Blumenfeld Fink   Wolfgang Weltin
Lea Blumenstock   A. L. Hamburger Max Lebrecht
Hermann Moser   Edith Friedheim   Siegfried Hofmann
Baruch Jacobsohn   Margarete Jacobsohn   Rudolf Cohen
Thomas Jacobsohn   Else Goldschmidt   Willy Goldschmidt
Betty Maier   Freya Maier   Sonja Maier
Carl Maier   Erna Maier   Helene M.
Herman Hirsch   Liesel Joseph   Hermann Grünwalter
                                   Rose Guttmann

Levith Julius u. Valerie   Siegfried Weinst...

J. Sofier   Siegfried Frank

Heymann   Walter Weinberg

Lea Sietz   Arno Heyne

...F Epstein u frau   Fritz Strauß

...usann. Jacoby   Alfred Braun

Wilhelm Goldberg   Frau Ruth Lewin

...llbade   Hans Wolfgang Philippi

A. Wolf Frau   Ruth Lewin

...ctor Hirschberg   Heinz Gembitz

Max Flechauer   Günter Israel

...st Meyer Frau u Kind   Manfred Frank

Egon Lustig u Frau   Alfred Arens

Otto Jacoby und Familie   und Samuel Schillinger

Bruno Bzialowski   Marie Schillinger

Lici Bzialowski.   Lotte Mehr

...dolf Grünthal   Oskar Wunschmann u Frau

...eta Grünthal   Johanna Fischer u. Kinder

...alter Grünthal   Moritz Salomon

...te Grünthal   Sibilla Salomon

...nard Weil   Siegfried Präger u Frau

...nno Weil   Johann Brandt u Familie

...fred Friedheim   Rosa Stahl

...rtha Friedheim   Lilli Kornstein

...lly Rentlinger   Joseph Wachtel u Frau

Hermann Goldstein u Familie

Julius Heymann

Ernst Roth u. Sohn

...lehmann

Lucie Michaelis   Walter Michaelis

Richard Schlesinger

Meta Schlesinger   Ruth Feller

Julius Schulhof   Margot Bernstein

Hella Schulhof   Dr. Adler

Moses Singer   Günter Skotzki

Amalie Singer

Josef Singer

Aron Secemski

Luise Secemski

Otto Löwenstein   Rosa Lisabeth

Arthur Breitbarth   Oey Karleim

Ludwig Meyerstein   Kurt Schloss

Dr. Oscar Schwartz   Alice Meyer Feix

     Dr. Arthur Thassel

Richard Dresel   Felix Weil

Ruth Dresel

     Erich Spitz

Flora Karliner   Arthur Kunst

Herta Arndt   Georg Moses

Paula Kühnemann

     Gota Löwy

Hilde Falkenstein

3

Martin Rothmann   Rudolf Ball + Fr

Carl Alexander & Braut   Dr Heinemann

Fritz Gotthelf & Frau   Heinz Rosenbaum

Max Herbert Lichtenstein   Ernst Weil

Dr Georg Maring   Wilhelm the Venberg

Herbert Brück   Hgöfsine & Else Stark

Herbert Maurice & Frau   Dr. Ernst Löwenstein & Frau Alice

Walter Graf   A Wolff

Arthur Blau   Albert Schwarzer

Alfred Heldenmuth + Frau   Resi Schwarzer

Gustav Kahn & Frau   Siegf. Rosenzweig

Max Hauser

Regina Freitag u. Tochter   Emil Schumann...

Frau Ida Goldstein   Dr H. Ohiane

Günter Rothholz   Bruno Stark

... Stark

Familie Ernst Lilienstein

Frau Johanna Vordan   Gustav Weil

Familie Adolf Goldschmidt   Siegbert Seligmann

Familie Joer Turkower   Adolf Hass
                                                J. H.
Familie ...

Frau Lilly Joseph

1997.30.41

Max u. Fritzi Schlesinger
Lilli Huber
Walther Fuchs-Marx   Bertha Ackermann
Anna Fuchs-Marx   Lieselotte Arndt.
Lea Siete.

         Lauir hair   Trud Kaun
                                       Hermine Obsfeld.
Kurt Levin   Donath
   Mannheimer.   Paula Obendorff
Hermann Gumprecht
   Benjamin Elbau   Arthur Weil
   Chava Elbau   Anneliese Weil
                                      Ingeborg Suse Weil
   Adel Grossmann
   Helene Grossmann   der Gorgfard
   Friedrich Grossmann   Helmut Gadschick

Nathan Haber   Sally Guttmann
   Maja Knepel   und Frau Ruth Guttmann
   Gisela Knepel   Herbert Hass
   Sonja Knepel   Liselrau Bross
   Mina Leinkram   Eva Rothschild.
   Clara Marx   Berthold Adler
   Julius Weil   Robert Weil
   Klara Weil   Fritz Herndler
   Willy Barth   Josef u. Grete Guttmann
   Susanne Weil   Helga Guttmann
                                      Harry Guttmann

Hermann Riesenburger
Georg Cohn - Frau
Jemapeur
Kurt Rosenthal u. Frau
Sara Cohn

Dr. H. Borchardt u. Frau
Dr. Möllemann Gertrud Schönemann

Berthold Weil
Westheimer Frau
Alfred Behns
Emma Behns
Hermann Strauss.
Moritz Frank u. Familie
Selig Rosenberg
Louis Rosenberg
Erwin Becker Rosenberg
Moritz Seelig u. Frau
Olga Loeb u. Hans Otto Loeb.
Aron Einhorn u. Frau
Dr. Ina Finkelstein
Dr. Fritz Freemann
Frau Gusti Cohen
Betty Unger
Max Czaminski u. Frau
Ernst Philippi u. Familie
Thea Freund u. Kinder

Emmy Hoffmann
Dr. Heinrichsbach u. Familie
Max Hirsch u. Familie
Herta Liepmann
Herbert Liepmann
Philipp Bauermann u. Fam.
Erwin Rothschild
Sophie Pronik
Moritz Pronik
Adolf Aberbach
Anna Aberbach
Clara Pronik
Hermann Gumberg
Gisella Gruber
Max Gruber
Alex Gruber
Kurt Stein u. Familie
Frau Betty Sklarz
Frau Grete Oppé
Max Loeb
Dr. Dzyobiski
Harry Fischler
Lina Fischler
Etty Gumberg
Paul Silber
Leontine Silber.
Jula Lauchheimer
Hilde Levin 3 Kinder
Ernst Ostrodiski
Gisela Alexander

Maria Hrendler
H. Rosenzweig
... Schönstein
Adi Hirschstein
Julius Bernstein
... Kohane
... Berger
Joseph Neufeld
Adolf Adler
... Frog + Frau
Erich ...
Leo Wartelski
Artur Haas
Rieder Elisabeth
Hirsch Herman
Grete Stein
...
...

Erich Stein
Henriette Schapira
Julius Schapira
Henriette Altschüller
Selma u. Karl Hoffmann
...
Max ...
Hilde ...
Inge ...
Charlotte Mühlenthal
Jacob Wolfenmann Stein
Rosa Rosentann
Kurt Feuerstein
Thea Feuerstein
Renate Silberstein
Gert Silberstein
Herbert ...
Karl ...
Rose Guttmann
Max Falkenstein
Julius Heimberg
Regina Heimberg

CRÉDITOS DE LAS FOTOS

En la primera fila

Elly Reutlinger con su hija Renate, de nueve años, posando cerca de uno de los restaurantes del barco.
(United States Holocaust Memorial Museum, cortesía de Renate Reutlinger Breslow)

Herbert Karliner junto a su padre, Joseph, en la cubierta del *St. Louis*. Herbert y su hermano, Walter, fueron los únicos miembros de su familia que sobrevivieron la guerra y consiguieron refugio en EE.UU. en 1946.
(United States Holocaust Memorial Museum, cortesía de Herbert y Vera Karliner)

Un grupo de niños judíos en el *St. Louis*. Entre ellos: Evelyn Klein, Herbert Karliner, Walter Karliner y Harry Fuld. A la familia Klein se les permitió desembarcar en Cuba.
(United States Holocaust Memorial Museum, cortesía de Don Altman)

Gustav Schröder, capitán del MS *St. Louis*.
(United States Holocaust Memorial Museum, cortesía de Herbert y Vera Karliner)

En el centro

Ana María (Karman) Gordon y Sidonie, su madre, en la cubierta, mayo de 1939.
(Cortesía de Ana María Gordon)

Pasajeros a bordo del *St. Louis*.
(United States Holocaust Memorial Museum, cortesía de Dr. Liane Reif-Lehrer)

Fritz (ahora Fred) Buff y Vera Hess en el salón de baile. Después de desembarcar en Bélgica, Fritz pudo llegar a Nueva York en 1940.
(United States Holocaust Memorial Museum, cortesía de Fred Buff)

En la última fila

De izquierda a derecha: Ilse Karliner, Rose Guttman, Henry Goldstein (Gallant), Harry Guttman, Alfred y Sophie Aron.
(United States Holocaust Memorial Museum, cortesía de Herbert y Vera Karliner)

De izquierda a derecha: Irmgard, Josef, Jakob y Judith Koeppel, una familia de refugiados judíos alemanes. Irmgard y Josef fueron exterminados más tarde en Auschwitz, y Judith fue a vivir con sus tíos a Estados Unidos.
(United States Holocaust Memorial Museum, cortesía de Judith Koeppel Steel)

Los pasajeros intentan comunicarse con sus amigos y familiares en Cuba, a quienes no les permitieron acercarse al barco, en las pequeñas embarcaciones.
(United States Holocaust Memorial Museum, cortesía de National Archives y Records Administration, College Park)